1982년생 김태형

군대실록

1982년생 김태형

군대실록

실
록
청

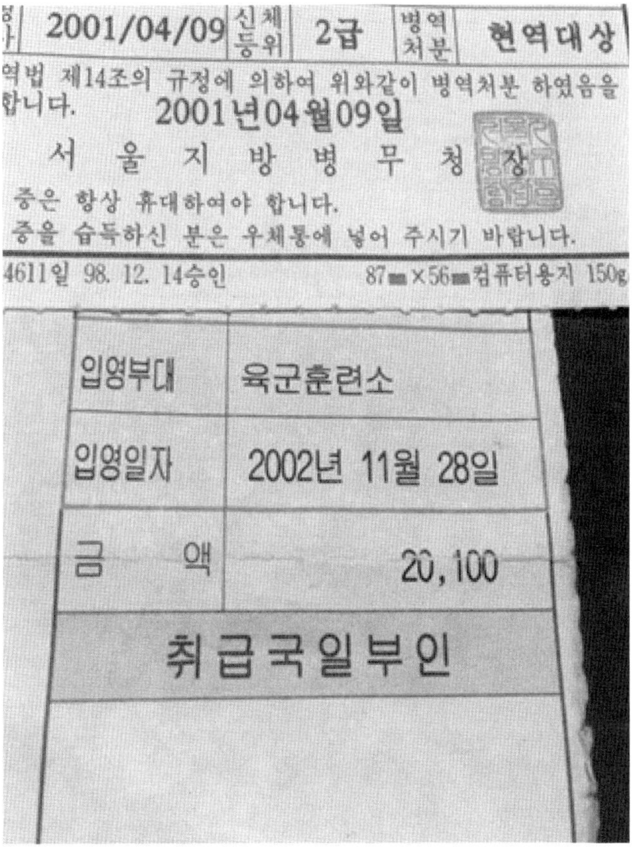

2001/04/09	신체등위	2급	병역처분	현역대상

역법 제14조의 규정에 의하여 위와같이 병역처분 하였음을
합니다.

2001년04월09일

서 울 지 방 병 무 청 장

증은 항상 휴대하여야 합니다.

증을 습득하신 분은 우체통에 넣어 주시기 바랍니다.

4611일 98. 12. 14승인 87㎜×56㎜컴퓨터용지 150g

입영부대	육군훈련소
입영일자	2002년 11월 28일
금 액	20,100
취급국일부인	

저는 2년 2개월에서 38일이 모자란 복무 기간 단축 혜택을 받았습니다.
더더욱 기나길었을 시간과 속도와의 싸움에서 버텨내신
대한민국의 모든 선배님께 이 책을 바칩니다.

저자의 말

군대 가는 날

2002년 11월 28일 목요일

'인류의 마지막 날과도 같을 이 두려움을 밤새 정면으로 마주하여 마침내 열반(涅槃)에 이르러 입대하겠다.'며 안 자고 버티다가 비몽사몽 몸뚱이로 새벽 일찍 부모님과 논산으로 향했다. "운치 있게 훈련소는 혼자 갈게요."라고 했다가 어제 이미 등짝 스매싱을 한차례 맞은 터라 '차에서 좀 자면 되겠지..'라는 계획이 되어 있던 버팀이었다.
역시나 차에서 잠이 들었고, 나는 잠시나마 두려움에서 벗어날 수 있었다.

목적지는 그 목적지를 향하는 자에게 기(氣) 같은 것을 보내는 것인가? 신기하게도 나는 딱 논산에 다다라 깨어났다. 어릴 때부터 늘 신기하게 여겼던 일이지만 세월이 흘러도 여전히 신기한 일이로구나. 라고 생각했지만 그냥 톨게이트 앞이 드르륵거려서 깬 거다. 그리고 여태껏 주욱 그렇게 깨어났을 뿐일 것이다.

'군대=죽음(그것도 처참한 사고에 의한)'이라는 생각을 그 어떤 발버둥으로도 떨칠 수가 없었기에 한 달 전부터 주변 정리를 철저히 했다. 드라마나 영화에서 본, 죽음을 앞둔 사람들이 하는 그러한 것들을...
일단 하드디스크의 각종 음란물을 삭제하고, 중2병 투병시절에 쓴 시(詩)들을 태우고, 아끼는 것들을 나눠주고, 안 갚은 돈들은 없는지 확인하고, 사과할 일들은 없었는지 물어보고, 태어나 한 번도 못 먹어본 것들을 먹어보고, 지난 20년을 돌아보고, 어제를 둘러보고, 오늘을 살펴보았다.

아무튼 그런 일들로 바빠서 아직 머리를 못 자른 상태였다.
머리 자를 곳을 찾기 위해 훈련소 인근의 마을로 들어가니 곧 이발소를 발견했다. 6학년 때부터 미용실에 다녔으니 이발소는 9년만이었다.
선한 얼굴로 나이 드신 할아버지 이발사는 이미 몇만 명은 잘라봤음직한 손놀림으로 후다닥 나를 처리했다. 이렇게 짧은 스포츠머리는 중3 이후로 처음이었다. 어색했다. 하지만 '어색해진 짧은 머리를 보여주긴 싫었어.'라는 가사가 전혀 와 닿지는 않았다. 그것은 X세대 선배들의 감성이었나 보다.

긴장한 탓이겠거니 속이 안 좋아 밥은 안 먹기로 했다. 걱정스러운 표정의 부모님께 "두 분이나 집에 가시다 맛난 거 드시라."며 어른들의 말투를 흉내 내보았다.

부모님이 계셨기에 계속 담배를 못 피운 터라 초조했다. 그런 상태로 시간이 되어 정문을 통과했는데, 마침 모이는 장소까지 걸어가야만 하는 길의 적당한 위치에 대형스럽고도 간이스러운 화장실이 있었다. 옳타쿠나! 하며 큰일을 보고 오겠다 말하고 화장실로 들어갔다.
헉... 드디어 이것이 군대란 말인가... 내부는 파격적이고 충격적인 디자인이었다. 30명이 한 줄로 싸도 될 만큼의 길고 긴 소 여물통 같은 스텐 소변기가 11자로 마주보고 있었고, 응아 칸은 없는 오직 소변용에 칸막이를 바라는 건 사치였다. 이것은 마치 꼬추가 큰 사람들이 뽐내고 싶을 때나 유리한 화장실이랄까.

입구 반대편에도 입구와 같은 모양의 출구(?)가 있었다. 입구와 출구의 구분이 없을 만큼 모양은 같았으나 길 쪽에 있는 것을 입구, 반대쪽은 숲이었기 때문에 출구라 치자. 아무튼 그 출구 쪽에는 산불을 방불케 하는 엄청난 연기가 일고 있었다. 가보니 〈이곳이 부모님을 피해 담배를 피울 수 있는 마지막 장소〉임을 모두 본능적으로 인지한 것인 냥 담배를 피우고 있었다. 나는 초스피드로 담배 3개비를 연달아 피웠다. 목이 아파 더는 안 피우고 싶을 만큼...

화장실을 나와 보니 내부에 소변기 밖에 없는 것이 밖에서도 다 보이는 게 아닌가? 허허.. 산불 같은 담배 연기도 안 보일 리가 없잖냐...

엄마를 보니 그냥 그러려니..하는 표정이었고, 아버지는 '이 새끼 담배 피우네..?'하는 눈빛이었지만 그저 "이제 속 괜찮냐?"라고만 물어보셨다. 입대하는 날의 '좆'같은 기분을 아버지는 같은 남자로서 이해해주시는 것 같았다.

담배의 초조함이 해소되니 깜박 잊고 있던 입대의 초조함이 두 배로 밀려왔다.

가족, 친구, 연인 단위의 무리가 삼삼오오 모여 소란스러운 가운데 군대스러운 스피커에서 군대스러운 아저씨의 목소리가 흘러나왔다. 기억나는 말들은 '입대하는 장병들', '이제', '작별의 인사', '연병장으로......바랍니다.' 이 정도다.

그때부터였다. 심장의 피가 용솟음치며 폭발할 것만 같이 두근거리기 시작했다. 심장 소리에 귀도 잘 안 들리고 모든 구멍에서 피가 삐질삐질 새어 나오는 것 같았다. 초등학교 4학년 때 좋아하는 여자애가 마침 교탁 앞 첫 줄에 앉아있는 상태에서 가창실기시험을 볼 때와 맞먹는 두근거림이었다.

서둘러 엄마의 핸드폰을 빌려 같이 못 온 여자친구에게 전화를 걸었다. 어제는 엄청 울더니 오늘은 강의에 늦었는지 그저 엄청 달리고 있었다. 헉헉거리며 "잘 갔다 와! 조심해!" 라는 말만 반복하다가 통화가 끝났다. 위로가 필요한 것도 사랑해라는 말이 필요한 것도 아니었으니 괜찮다. 목소리를 들었으니 그것으로 되었다.

지금 이 순간 누군가는 군대 때문에 심장이 터지고, 누군가는 지각 때문에 심장이 터지고, 누군가는 가창실기시험 때문에 심장이 터지고 있겠지. 모두 심장이 터질 것 같은 각자의 삶을 살고 있는 것이지...

같은 내용의 방송이 두 번 정도 더 나오니 인파의 흐름이 눈에 보였다. 나도 그 흐름에 맞춰 부모님과 더욱 다급한 인사를 나누었다. 태어나 한 번도 느껴보지 못했던 뜨겁고, 미안하고, 고맙고, 억울하고, 두렵고, 슬프고, 짜증나는 감정을 발견하며 연병장이라 칭하는, 내가 알고 있기로는 운동장인 곳으로 걸어 나갔다.

나란히 줄을 잘 맞춰 서서 애국가도 부르고, 높은 사람 말씀도 듣고, 뭐라 뭐라 하는 시간들이 대충 지나가고, 식순의 마지막 '부모님께 대한 경례'를 할 때의 진주 같던 순간을 기록해둔다.
스피커의 리드미컬한 구령 "부모님을 향해~ 좌향~좌!"에 맞춰서 몸을 돌리고, "부모님께~ 경례!"에 맞춰서 경례를 하는 그 짧은 순간 엄청난 생각의 소용돌이가 몰아쳤다. '손을 충에 드는 거야? 성에 드는 거야? 근데 하필 왜 충성이지? 되게 구리다. 그럼 필승은 뭐지? 단결도 어디선가 들어본 적 있는 것 같은데? 태권이라고는 안 하나?'하는 귀여운 궁금증들과 함께 '이제 진짜 헤어지는구나, 격리되는구나, 도살장에 끌려가는 소가 이런 엿 같은 기분이었구나...'하는 현장감, 거기에 '효도도 못하고 갑니다...'하는 진지한 죄송함 속에서도 '불효자는 웁니다.'라는 대사가 떠올라 순간 빵 터지는 웃음이 복잡하게 얽히며 '헐.. 뭐야!?' 눈물이 나는 것을 겨우 참았다. 손도 부들부들 떨렸는데 그 설명할 수 없는 감정이 너무나 특이해서 잊히지가 않는다.

외부인이 보이지 않는 곳까지 줄줄이 크게 크게 좌로 돌아 들어갔다.
100m가 훨씬 넘는 줄이었다. 저 멀리 앞줄은 이미 또 다른 줄을 서고 있었고 주변은 분주해 보였다.
욕이 들리기 시작했다. 보이는 저 건물 뒤로 아직 부모님들이 계실 아들들에게 쌍욕을 해대고 있는 것이다. '어머머? 너네드을~ 아빠한테 달려가서 전부 다 일러줄 테야~'하며 받아치는 상상을 하니 또 빵 터졌다. 그래도 그때까지는 개그를 할 마음의 여유가 있었다.

시키는 대로 줄을 잘 서있었다. 떠들지도 않았다.

앞에는 어두운 색에 챙만 빨간 모자를 쓴, 조교인지 뭔지 모르겠으나 내 눈에는 이미 군인들인 군인들이 킥킥거리며 건들거리고 있었다. 그중 한 놈과 눈이 마주쳤다. 잠깐 마주쳤을 뿐이고 심지어 바로 피했는데(눈을 깔았는데) 태어나 처음 들어보는 치욕적인 욕을 먹었다. 정확히 기억한다.
“뭘 꼴아봐 쒸발 원숭이 새끼야.”
“뭘 꼴아봐 쒸발 원숭이 새끼야.”
“뭘 꼴아봐 쒸발 원숭이 새끼야.”
끼야 끼야 끼야 끼야 끼야 끼야 끼야 끼야 끼야...
메아리 메아리 메아리... 끼야 끼야가 가슴 속에 메아리를 쳤다.
순간 욱했다. 그냥 집에 가고 싶어졌다. 순식간에 마음속이 복잡해졌다.
내가 지금 앞으로 달려나가서 저 새끼를 열라 까면..?
1, 국방부는 나를 부조리에 용감히 대응했다며 칭찬할 것인가, 구속할 것인가?
2, 아니면 일단 집에 돌려보내 주지 않을까? 그렇다면 엄마는 나에게 잘했다고 칭찬할 것인가, 말 것인가?
3, 이기든 지든 저 새끼를 한 대만 때리고 싶다. 그러면 나는 경찰서에 가게 될 것인가? 아니면 영창이라는 곳에 가게 될 것인가?
4, 욕만 똑같이 되받아 치면 처벌은 받더라도 좀 가볍지 않을까?
짧은 시간 동안 만감이 교차하고 주먹은 움찔거렸으나 대부분이 보통 그러하듯 나 역시 가만히 있었다. 현실을 직시하는 20대의 처세. ‘계이셰키... 한방감인 셰키가...’ 그에게 벼락의 저주를 내리다가 문득 깨달았다. ‘아! 정면을 응시하되 눈의 초점을 버리면 되겠구나!?’ 그랬다. 그랬어야 했는데...
‘병사여, 내가 미안했네. 내가 잘못했어... 개새꺄.’
...

종종 보이던 긴 머리와 염색 머리들이 불려나가 엄청난 욕을 먹고 기합을 받는 것을 보며 자르고 오길 정말 잘했다고 생각했다.
...

구대? 구대라고 칭하는 내무실에서 술, 담배, 라이터 같은 것을 자진 신고하는 시간이 있었다. 수학여행을 방불케 하는 추억의 시간... 팬티를 벗기고 엉덩이를 벌려서 사이에 숨긴 것까지 확인한다는 분대장의 말은 거짓이었다. 꾸러기 같은 새끼... 난 믿었는데. 수줍을 준비하고 있었는데...
...

이미 팬티를 포함한 모든 옷은 아까 받은 것으로 갈아입었고, 오늘 입고 온 옷과 신발 등 모든 소지품을 택배 상자에 넣었다. 사회의 물을 빼는 과정이란다. 그리고 택배에 동봉할 부모님께 보내는 편지를 작성해야만 했는데, 구대인원의 반 이상이 편지를 쓰면서 울었다. 나도 울었다. 그것도 태어나서 가장 심하게...
살면서 또 그렇게 울 수가 있을까? 40명 정도가 쭈그려 편지를 쓰고 있는데, 그중 20명 이상은 흐느끼고 있던 그 장면과 그때의 눈물은 내게 또 하나의 진주가 될 것이다.
...

맛스타라는 사과 주스를 나눠주기에 먹었다.
겨울 날씨에 완전 차가워진 달달한 음료수를 마시니 끼야악! 극락이 따로 없었다. 사과주스 따위가 어떻게 이런 오르가즘을 선사한단 말인가!?
종일 긴장해 있던 탓도 있었겠지만 스스로 찾아 헤매지 않는 이상 수분 섭취가 아주 어려운 시스템인데다가 계속 쫓기듯 할 일이 생겨 물 마실 겨를도 없었던 터라 더욱 그랬을 것이다. 오늘의 주스 맛은 평생 잊을 수 없을 것이다.
...

분대장이 “군인의 마무리는 근무”라며 바로 오늘부터 불침번을 설 것이라 했다. 군인의 불침번은 과연 어떤 것일까? 나는 꽤 뒷 번호라 차례가 오려면 며칠 걸릴 것이다. 그리고 계산상 여기 입소대에서 지내는 동안 한 번의 근무로 끝날 것이다. 줄을 잘 서라는 게 이런 것이구나.. 히히힛!

어찌되었든 군생활의 하루가 지나갔다.
마취처럼 눈이 감기는데, 문득 오늘 하루도 군생활로 쳐주는지가 궁금했다.

위의 일기는 입대하던 날의 기억을 되살려 2018년의 제가 쓴 글입니다.
당시의 기록을 남기지 않은 것이 지금 생각하면 너무나도 아쉽지만 훈련용 수첩을 받기 전까지는 펜도 종이도 없었을 뿐더러 있었다고 해도 아마 무언가를 쓸 수 있는 몸과 마음이 아니었을 거라는 생각도 듭니다.
여전히 이런 합리화로 평온함이나 갈구하며 살고 있는 제 과거의 일기(日記)가 누군가에게 도움이 되고 힘이 되었으면 하는 바람입니다.
대한민국에서 태어난 이유로 사랑하는 이를 빼앗겨야 했고 또 떠나야 했던, 시간과 속도와의 싸움에서 승리한 모든 젊음과 이제 싸워야 할 모든 젊음을 진심으로 응원합니다.

읽어주셔서 온 마음으로 감사드리며 또 고맙습니다.

2019년 봄, 김태형

보람찬 병영생활 안내

육 군 훈 련 소

일기라는 특수성과 상황의 사실적인 표현을 위해
비속어나 비표준어를 수정하지 않은 부분이 있음을 일러드립니다.

목차

훈련소 48日의 기록

2002. 11. 28 ~ 2003. 1. 14

훈련소 실록
1주차

12.3 화

입소대대에서 교육연대로 이동했다.
욕의 강도와 횟수가 5배는 더해진 곳이다.

나는 신막사[1)]인 6중대의 2소대가 되었는데, 우리 소대 4명의 분대장 중 병장인 분대장은 모든 말을 욕으로 시작해 욕으로 끝냈다. 경상도 사투리의 쌍욕에서 카리스마가 흘러넘쳤다. 그리고 원산폭격은 가혹행위에 포함되어 이제 없어졌다고 들었는데 이 사람이 아직 시키고 있질 않는가!?

우리의 첫 번째 지옥이었던 입소대대 분대장의 말이 맞았다.
여기에 와보니 그냥 저절로 알아졌다. 그곳이 천국이었다는 것을...

우리는 내무실 좁은 복도를 마주 보고 바르게 앉아 대기하면서 들릴 듯 말 듯 한 소리로 되뇔 뿐이었다. "씨발..." "망했다..." "좆 됐다..."

그리고 본격적인 강제 금연[2)]이 시작됐다.

---

1) 막사(幕舍, barracks): 군인들이 주둔할 수 있도록 만든 건물 또는 가건물.
2) 입소대대에서는 걸려서 기합을 받는 한이 있더라도 숨겨 놓았거나 길에서 주운 담배를 늦은 밤 화장실에서 피웠다. 끝까지 걸리지도 않고, 몇 개를 숨겼는지 계속 어딘가에서 담배가 나오던 귀인(貴人)이 한 명 있었는데 그 친구의 것도 몇 번 얻어 피웠다.

12.4 수

총기 수여식과 입소식으로 본격적인 훈련소의 1일차가 시작되었다.
먼저 약식 관물 정리와 도수체조[1]를 배웠는데, 뭐지 이 리듬은? 엇박인가?
큰일이다. 외우려면 며칠 걸리겠는데...

밤에는 이등병 분대장에게 군가를 배웠다.
당분간은 매일 저녁 군가를 배우게 될 것이란다.
불침번을 서면서 누나에게[2] 편지(No.1)를 쓰기 시작했는데, 밤을 새워버렸다.

※사회에서는 이런 사건이 있었다.
- 전남 여수시, 2010년 엑스포 유치전에서 중국 상하이에 참패

1) 학교에서 배운 국민체조와 비슷하면서도 다르다. 뭔가 더 경쾌하다.
2) 여자친구는 나보다 두 살 많은 누나였고, 이승기가 데뷔하기 전까지만 하더라도 사귀는 사이에 왜 누나라고 부르냐는 태클은 없었다. 하지만 이승기가 나왔든 말든 나는 누나라고 불렀을 것이다. 그게 좋았다.

12.5 목

아침 구보[1]가 시작되었다.
작년에 먹은 것까지 목구멍에 차오를 만큼 힘들었지만 죽기 직전에 코스가 딱 끝났다. 운동을 좀 하다 온 것 같은 애들은 가뿐해 보였다. 아, 난 뭘 했나… 아무튼 뛰면서 구보만 없어도 군생활이 할 만하겠다 싶었다.

총검술 시간.
총검술 조교는 우리 소대 일병 분대장이었다.
분대장 중 가장 바빠 보이는 사람인데, 이봉원을 심하게 닮았다. 나는 그를 볼 때마다 '이곳은 〈유머 1번지〉의 동작그만[2]이다.'라고 스스로에게 최면을 걸었다. 그렇게 이 지루하고 삭막한 고난에 적응하려 애썼다.

교육 중 간간이 있던 노가리 타임.
영화 〈해안선〉에서 장동건의 총검술이 구리네, 허술하네, FM이 아니네 하는 등의 분대장의 간접 자기 자랑도 지루함을 좀 달래주었다. 사소한 단어 하나조차 나와 사회가 연결되는 생명줄처럼 붙잡았다.

밥 먹고, 파상풍 주사를 맞고, 제식 훈련을 받았다.
교련[3] 시간에 배우던 것과 비슷한데? 하다가 문득 깨달았다. 왜 영화에서 교련 시간에 군복 같은 것을 입었는지, 왜 교련 선생은 군인인지를… 선배들은 이런 것을 학생 때부터 배웠군… 1982년에 태어나서 다행이란 생각이 들었다.

---

1) 현재는 뜀걸음으로 순화되었다.
2) 80년대 후반 KBS의 코미디 프로그램으로 군대를 배경으로 한 동작그만이라는 코너가 특히 인기가 많았다.
3) 고등학교 1학년 때 교련이 있었다. 교련복을 입어본 적은 없고, 다음 해에 과목 자체가 사라졌다.

입대 기념사진 촬영 후, 막사 복귀.

아락실 복용[1], 금연침 맞기 지원[2], 손톱 정리.

※사회에서는 이런 사건이 있었다.
- 노동부, 한국에 연고가 있는 해외 동포에게 24일부터 취업 허용키로

1) 입대 후, 똥을 못 싼 인원이 전체의 반은 되었다. 그렇게 처먹은 밥이 다 어디로 간 것일까? 환경의 변화가 가장 큰 이유가 아닐까 생각한다.

2) 흡연자가 아닌 사람도 금연침 맞기를 지원해야 하는 분위기였다. 지원자 수가 중대장의 실적에 반영이 되어서 일까? 초코파이라도 주는 줄 알고 기꺼이 지원한 사람도 있었지만 그냥 귀에 붙이는 침만 박혀 돌아왔다.

12.6 금

편지 용품을 지급받았다.
참으로 클래식한 디자인이로다.

금연침도 맞았다.
귀에다 붙이는 스티커 같은 침인데 효과는 없는 듯.
세금을 이딴 곳에 쓰다니…

오늘 오후에는 뭔가 시키는 게 없어서 국방홍보용 만화책이나 읽었다.
아는 만화가가 그린 것도 몇 있었는데 반가웠다.
요롷게도 돈을 벌 수 있군.

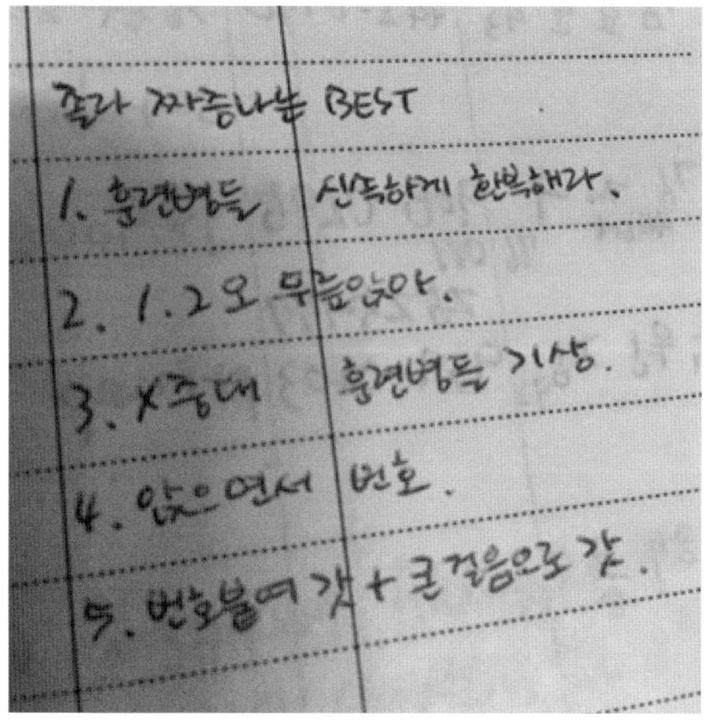

12.7 토

오전에만 간단히 훈련받고 일과가 끝났다.
토요일이 이렇게 좋은 거였다니...

온수 타임이 있어서 오랜만에 목욕도 하고, 밀린 빨래도 했다.
목욕이 이렇게 좋은 거였다니...

남는 시간 동안 부모님과 누나에게 편지(No.2)를 썼다.

※사회에서는 이런 사건이 있었다.
- 이라크 정부, 대량살상무기 보유 실태 보고서 UN에 제출
- 이라크의 후세인 대통령, 1990년 쿠웨이트 침공에 대해 사과

12.8 일

일요일은 무조건 종교 행사에 가야 한다. 난 무교인데...
뭐.. 부모님이 절에 다니시니 효도 차원에서 그냥 불교 선택.

신나는 간식 타임.
소보로빵이 나올까 초코파이가 나올까 기대했으나 인절미였다.
불교스러움을 굳이 음식으로 표현할 필요는 없는데... 단 게 먹고 싶다.

누나에게 보낼 완성하지 못한 편지를 계속 썼다.
이 사람 저 사람에게 총 12통의 편지를 씀.
일요일이 이렇게 좋은 거였다니...

훈련소 실록
2주차

12.9 월

총기(K2 소총) 분해·조립을 배웠다.
기억에 남는 건 총을 거꾸로 세우니 안 넘어지고 딱 선 것. 오오!! 이것이 순수 국내 기술의 무게 중심!? 모두 '와~' 했지만 속으로는 '근데 저걸 어따 써?' 했을 듯. 뭐.. 나만 그랬을 지도 모르지만.
아무튼 총이라는 것은 뭔가 영화스럽고 터프했다.
반해버려서 악착같이 반복 숙달.

어제 쓴 편지 싹 다[1] 보냄.

삥소위[2] 소대장의 명령에 소대원들 앞에서 딴따라[3]가 되었다.
내가 춤을 추다니... 하지만 즐거웠다.

※사회에서는 이런 사건이 있었다.
- 북한의 미사일 화물선, 예멘 근해에서 스페인 해군에 나포되어 미국으로 인계됨

---

1) 알바 했던 당구장 사장 누나 및 애매한 사이였던 구양에게는 보내지 않았다.
2) 갓, 이제 막이라는 뜻으로 입대한 지 얼마 안 된 자에게 주로 사용하며 부대마다 그 명칭은 다를 수 있다. 삥, 신삥, 삥하사, 삥소위 등. *삥과 신삥(新品)은 갓 전입 온 이등병을 가리킴. 일제의 잔재.
3) 언제인가 우리 소대의 상병 고참급 훈육분대장이 거들먹거리기를 '소대장은 나보다 밥이 안된다'며 '쫄지 말라' 했지만 훈련병에게 그런 것이 어디 있나. 아무튼 소대장이 심심했는지 (감히)우리들에게 춤이든 노래든 뭐든 재롱을 주문했는데, 아무도 나서는 이가 없었다. 나도 그런 성격이 못 되어 눈을 마주치지 않으려 최대한 자연스러운 노력을 했으나 첫 번째로 걸린 게 하필 나였다. 시부랄... 그러나 군인이 되어서였을까? 남고를 다녀보지 못한 내가 남자만 바글대는 환경에 놓여서였을까? 이미 걸려버린 것 빼는 게 더 바보 같은 모양새가 될 것 같은 느낌에 바로 중앙으로 뛰쳐나갔다. 그리고 다짜고짜 입대 전 유행하던, 그저 TV에서 몇 번 본 게 전부였던 청담동 호루라기 댄스를 그 좁은 내무실에서 온 사방의 쓰레빠를 다리로 쓸어가며 췄다. 무반주였기에 마치 초딩의 무술 같기도 했지만 모두 즐거워하니 그걸로 되었다.

12.10 화

하루 종일 야외에서 경계라는 훈련을 받았다.
추위와 허기짐 속에 끝을 알 수 없는 대기... 악!!
그리고 그 와중의 암기 테스트... 엄청나게 피로했다.
그러나 공포탄이었지만 K2를 두 번 쏴본 것이 피로회복제.

복귀하여서는 피곤함도 잊고 또 누나한테 편지(No.3)를 썼다.

쌀국수가 보급되었는데 미지근한 물을[1] 주고 난리야.
20분이 지나도 고무줄 같았다.
군대는 역시 멋있어.

※사회에서는 이런 사건이 있었다.
- 강원도 철원에서 규모 3.6의 지진 발생
- 법원, 양심적 병역 거부자 나동혁에게 실형 선고

1) 워낙 인원이 많다 보니 온수 수급이 부족할 수밖에 없었다.

12.11 수

오늘도 엄청난 빵이...

누나한테 편지 보냈다.
당구장 사장 누나에게도 보냄.

후후후후후 2주차 짝대기를[1] 그었다.

※사회에서는 이런 사건이 있었다.
- 1조 8,100억 들인 전국 10개 월드컵 구장, 이날 기준 122억 적자 기록 전망
*대구 구장만 유일하게 흑자(900만 원) 예상

12.12 목

A급 전투복을 받았다.
휴가 갈 때나 사진 찍을 때 입으라는데, 언제나 입어보려나...

또 밤새 누나한테 편지(No.4)를 썼다.
밤이 길다...

※사회에서는 이런 사건이 있었다.
- 북한 외무성 대변인, 핵 동결 조치 해제 및 핵시설 가동과 건설 재개 발표

---

1) 계급장을 대신하는 것인데, 가슴에 바느질한 임시 이름표의 이름 옆에 표시한다. 한 주 한 주 지날 때마다 유성매직으로 선을 긋는 것이 훈련병들에게는 삶의 낙이자 돌파구다.

12.13 금

밤새 쓴 편지를 바로 보냈다.

아침을 먹고 오다가 엄청난 타이밍을 감지하고 공중전화로 달려갔다. 모두 미쳤냐고 했지만 그것은 천년에 한 번 올까 말까 한 기회임을 직감했기 때문이다. 모든 분대장들이 식당에 있는 것을 100% 분명히 봤다. 군생활 보름 동안 그런 경우는 없었다. 기회였다.
마치 스릴러 영화의 한 장면처럼 미친 듯이 누나의 번호를 눌러댔다.
그리고 보름 만에 듣는 누나 목소리......ㅠㅠ
발각의 공포에 당연히 긴 통화는 불가능했다. 됐다. 목소리를 들었으니...
어제(12일) 내 편지를 받아서 미리 써둔 것을 보냈다는데... 후훗...
내무실에 들어가니 아이들 사이에서 미친 영웅이 돼 있었다.

PRI[1] 시작.
P가 나고, R이 배기고, 이(I)가 갈린다고?
제대로 안 해서 그런가? 피도 안 나고, 알도 안 배기고, 이도 안 갈렸다.

복귀하니 병콜라가 보급되었다. 감동의 맛..ㅠㅠ
미친 코카콜라..ㅠㅠ

수첩에[2] 누나에게 편지(No.5) 쓰며 불침번 with 짱박은 콘초코[3] 食.

※사회에서는 이런 사건이 있었다.
- 북한, IAEA에 영변 등지의 핵시설 봉인과 감시 카메라 제거 요구
- EU, 북핵 문제와 관련해 대북 관계의 재검토 언급

---

1) PRI(Preliminary Rifle Instruction): 사격술 예비 훈련
2) 수첩을 찢은 흔적이 아주 많은데, 전부 불침번이나 훈련 중에 쓴 편지다.
3) 불침번 중의 취식은 불법이다. 나는 점점 과감해져 갔다.

12.14 토

즐거운 토요일~ 이발을 했다.
깎쇠[1]가 우리 분대에 있어서 참 좋구만.

누나한테 또 편지(No.6) 씀.
누나한테 편지가 두 통이나 왔다으아으앙~~~

단체 기합.[2]
편지 보내기 등의 기본권을 제한하겠다는 훈육분대장. 이런 쒵..

※사회에서는 이런 사건이 있었다.
- 전국 60여 곳에서 여중생 추모 촛불 집회 개최
- 대원씨아이, 닌텐도 게임 큐브 국내 정식 출시

1) 보고 싶다. 이제 이름도 기억이 안 나지만 불평 한마디 없이 매주 모두의 머리를 서툰 솜씨로 정성스레 깎아준 그 친구가... 왜 적어놓지 않았을까...
2) 가장 많이 등장하는 단체 기합의 이유는 "이 새끼들이 미쳐가지고"였다.

12.15 일

제일 즐거운 일요일~
종교 행사에서 수계식[1]이라는 것을 했다.

점심 취사지원 나가서 어느 일병님과 친해졌다. 다시 만날 수는 없겠지만...
건빵 한 봉지를 선물로 받았다.

오후 종교행사 때 전북 현대의 박성배 선수에게 싸인[2]을 받았다.

멋부린다고 깎쇠에게 앞머리를 좀 파 달라 한 것을 타소대 분대장이 흉터로 오인했다. 왕년에 싸우다가 맞은 자국이라 거짓말을[3] 했다.

오늘부터 누나에게 보낼 일기를 쓰도록 하겠다.

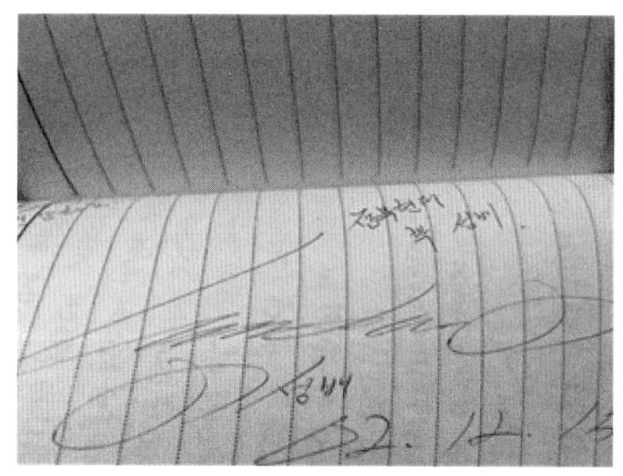

1) ∴ 이런 모양으로 향을 이용해 팔을 살짝 지지는데, 매우 짜증이 났었다.
2) 지금이나 그때나 축구에 전혀 관심이 없는 나는 그가 누구인지 몰랐으나 내무실 동기가 사인을 받기에 따라서 받았다. 아주 귀찮은 일이었을 텐데 그는 몇 살 위의 어른이었던 만큼 참 차분하고, 어색하고, 친절했다. *나는 2002년 한·일 월드컵도 보지 않았을 만큼 축구에 관심이 없다.
3) 그렇게 하면 날 쉽게 건드리지 않을 것이라 생각했다.

훈련소 실록
3주차

12.16 월

하루 종일 야외에서 P.R.I.
아............................... 짜증...

누나한테 편지가 두 통 또 왔다. 헤헤. 헤헤헤. 헤헤헤헤헤.

오늘의 보급은 육개장 사발면과 사이다, 초코틴틴...........ㅠㅠ
아.. 진짜 맛있었다. 나중에 박스로 사다 놓고 먹어야지.

누나한테 편지 보냄.

12.17 화

오늘도 P.R.I.
모두가 이제 몸에 익은 것이 좀 보여서였을까? 그나마 좀 널널했다.
아, 몸살 기운.........

단체 모포 털기.
집에서 형이랑 할 땐 재미있었는데, 여기서 하는 건 싫으네.

누나한테 편지(No.7) 씀.
오늘의 보급은 맛동산과 병콜라. 오~우! 주여! 나이스..ㅠㅠ

※사회에서는 이런 사건이 있었다.
- CCR, <포트리스 2>의 후속작 <포트리스 3 패왕전> 서비스 시작
- 미 국방부, 2004년부터 미사일방어체제(MD) 가동 발표

12.18 수

[새벽에 꾼 꿈 기록]
나: 나 이제 누나 안 만날 거야.
누나: 마음대로 해. 근데 어제 김재원[1]한테 너 계속 만난다고 했는데...
나: 왜 그딴 소리를 했어?

– 이런 류의 꿈이었음.

드디어 영점 사격.[2]
실탄. 덜덜덜. 이것이 리얼 군대.

나는 10조 5사로[3]였기에 기다리며 계속 P.R.I.
아오~ 줄을 잘 서야지...

12발 만에 1차 합격. 나이스.
계속 P.R.I. 할 뻔...

결국 몸살에 걸렸다.
그리고 인권이에게 편지가 왔다. 오, 마이 불알프렌..

※사회에서는 이런 사건이 있었다.
- 대한민국 대통령 선거를 8시간 앞두고 정몽준이 노무현과의 선거 공조 파기

---

1) 내가 입대한 이후로부터 누나에게 계속 껄떡거리던 누나의 재수 학원 시절 동기.
2) 영점사격(零點射擊, zeroing fire): 조준점과 탄착점(표적)을 일치하게 만들기 위한 사격. 영점 사격이 끝나야만 비로소 총과 자신이 하나가 되는 것이다.
3) 사로(射路, Fire Lane): 사수가 사격해야 할 방향 또는 사수가 표적을 바라보는 방향.

12.19 목

사회의 대통령 선거 덕분에 우리도 쉬었다.
선거가 이렇게 좋은 거였다니…

놀면 뭐하나 나는 열심히 누나한테 계속 편지를 썼다.
오후에 부모님과 누나에게 편지 발송 완료.

※사회에서는 이런 사건이 있었다.
- 제16대 대통령 선거에서 민주당의 노무현 후보 당선
- SM ent. 소속 여성 3인조 가수 S.E.S. 해체

12.20 금

기록 사격(3조 14사로).
아니나 다를까 P.R.I. 하며 차례를 기다렸다. 하지만 3조면 줄을 꽤 잘 선 것. 총열에 바둑알 올리고 깔짝깔짝거리니 곧 차례가 왔다.

1차, 4/20 불합격. 어엇? 멀가중 멀가중 멀중가중[1] 맞는데?
2차 사격까지 또 P.R.I.인가? 하며 귀찮아하고 있었는데, 누가 대신[2] 쏴줬다.

야간 사격(8조 11사로 → 14조 7사로).
오직 1차뿐인 야간 사격 평가에서는 0/5, 한 발도 못 맞히며 불합격.
앞은 그냥 암흑이고 저 암흑 속에 표적이 있다니까 그냥 있겠구나~ 하는 것이지 사람이 그걸 어떻게 맞히나? 허.. 거 사람 참...

그러던 중, 옆 소대 누군가가 탄피를 잃어버렸다는.
전원 뺑이. 40분~1시간 정도 탄피 찾는다고 뺑이를 쳤다. 아오.. 누군가 숨겼다가 사태의 심각성을 파악하고 슬쩍 다시 떨어뜨린 게야... 음모론.

탄피 찾느라 시간을 허비해서였을까?
분대장들이 남은 탄들을 점사[3]로 마구 쏘아 대다가 사격이 끝났다. 오잉?
아무려면 어때. 우리는 빨리 들어가서 쉴 수만 있으면 되었다.

※사회에서는 이런 사건이 있었다.
- 이회창 한나라당 대표, 정계 은퇴 선언

1) 표적과의 거리. *멀=멀어 250m, 가=가까워 100m, 중=중간 200m
2) 잘은 모르겠지만 기록 사격의 합격률이 간부들의 성과에 영향을 끼치는 것이 아닌가 하는 생각이 들었다.
3) 대부분의 소총은 세 가지의 발사 기능을 가지고 있다.
*단발(1)=탕, 점사(SEMI)=타다당, 자동(AUTO)=타다다다다다다다다당

12.21 토

태권도 교육.
나는 태권도가 제일 싫다.

※사회에서는 이런 사건이 있었다.
- 축구선수 박지성, 네덜란드 PSV 아인트호벤 입단
- 북한, 핵 개발 재개 선언 9일 만에 영변 5MW 원자로에 설치된 감시 장비 해체

12.22 일

동기가 준 사제 편지지에다가 누나한테 편지(No.8)를 썼다.
음.. 디자인이 들어간 사제 편지지...

편도선 상태가 최악이다.

훈련소 실록
4주차

12.23 월

훈련 나가기 전, 누나한테 편지 보냄.

주간 행군.
뒈지는 줄 알았다.
그러나 잠시나마 사회의 땅을(깡촌 시골뿐이었지만) 밟을 수 있어서 그 와중에 행복했다.

상준이에게도 편지가 왔다.
누나에게 소식이 없는 게 슬슬 짜증이 난다. 분명 뭔 일이 있다.
음모론 음모론 음모론... 음모 음모... 야한 생각.

입대 이래 첫 혼자만의 시간[1]을 가짐.

※사회에서는 이런 사건이 있었다.
- 북한, 핵 재처리 시설인 방사화학실험실의 감시 장비 제거
- 천안~논산 고속도로 개통
- 세중게임박스, XBOX 국내 정식 출시

1) 아닌 사람도 있겠지만 꽤 많은 사람들이 입대 후 똥을 못 싼다든가 발기가 안 된다든가 하여, 음식에 약을 타는 것이 분명하다는 의견이 분분했다.

12.24 화

기초 유격 훈련.
어렸을 때 소장했었던 G.I. 유격대 정도를 떠올리며 널널하게 생각했다가 좆됐다. 뒈지는 줄 알았다.

결국 의무실에서 약을 받아먹는 지경[1]에 이름.

오늘도 누나에게 편지가 오지 않았다.
아오 짜증나...............

1) 의무실에서 주는 약은 거의 뻔했다. 감기 걸린 사람과 체한 사람, 근육통을 호소하는 사람 모두의 약이 똑같았기 때문이다. 그저 '의무실에 가는 시간만이라도 훈련을 피하고 싶어서'였을 것이다.

12.25 수

밤새 엄청나게 눈이 왔다.
논산은 지쟈스 화이트 크리스마스~!! ...알 게 뭐야.
일조점호 후, 곧바로 전 병력이 제설작업에 투입되었다. 처음에는 그저 재미있었는데 해도 해도 없어지지 않는 눈을 인지하며 뭔가 잘못되어 가고 있음을 느꼈다. '뭐지 이거?' 다들 열심히 치우고 있는데 왜 나만 치우고 있는 것 같은... 세상에 나뿐인 이 기분은 뭐지..?

신기했던 경험을 기록해 둔다.
눈을 치우며 힘듦을 달래고자 이런저런 노래를 흥얼거리고 있었다. 거기까지는 뭐 아무런 문제가 없었다. 그러나 나의 재생 목록 중, 플라워의 엔들리스를 거쳐 K2의 그녀의 연인에게를 부르는 타이밍에 어느새 울고 있는 나를 발견한 것이다!! 헐!? 나 왜 우니!? 나 왜 울지?
대체 이게 무슨 경험이람!?[1)]

청소 좀 안 해 보려고 "이제야 밝히지만 사실 나는 기독교 신자였다." 하고 교회에 가는 동기들을 따라갔다. 크리스마스라 좀 더 특별할 것이라는 소문이 자자했다. 하지만 초코파이가 가장 특별한 아이템이었고, 복귀해서 좆나게 청소만 함. 좆나게...

---

1) 환경의 탓일지는 모르겠지만 폐쇄된 그곳에 갇혀 있던 나를 포함한 대부분은 확대 해석의 대가(大家)가 되어 있었다. 이러저러한 이유로 나는 '누나에게 비참히 버려졌구나.'라고 생각했다. 거기에 내 노래가 BGM이 되었던 것이다.

영화 관람 시간도 있었다. 크리스마스가 이렇게 좋은 거였다니...
〈피아노 치는 대통령〉이라는 영화를 틀어줬는데, 재미는 없었다. 그저 먹으면서 보라고 나누어 준 돼지바가 너무너무 맛있었다.
돼지바가 이렇게 좋은 거였다니...

4주차 짝대기 그음.

※사회에서는 이런 사건이 있었다.
- 시베리아 횡단 철도의 전철화 작업 73년 만에 완료

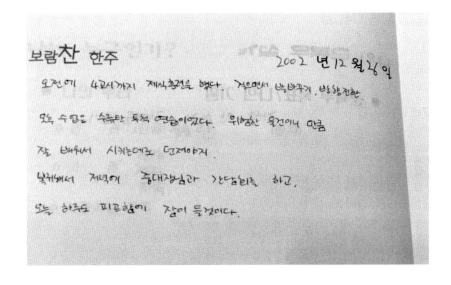

보람찬 한주 2002년 12월 26일

오전에 4교시까지 제식훈련을 했다. 걸으면서 발바꾸기, 방향전환
오후 수업은 수류탄 투척 연습이었다. 위험한 물건이니 만큼
잘 배워서 시키는데로 던져야지.
복귀해서 저녁에 중대장님과 간담회를 하고,
오늘 하루도 피곤함에 잠이 들것이다.

12.26 목

오전 4교시 전부 제식훈련.
걸으면서 발 바꾸기, 방향 전환… 지루하고 지루한 제식훈련.

오후 수업은 수류탄 투척 연습이었다. 덜덜덜.
위험한 물건이니 만큼 잘 배워서 시키는 대로 던져야지.

저녁 먹고, 시청각실에서 중대장님 간담회.
그는 언제나 "밥들 잘 먹었나?"라는 인사로 시작한다.
훈련과 군대에 관한 지루한 이야기를 듣고, 마약으로 시끄러웠던 연예인이 이번에는 누드를 찍었네, 어쨌네.. 하는 등의 이야기를 들었다. 알 게 뭐야… 난 아무런 근심이 없어 보이는 중대장이 그저 부러웠다. 저 사람은 집에 가서 잘 거 아닌가. 좋겠다. 나도 누드 찍을 테니까 집에 보내줘…

수양록이 지급되었다.
의무적으로 쓰라고 하는데 내겐 문제 될 것이 없지.

누나한테 편지가 왔다!!!!!!!! *분대장 책상에서 미리 빼냄
엄마한테도 편지 두 통, 형과 경지누나에게서도 편지가 왔다.

참으로 졸라 기쁜 날이로다~♡
인권이에게 보낼 편지나 마저 다 쓰고, 오늘 하루도 피곤함에 잠들 것이다.
내일은 밤새워서 모두에게 다 답장해야지.

※사회에서는 이런 사건이 있었다.
- LG생명과학, 순수 국내 기술의 폐렴 치료제 '팩티브정' 개발

12.27 금

수류탄 투척(21조 2사로).
형 편지 덕분에 즐거운 마음으로 훈련에 임할 수 있었다.

잘 던지고, 총검술 하다가 복귀.
교장에서 돌아올 때는 좀 힘들었다.

떠블백[1]이 바뀐 걸 오늘 알았다. 아.. 찝찝해.[2]

※사회에서는 이런 사건이 있었다.
- 건교부, 10년 만에 한국~대만 간 항공기 운항을 주 3회 실시한다 발표
- 미국 클로네이드사, 인간 복제 아기가 태어났다 주장

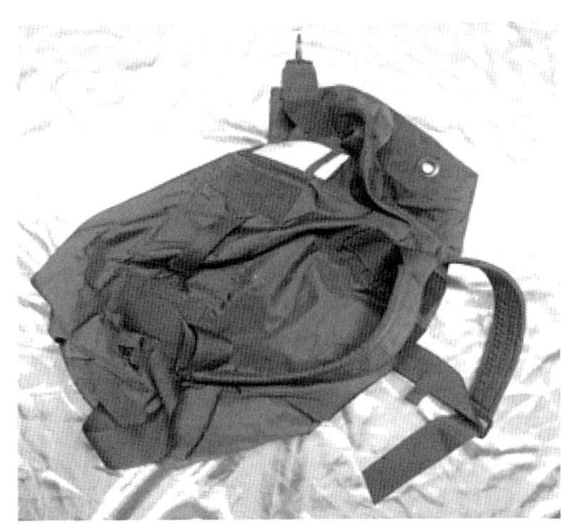

1) 정확한 명칭은 더플백(duffle bag). 모두가 떠블백이라 불렀기에 그런 줄 알았다.
2) 편집증+밀덕이었던 나는 내가 보급 받은 그대로의 것을 온전히 갖고 싶어 했다. 굴러다니는 것이 보여도 내 것이 아니면 취하려 하거나 만지지도 욕심내지도 않았다.

12.28 토

기상 1시간 전에 눈이 떠졌다.
다시 자지 않고 형한테 답장을 썼다.

제식훈련을 마치고, 대청소.
그리고 월요일에 있을 숙영 준비로 엄청 바쁜 하루를 보냈다.
토요일인데. 씨..

그 바쁜 와중에도 누나한테 편지(No.9, 26일의 답장) 쓰는 것을 게을리하지 않고 우편물 수집 시간 안에 완성하여 발송까지 완료.

누나한테 편지 옴!!!!!!!!!! *이번에도 분대장 책상에서 빼냄
오늘은 부모님께도 편지를 썼다.

저녁부터 배식조.[1]
와.. 대박... 졸라 빡세다.

※사회에서는 이런 사건이 있었다.
- FDA, 인간 복제 불법 연구에 관한 조사 착수

1) 분대별로 돌아가며 배식을 돕는다. 단순 반복 작업+"햄 두 개만 더 줘." 이런 애들과의 조율이 사람을 피곤하게 만든다. 반찬이 '빵꾸'라도 나면 엄청 혼나기 때문이다.

12.29 일

아침 배식을 하고, 어쩌다 보니 이번에는 천주교에 갔다 왔다.
나는 모든 신을 사랑하기 때문에 괜찮다.

점심 배식을 하고, 군장을 쌌다.
숙영이 뭔지는 몰라도 준비가 엄청나게 많구만.

저녁 배식도 하고, 오후 종교 행사도 천주교로 선택.
후반기 교육을 받고 있는 사람과 친해져 과자도 얻어먹고, 얘기도 많이 나누며 양질의 정보까지 들었다.
즐거웠다.

분대장한테 빵과 초코파이도 받았다. 크크.
순간 군대가 재밌었다.

첫 경계 근무를 나갔다.
기간병과 같이 나가는 합동 근무인데 진짜 군대에 온 느낌이었다.
어둠... 적막... 달빛에 비치는 입김... 노가리...
'시간은 순간을 흐른다.'[1)]

근무 복귀 신고 때, 행정반에서 영화 〈가문의 영광〉이 나오고 있었다.
밖에서는 거들떠도 안 본 영화가 왜 그리 보고 싶던지 최대한 천천히 행정반을 빠져나왔다.

---

1) 태어나 처음 1시간짜리의 완벽한 어둠과 완벽한 적막으로 던져지니 명문장이 떠오른 것이다. 내게 딱 맞는 적성을 찾았다고 생각했다. 나이스 경계 근무.

훈련소 실록
5주차

12.30 월

각개전투[1](신형 군장) 1일차.
주·야간 이동 기술이라는 것을 배웠는데, 그냥 포복이면서 어렵게 부르네.

그리고 환상의 미친 숙영.[2]
오늘은 막사로 돌아가지 못한다.
땅굴도 아니고 천막도 아닌 텐트 비스무리한 곳에서 잔다.

와~~~~~~~~~~~~~~씨
졸라 빡쎄다.

와~~~~~~~~~~~~~~씨
추워 뒤지겠다.

살려줘.
아오 살려줘.
빨리 아침이 왔으면 좋겠다.

– 2:33, 불침번 중

※사회에서는 이런 사건이 있었다.
- 제16대 대통령직 인수 위원회 출범
- 김대중 대통령, 국무회의에서 미국의 대북 봉쇄 반대 입장 밝힘
- 노무현 대통령 당선자, 대화를 통한 북핵 문제의 해결 강조

---

1) 각개전투(各個戰鬪, individual battle): 병사 개개인이 총검술 따위로 벌이는 전투.
2) 숙영(宿營, bivouac): 군대가 훈련이나 전쟁을 수행하기 위해 머물러 지내는 일.

12.31 화

각개 2일차.
장애물 통과, 지형지물 이용.. 뭐 그런 이름의 훈련이었다.
하루 종일 졸라 기어 다녔다.

동기들은 팔 다리가 까지고 난리가 났는데, 나는 전신 멀쩡.
열심히 했는데... 대충 한다고 기합 받은 적도 없고...
그냥 내가 많이 튼튼한 듯. 엄마 고마워요~

와~ 신선한 경험.
내무실이 이렇게 좋은 거였다니...
심지어 이제 집처럼 느껴진다. 초 아늑..ㅠㅠ

정수, 성배형에게 편지가 와 있었다.

피곤...
새해를 맞아...... AM 0:00을 보려 했으나 잠들어버렸다.

※사회에서는 이런 사건이 있었다.
- 미국 부시 대통령, 북핵 평화적 해결 원칙 강조
- 북한, IAEA 사찰단 2명 추방

2003년 1월 1일 수요일

2003년!!
2005년 1월 제대니까 대충 2년 남았군. 좋아, 거의 다 왔어!!

음.. 쉬는 날은 기본적으로 대청소를 시키는군?
거 참 그냥 좀 쉬게 좀 놔두지 좀...

밀린 빨래도 했고...
이게 또 힘든 부분이다.
빨래라도 세탁기에 돌려줬으면...

옆 소대 분대장 새끼가 내 입에 뽀뽀[1]를 했다.

누나한테도 부지런히 편지(No. 10)를 써서 보내기까지 완료.

※사회에서는 이런 사건이 있었다.
- 김대중 대통령, 신년사에서 북핵 문제의 평화적 해결 언급
- 노무현 대통령 당선자, 신년사에서 '국민주권시대' 선언
- 일본 운수성, 마력 규제 폐지
- MBC 무비스 개국

1) 지금 생각하면 뽀얗고 예쁘장하게 생긴 것이 게이였던 듯하다. 나 말고도 이미 여럿이 당했다 하고, 더 심한 것을 겪은 사람도 있었다. 당시 나는 '이 새끼가 이게 뭐 하는 짓이지?'라는 생각보다 '이 새끼를 잘 꾀어서 담배를 좀 달라 해볼까?'라는 생각이 더 컸었다.

1.2 목

오늘은 배식조.
아침 배식 때 김정민의 yesterday를 그렇게 불러 댔다.

오전에 총검술 졸라게 하고,
점심 배식 때 밥 빵꾸나서 졸라게 혼나고,
오후에는 정신교육으로 어영부영 시간이 지나갔다.

구형 군장 쌈.
누나한테 편지 옴.
세영, 윤정에게도 편지 옴.

저녁 배식 때는 꽁치가 남아서 처음으로 과식했다. 크크크. 두 판~~

※사회에서는 이런 사건이 있었다.
- 김대중 대통령, 동교동계 해체 지시

1.3 금

종합 각개전투(구형 군장).
생각 외로 아주 널널했다. 추위만 빼고... 아, 맞다 눈보라.
눈발이 싸대기를 강타하는 걸 30분은 넘게 맞고만 있어야 하는 경험.

누나한테 편지 왔는데 안 나눠줘서 못 봤다..ㅠㅠ

복귀해서 또 눈 조오올라 치웠네...
아, 편지를 훔쳐내야 되는데...
마취처럼 스르르 잠듦.

1.4 토

오전 내내 제설작업.
진짜 왜 이리 많이 오냐……

누나한테 편지(No.11) 쓰고, 방독면 정비.
나는 방독면이 좋다. 군용품 중 가장 멋진 아이템이다. 간지.

이동욱 분대장님[1]과 즐거운 대화.
어쩐지 좋은 대학교를 다니다 왔을 것 같은 이 사람.
하지만 절대 말해 주지 않는다. 이유는 “니들이 찾아와서 해코지할까 봐.”
장난이 아니라 진짜 그래서란다. 크크크.

어제 못 받은 누나 편지를 기어코 빼냈다. 크크크.

1.5 일

누나, 형, 부모님, 윤정, 세영에게 편지 발송.

2번째 혼자만의 시간…

※사회에서는 이런 사건이 있었다.
- 노무현 대통령 당선자, 폐쇄적인 청와대 집무실을 개방형으로 바꾸기로
- 이스라엘 텔아비브에서 2회의 자살 폭탄 테러가 발생하여 23명 사망

1) 훈육 담당 분대장으로, 역할이 역할인지라 개중에 가장 덜 삭막한 엄마 같은 존재였다.

훈련소 실록
6주차

1.6 월

대망의, 공포의, 화생방...[1)]
아... 진짜. 다시는 경험하고 싶지 않다. 뒈지는 줄 알았다. 씨발군대!!!
그래도 해냈다는 기쁨에 애들과 지랄 발광을 떨었다.

됐어. 화생방 끝났으니 다 끝났어...
초등학교 때 주사 맞는 날의 공포와 맞고 나서의 안도를 오랜만에 느낀 날이다.

스르르 잠듦.
그러고 보니 정확히 '3년 전 오늘'은 내가 어른(?)이 되었던 날이로군.

※사회에서는 이런 사건이 있었다.
- 부산 광안대교 개통

1.7 화

오전 내내 정신교육만 하다가 점심 먹고, 세 번째 혼자만의 시간.

야간행군. 가뿐히 해냈다.
강해진 내가 놀랍다. 아하하하하하하~
초번초까지 하고 잔다. 아하하하하하하~[2)]

---

1) 화생방(化生放, CBR): 화학, 생물학, 방사능의 앞 글자를 따서 식당 이름을 짓고, 고사를 지내고.. 어머니는 삼선짜장만 드셨어.
2) 성경, 법전 할 것 없이 제일 뒷장에는 수많은 사람이 거쳐가며 남겨 놓은 훈련 관련 정보가 있었다. 그 정보를 통해 화생방과 야간행군이 클라이맥스임을 익히 알고 있었던 우리들은 마치 내일 전역이라도 하는 듯 모든 것이 끝난 것처럼 흥분해 있었다.

1.8 수

아침 먹고, 누나한테 보낼 편지(No.12) 후다닥 씀.

오전은 M16A1[1] 기계 훈련.
오후는 페인트 벗기는 엿 같은 작업.
역시 화생방과 야간행군이 끝나니 봄방학을 앞둔 학교처럼 뭔가 어수선하군.

아까 누나한테 쓴 편지도 발송 완료.
답장 올 타이밍에 내가 아직 훈련소에 있으려나...

※사회에서는 이런 사건이 있었다.
- 노무현 대통령 당선자, 새 정부 청와대 비서실장에 문희상,
정무수석에 유인태 각각 내정

1) 전투복 외에도 옛날 사람을 구분하는 기준이 있는데, 'K2를 쐈느냐 M16A1을 쐈느냐'다. 전군 대부분이 K2로 교체된 시기였지만 후방 지역이나 취사병 등 일부 보직에 따라 M16A1을 받는 경우도 있었다. 그런 긴 과도기가 있었기에 M16A1도 만져볼 수 있었다.

1.9 목

오전은 제식훈련만 내내.
오후는 태권도만 내내... 봄방학이랑은 좀 틀리군.

그래도 슬슬 갈 때가 되었나 보다.
빈 관물대까지 정리 정돈 시키는 것을 보니...

그들이 우리를 보낼 준비를 한다.

※사회에서는 이런 사건이 있었다.
- 두산중공업 노조 배달호 씨, 재산 가압류와 노조 탄압 등을 이유로 분신자살
- EA코리아, <심시티 4> 국내 발매

1.10 금

오전 총검술.
오후 지뢰·BT(부비 트랩) 교육.

누나에게 편지 써서(No.13) 바로 보냄.

인식표(군번줄)를 받았다. 요것이 또 밀리터리의 상징이지.
이등병 계급장[1]도 받았다. 오오......ㅠㅠ

※사회에서는 이런 사건이 있었다.
- 북한, NPT 탈퇴 성명 발표

1) "이거 하나 받으려고 너희들이 6주간 그렇게나 빽이를 친 것이다."라던 훈육분대장의 말을 듣고 '국가가 뭔데 씨발' 하던 모두의 탄식이 있었다.

1.11 토

오전 교육은 자살 사고 예방 VTR 시청.

신나는 끝물의 토요일의 개인정비 시간을 여유롭게 보냈다.
누나에게 편지(No.14)도 쓰고, 계급장 가뜸[1]도 하고...

17시 즈음 시청각실에 모여 영화 〈익스트림〉 관람.

와우.. 군대에서 피자도 나눠준다.
6주차가 이렇게 좋은 거였다니...

전출을 앞두고 이발이 한창이다.
초대형 이발 공장과도 같은, 사회에서는 보기 힘든 장관.
이 머리털만 쓸어 모아도 두 시간은 아궁이에 땔 수 있겠다~ 싶음.

불침번 끝나고(12일 새벽), 네 번째 혼자만의 시간.

※사회에서는 이런 사건이 있었다.
- 이집트, 모로코, 튀니지, 요르단, 암만에서 자유무역지대 창설 협정 체결

1) 임시로 해 두는 바느질. 사전에도 없고 어원조차 알 수 없지만 모두 그렇게 불렀다.

1.12 일

군번줄을 목에 걸었다.
오.. 밀리터리의 콜드한 실버의 이 느낌...

누나에게 시간 날 때마다 편지를 쓰고(No.15) 있다.

누나랑 전화[1]했다. 30일 만에 듣는 목소리..ㅠㅠ

훈련소에서의 마지막 휴일이 저문다...
4일 내내 불침번이네..? 썩을...

※사회에서는 이런 사건이 있었다.
- 미국 하와이에서 미주 한인(美州 韓人) 이민 100주년 기념행사 열림

1) 그랬다. 퇴소 전 모두에게 주어지는 한 번의 통화 기회를 부모님이 아닌 여자친구에게 사용한 것이다. '키워 놓아봤자 다 응응응이다.'라는 말은 나 때문에 나온 말이다.

Warrior Hall

훈련소 실록
퇴소 그리고 배출

1.13 월 《퇴소식》

퇴소식이 있었던 오늘, 마지막까지 교육. 크...
그래도 다행히 태권도가 아닌 총검술이었다. 백병전엔 칼이지!!
총↗검↘술!! 하며 시작하는 댄스 동작도 오늘이 마지막... 아쉽구나. 그래도 꽤 재미있었는데...

떠블백에 짐을 꾸리고, 대망의 퇴소식.
와... 군악대 때문에 아니, 덕분에 완전 대박 멋졌다. 와.. 미친...
하이라이트는 연대장 입장(入場)에서 사회자의 쉼표 없이 읊조리는 나지막한 목소리. “연대장님께서·입장하십니다·부대·차렷” 와~ 씨.. 카리스마...
랩인가?
한편으로는 ‘지가 뭔데... 입장하는데 뭐? 나도 연대장이나 할까 보다.’ 했지만 어쨌든 완전 멋있었다.
경례(받들어 총)[1]할 때 빠라바라밤~♬ 빠라바라밤~♬도 와우.. 어쩜 좋아...
적절한 타이밍에 쏙쏙 깔아주는 관현악은 감동적이기까지 했다.

갑자기 지난 고생과 상상도 못하겠는 앞으로의 두려움이 엄습했다.
군악대는 감수성을 들쑤시는 매력이 있다.
감수성 테러범들.

이제부터 이병 김태형이다. 헤헤헤.
...

1) 받들어 총: 총검을 들어 표현하는 최고 경의의 예(禮).

아싸!! 박격포 일단 아니다!![1]
12호차 타고 위로 올라간단다!!!!!!
…

각 분대 최장신 네 명은 헌병이란 말이 있다.
용산으로 간다던데... 오옷?
과연......

1) 성경이나 법전 뒷장에서 수집한 정보에 의해 '일단 박격포만 아니면 된다'라는 것이 모두의 바람이었다. 박격포는 후반기 교육도 육군훈련소에서 받기 때문에 정문을 구경도 못한 채 이어지는 지옥을 기다려야 했기 때문이다. 우리들은 그저 뭐가 됐든 여기에서 나가기만 하면 된다는 소박한 절규뿐이었다.

1.14 화 《배출》

정해졌다.
뭔지는 모르겠지만 go to 육군종합행정학교.

배출의 시간.. 이동욱 훈육분대장님과 인사하며 울었다.[1]

수방사다!!![2] 용산으로 간다!!!
…

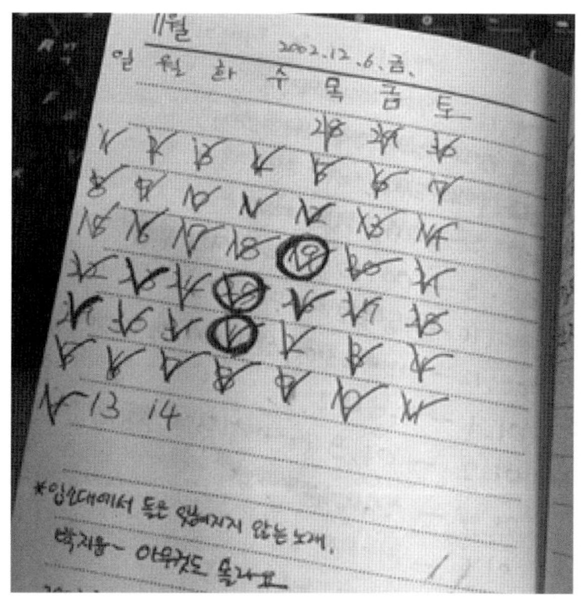

1) 정말 그럴 줄 몰랐는데, 그런 거지같은 곳에서도 정은 드나 보다. 13명 중 8명은 울었다. 정 40%+막막한 미래에 대한 불안 60%의 눈물이었을지도 모르겠다.

2) 나돌던 모든 정보를 그대로 믿었다. 아니 믿게 된다. 누구 하나 시원하게 알려주는 사람이 없는 상태에서의 간절함. 딱히 수방사가 좋았던 것은 아니다. 훈련 6주 받은 군바리가 뭘 안다고... 그저 수방사가 당시의 지식으로는 서울에서 가장 가까운 군대였고, 결정적으로 여자친구의 학교(중대)에서 가까웠기 때문에 원했던 것이다.

지금은 기차 안.
너무 흥분된다. 서울로 간다니...[1)]
기차에서 쿨이 부른 '백설공주… 뭐시기(?)'가 흘러나왔다.
문명이 이렇게 좋은 거였다니...
...

수방사 아니다!!! 헌병대다!!!
뭐지? 육군종합행정학교가 헌병대인가? 대체 뭐여!!
5주간 더 교육을 받는다는 정도만 들은 상태로 버스 이동 중..ㅠㅠ
처음 훈련소에 들어가던 날처럼 너무 무섭다.
...

빨리 적응하자.
그래도 여기는 밥 먹을 때 라디오가 나온다는 게 어디냐.
아니... 음악을 들을 수 있는 건 있는 거고, 막막한 건 막막한 거다.
그리고 여기에서도 마찬가지다. 환상의 바느질.. 지겹다......

※사회에서는 이런 사건이 있었다.
- EA, <심시티 4> 북미 발매

1) 난무하던 정보 중, 서울로 그리고 용산으로 간 것만이 들어맞았다.
용산역에서 우리는 전원 버스로 갈아태워졌다.

후반기 교육(특기병) 39日의 기록

2003. 1.15 ~ 2003. 2. 22

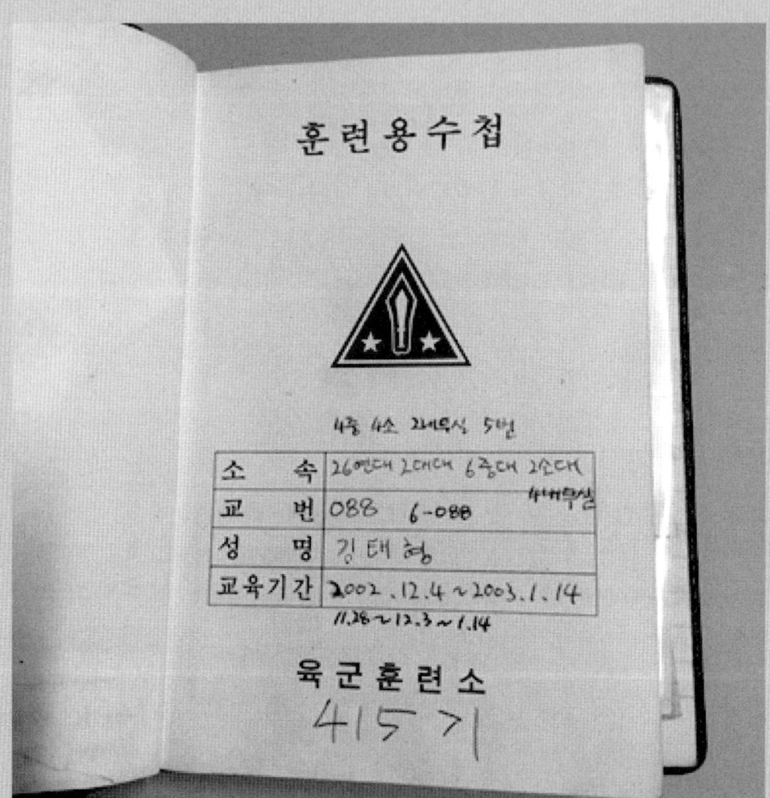

후반기 실록
1주차

1.15 수

아무것도 시키는 게 없다.
좋기는 한데, 그래서 뭔가 더 불안한..
계속 불안해야 하는 이 상황이 어휴 참 싫구나.
나는 언제까지 불안해야 하는가. 나는 왜 불안한 걸까...
부모님께 효도 편지나 쓰면서 마음 좀 다스리고 시간도 좀 죽여야겠다.

단카[1)]에 흙 나르기 작업.
모여서 작업지시를 받을 때 어른들의 단어가 난무하여 중간중간 뭔 소린가 했다.

노가다 삘 쏘 구웃.. 노가다라도 하니 몸과 마음이 상쾌도 하였다.
사람은 역시 몸을 써줘야... 노가다 만세.

저녁에는 누나한테 현재의 상황을 적은 성남에서의 첫 번째 편지를 써서 보냈다.
논산에서의 거리보다 우리가 훨씬 가까워졌다고...
그럼 뭐 해. 크크.
니미..

※사회에서는 이런 사건이 있었다.
- 대법원, 제16대 대선 관련 전국 80개 개표구의 재검표 결정
- SBS 수목드라마 <올인> 첫 방영

---

1) 탄카(たんか, 担架): 들것. 당시의 군대에는 일제의 잔재가 지금보다 훨씬 많았다. 그렇게 부르기에 우리도 그렇게 불렀고, 한참을 그렇게 불리었을 것이다.

1.16 목

부모님께 쓰던 효도 편지 완성하여 발송.

오늘도 흙 나르기 작업.
하루 종일 작업... 작업...... 작업.........

크허허허허..?
어어? 옘병 너무 시키는 듯!?

어제는 좋았는데..
이것도 앵간히[1] 했을 때 상쾌하지.

성배형에게 편지 씀. 옆에 있으니까 금방 가려나...[2]
인권이, 상준이, 윤정이에게도 편지 씀.

※사회에서는 이런 사건이 있었다.
- 정통부, 07년까지 휴대폰 식별 번호 010 단일화(04년부터 시행)
- 민주노총 금속노조 노동자들, 배달호 씨 분신자살 관련 4시간가량 시한부 파업

---

1) 엔간히: 어림잡았을 때 표준에 꽤 가까운 정도.
2) 사촌 형이 인근의 국군체육부대에 복무 중이었다.

1.17 금

어제 쓴 편지 4통 싹 다 보내고, 누나에게 편지(No.2) 씀.

오늘도 흙 나르기 작업...
아, 공원!? 아... 이제 보니 저쪽 언덕을 깎은 흙으로 이쪽에 공원을 만드는 거였구나!? 크크크크크크크크크크 대박...... 크크크크크 졸라 멋있다.
와... 씨. 와...... 진짜로 그렇게 하는구나. 군대. 진짜. 와...

세영이, 정수에게 편지 씀.

연초 신청을 받았다.
사인만 하면 간단히 흡연자로 돌아갈 수 있는 선택의 순간.
서명한 인원만큼의 연초만 나온다 하니 비흡연자의 이름을 빌리기도 했다.
고민 고민 고민 민고 민고 민고민 고민 고민...

일단은 해놓자. 대신 1인분만.
안 피우고 갖고만 있는 거야!! 암!! 그렇고말고!!

악!!! 난 정말 어쩔 수 없는 쓰레기다.
아아아 병신 병신..ㅠㅠ 왜 그랬어..ㅠㅠ[1)]

아아... 그래도 쓰러진다... 크크크.
손꼽아 계산해보니 46일 만에 피우는 담배. 디스가 이렇게 좋은 거였다니...

---

1) 사단 훈련소 출신들은 퇴소 때 담배를 돌려받은 모양인지 첫날부터 삼삼오오 모여 담배를 피웠다. 나는 금연을 할 요량으로 이들을 잘 참았으나 연초 신청 이후 무너졌다. '어차피 곧 담배가 나올 텐데... 너 따위가... 되겠어?'라는 악마의 속삼임으로 한 개비를 꾸었다. 금연에 실패하고 지랄을 떠는 것은 이때나 현재나 변함이 없다. 변치 않는 소인배.

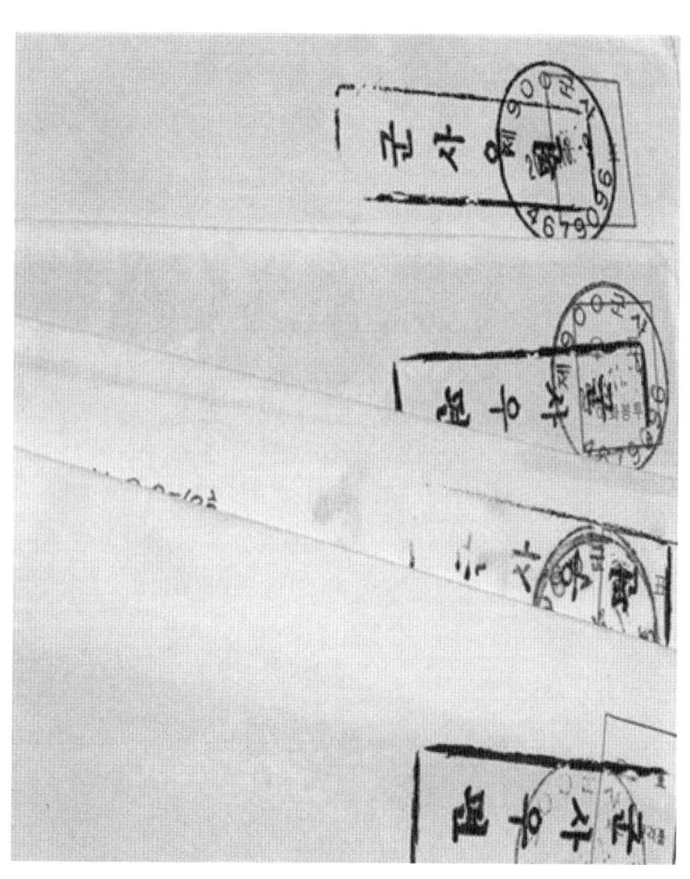
군사우편

1.18 토

어제 누나에게 쓴 것과 친구들에게 쓴 것, 총 세 통 싹 보냄.
경지누나와 이동욱 훈육분대장님께 편지 씀.

오늘도 역시 작업을 했지만 오늘로 작업이 끝이란다. 아직 한참 남은 것 같은데 아무튼 끝이다. 우리 모두 코를 흘리며 와~ 신이 났다.
널부러져 있는 폐장판을 다 태우라 하여 오랜만에 불장난도 했다.

연초 패밀리 중, 디스가 아닌 담배를 소지한 인원이 있었다. 하나 건네주기에 PX에 가게 되면 갚아주겠다 하니, “담배는 갚고 그러는 거 아니야~”라는 대사를... 아니, 그런 문화가!? 아무튼 ‘타임’과 ‘디스플러스’를 오랜만에 맛보았다. 나쁘지 않아.

누나에게 편지(No.3) 씀.

저녁을 먹고 온 아이들이 떠들어도 이상하다 싶을 만큼 통제하는 이가 없더니 점호 무렵 분위기가 살살 이상해지고, 내 인생 사상 최악의 시련이 시작되었다. 물론 떠들지 않았어도 이 시련은 있었을 것이다.

단체 기합.[1)]
중대원 전원 어깨동무 앉아 일어나 500개.

쉬울 줄 알았다.
어깨동무가 그렇게 힘든 거였다니... 정말 뒈지는 줄 알았다.

근데 지금 보니 그새 체력이 좀 좋아졌나?
메슥거리긴 했지만 토는 안 했으니...

주여...
관세음보살...

---

1) 전통, 명예 1중대, 군기 확립이라는 닭살 돋는 명분이었지만 진실은 기선 제압을 위한 구대장들(중사 1명, 하사 1명)의 가혹행위였다. 300개 즈음 저녁 먹은 것을 토하는 자들이 속속 발생하였는데, 분수처럼 뿜어져 나오는 것이 마치 영화 같았다. 토를 하거나 주저앉은 자들은 거기까지만 해도 되었고, 포기하거나 토하기 위해 욕장으로 달려가는 것도 허가해주었다. 그리고도 남은 인원에게는 나머지 500까지 전우애라는 만화책 같은 단어를 주입 시키며 해내게 하였는데, 쓰러지지 않은 자들의 책임감과 포기해버린 자들의 미안함을 교차 시키는 '정통 연출'로 양방 모두에게 감동을 선사하려는 듯했다. 역시나 쓰러져 있던 순수파들이 울면서 대열로 합류하는 풍경도 있었으나 나는 현명하게도 350개 정도에서 대세의 구토 무리와 함께 토하는 시늉을 하며 욕장으로 달렸고, 끝날 때까지 돌아가지 않았다. 편했다.
의식이 끝난 침상 바닥은 바가지로 물을 뿌린 것처럼 땀으로 가득했는데 눈물, 침, 쎄레락(구토물)도 섞여 있었다. 그들은 노련했고, 할 법도 한데 고발하는 이는 없었다. 모두가 순수한 20대 초반의 청년이었다.

1.19 일

종행교에서의 첫 휴일.
딱히 무엇도 無인 일요일.

모두가 근육통으로 절룩거리며 돌아다니는 장관.
난 돌아다니지 않고 구석에 앉아 누나에게 계속 편지(No.3)나 쓰고 있다.

와우~ 이런 일이... 뚱뚱한 펜 다 썼다.[1)]
첫 경험이다. 볼펜을 다 쓰다니...

다 용서해도 딱 하나, 양말 짱박다가 걸리면 죽여버리겠다던 훈육분대장의 말이 있었다. 진짜로 태연히 사람을 죽일 것 같은 얼굴이지만 깨끗한 성격인가 보다. 아껴 신고, 아껴 입었는데 밀린 빨래가 벌써 이빠이...

물이 좀 차가워서 그렇지 요령이 생겨서 이제 빨래는 조빱[2)]이다.
대충 자주 빨자. 정성을 들일 일이 아니다.

뭔 놈의 착오가 있는 건지 2구대에서 3구대로 옮김.
그래서 또 바느질 졸라 함.
왜 나만..ㅠㅠ

---

1) 새 볼펜을 잃어버리지도 망가뜨리지도 않고 끝까지 다 쓰기란 쉬운 일이 아니다. 훈련소에서부터 얼마나 많은 양의 편지를 썼는지 알 수 있다.
2) 좆밥: 귀지(귓밥)와 같은 맥락으로 바른 표현은 귀두지, 치구 또는 스메그마.

후반기 실록
2주차

1.20 월

저번 주까지는 입교 대기 주간이었다고 한다.
임무수행 없이 군생활 며칠을 거저먹었다고 생각하라는데, 진짜 그런 건가?
모르겠다. 그 지난 며칠이 몇 년 같았는데... 거저먹은 것 같지 않은데...

입교식 후, PX라는 곳을 처음 구경해봤다.
그냥 이것이 PX일뿐인데 그게 왜 그리도 신기하던지...
다른 애들을 보니 돈들을 엄청 많이도 갖고 왔다. 난 3만 원 들고 왔는데.

연초 받음. 디스 15갑(₩3,750).[1]

첫 수업 시작. 범죄 예방이라는 과목이었다.
학교라서 그런가? 교관님이 훈련소랑은 달리 엄청 착했다. 아니, 착한 놈인지 나쁜 놈인지는 알 수 없지만 소리를 지른다거나 욕을 한다거나 그런 게 전혀 없고, 그냥 병원 갔을 때 의사 선생님 느낌. 오, 따스해..ㅠㅠ
이래서 후반기가 천국이라고 했던 것이군... PX, 담배, 상냥한 교관.
그리고 얼마 만에 하는 빼곡한 필기인가. 매주 테스트가 있고, 낙제자는 일병이 되어 자대에 가는 수도 있다고 해서...[2]

헌병 역사관 견학.

8일 만에 첫 불침번. 크크크.[3]
집에 가고 싶다...

1) 당시의 군경 보훈용 연초는 '디스'였고, 한 갑에 250원이었다.
2) 정말 특이한 사례가 있다면 모를까, 퇴소할 무렵 알았다. 뻥이었다는 것을...
3) 줄을 잘 선 것을 기뻐한 웃음인 것 같다.

1.21 화

'누나에게 편지 보냄'으로 하루를 시작.
틈틈이 부지런히 경지누나, 이동욱 분대장님에게 쓴 편지도 보냄.

수업 가기 전 모닝커피~ 오랜만에 마시는 문명의 커피~
점심 먹고, 또 자판기 타임~ 우유도 굿~
역시 우유는 자판기 탈지분유~

오랜만에 타임 멘솔~
군대에서 피우는 멘솔이라니~

누나한테 편지(No.4) 씀.

1.22 수

No.4를 보내지 않은 상태에서 누나한테 편지(No.5) 하나를 더 씀.

오! 인권이에게 편지가 왔다.
군사우편이 보름 정도 걸리는구나.

수요 저녁 종교행사(불교).
오랜만에 먹는 초코파이... 맛있네.
하지만 PX 이용이 있고부터 초코파이가 더 이상 그 초코파이가 아니다..ㅠㅠ

※사회에서는 이런 사건이 있었다.
- 노무현 대통령 당선자, 새 국무총리직에 고건 전 서울시장 임명
- 이화여대, '재학 중 금혼' 학칙을 55년 만에 삭제

1.23 목

누나한테 계속 편지(No.5) 씀.

오늘의 자판기 메뉴는 고심 끝에 코코아로 선택.
코코아도 굿!! 뭐지 이 자판기!?
다 맛있어!! 이 자판기!!

밥 먹을 때 라디오에서 플라워의 눈물이 나왔다. 감동..ㅠㅠ

1.24 금

누나한테 편지(No.4, 5) 보냄.
부모님께도 후다닥 편지 써서 보냄.

부식인지, 월급으로 산 간식인지[1] 피스타치오 아이스크림이 나옴.
맛있다..ㅠㅠ

※사회에서는 이런 사건이 있었다.
- 대법원, <천국의 신화> 작가 이현세 화백에 무죄 선고
- 철도청, KORAIL로 새 CI 선포

1) '중대 전원의 월급을 분대장이 보관, 적시적소에 간식 구입'으로 일전에 합의.

1.25 토

첫 공식 TV 시청. 와... 전부 싹 다 처음 보는 광고였다.
놀라웠다. 사회는 이미 5년은 지난 것 같았다. 그새 광고가 다 바뀌었다고!?

어머니께[1] 편지 옴.
내가 나에게 보내는 내용으로 누나에게 편지(No.6) 씀.

불침번 끝나고 먹는 사발면... 캬~ ㅠㅠ
부모님께 편지 쓰고 잠.

※사회에서는 이런 사건이 있었다.
- 전국 각지 유·무선 인터넷 동시 마비(1.25 인터넷 대란)

1.26 일

종교행사에서 어떤 아주머니와 이야기를 나누게 되었는데, 이 법당은 일반인도 올 수 있는 곳이고 당연히 부모님도 오실 수 있다며 원한다면 부모님께 대신 연락을 해주시겠다는 것이다. '아니, 그런 고급 정보를..!?'
잠시 혼란스러워 생각의 시간.. 후, "감사합니다!!" 하고 엄마 번호 적어드림.[2]
'오오, 그렇지.. 그러면 누나도 볼 수 있다는 말 아닌가..!?' 모두를 만날 수도 있다는 생각에 많이 설렜다. 설마 걸리진 않겠지!?

TV 보며 PX에서 산 취식물 졸라게 먹는데, 열심히 먹는 모습의 위장 군기도 군기라며 분대장에게 칭찬받았다. 진짜 맛있어서 그렇게 먹은 건데...

누나한테 편지(No. 7) 쓰며 조교 시험 봐볼까... 고민.

---

1) 뭣이!? 어머니!? 어머니라는 호칭을 사용할 만큼 늠름하였었군...
2) 교육생은 전화가 금지였다. 이것이 고난의 서막이라는 것을 이때는 알 수 없었다.

후반기 실록
3주차

1.27 월

누나에게 편지 보내며 하루를 시작.
아... 시부랄... 누나 생각이 너무너무 많이 난다.

뜻이 맞는 동기를 만나서 한참 이런저런 노가리 깜.
그리움도 좀 달랠 겸 영화 같은 나의 러브스토리를 살짝 들려줬는데, 이 새끼가 갑자기 미쳐가지고 계속 붙잡고 늘어졌다. 알리바바[1] 같은 새끼. 시간이 모자라 1부 정도로 끝내는데, 옛 생각에 누나가 더 보고파져 버렸다.

〈TV 내무반〉 시청하다가 성배형이 나온 것을 얼핏 본 듯!?
뭐, 아무려면 어때.

1.28 화

누나한테 편지가 왔다.
에헤 에헤 에헤헷!! 너무너무너무 기쁘다. ^^
내가 자대 배치 받은 줄 알고 일부러 안 보내고 있었던 것이다. 헤헤헤헤헤~

성배형에게도 편지 옴.
헤헤헤 누나에게 답장(No.8) 쓰고 잘 거다. 웃훗훗후후~[2]

※사회에서는 이런 사건이 있었다.
- WHO 제6대 사무총장에 이종욱 박사 선출

1) 천일야화에 나오는 왕이 알리바바인 줄 알았다. 무지(無知)했다.
2) 편지 한 통만으로도 흥분할 수 있었던 순수함. 아니면 지옥과도 같은 환경.

1.29 수

행복이 담긴 편지를 누나에게 보내며 하루를 시작.

오늘 졸라 추움.
쉬는 시간 틈틈이 누나한테 편지(No.9) 씀.

종교행사 때 부모님이 오셨다.
일단 헉!! 했다. 와.. 그 아주머니 진짜 연락을 해주셨네...
크아~ 이런 일이... 사주경계를 하며 조심조심 대화를 나눈 게 전부였지만 진짜 반갑고, 오랜만에 포근했다.

불법 면회...
난 진짜 걸리면 좆 되는 일들을 많이 하는 것 같다.[1)]
누나도 한번 오라고 할까..?에 대한 고민을 엄청나게 하고 있다.
100일 만에 만나는 느낌을 꼭 100일 만에 느낄 필요는 없는 거 아닌가?
아, 보고 싶어.

※사회에서는 이런 사건이 있었다.
- 가수 보아(2집), 한국 가수로서는 최초로 일본 오리콘 차트 1위 등극

1.30 목

병철이 놈(훈련소 동기)에게 답장 쓰고, 인권이한테 편지 씀.
누나한테 또 편지가 왔다. 근데 온통 방울이[2)] 걱정뿐. 크..

※사회에서는 이런 사건이 있었다.
- 곽재용 감독의 영화 <클래식> 개봉

---

1) 이 정도는 안 걸리네? 하며 점점 과감해져 갔다. 어리고 어리석고 생각도 짧았다.
2) 누나가 키우던 강아지 이름.

1.31 금

설 연휴 시작.
민속놀이를 하라며 이것저것 나눠 줬는데, 귀찮아서 장기나 연달아 둠.

누나에게 편지(No.10) 씀.
누나가 안정을 찾을 수 있도록 방울이의 쾌유를 비는 내용으로.

얼마 만에 먹어보는 매실주스냐. 졸라 맛있다.

※사회에서는 이런 사건이 있었다.
- 아프가니스탄 칸다하르에서 폭탄 테러가 발생하여 18명(미국인 다수) 사망

2.1 토

설날.
와우~ 떡국!! 엄청 맛있었음. 못 잊을 맛.
늘 생각하지만 여기 밥은 정말 맛있는 듯하다. 훈련소의 밥은 그냥 살려고 먹음+초(超) 허기짐이 더해져서 먹을 만했을 뿐 맛을 논할 수는 없는 수준인데, 여기는 진짜로 "맛있다."라고 할 수 있을 정도로 맛있다. 식당을 해도 대성할 수준. 훈련소는 대량이라서 그런가? 됐다. 알게 뭐야. 이제 안 갈 건데...
부식으로 나온 찹쌀떡도 왜 이렇게 맛있니..ㅠㅠ

오랜만에 농구도 한 게임.
편지(No.10) 다듬으며 TV도 보고, 편히 쉬었음. 설날 만세.

※사회에서는 이런 사건이 있었다.
- 미 우주왕복선 컬럼비아 호 텍사스 상공에서 폭발, 승무원 7명 전원 사망

2.2 일

예고한 대로 종교활동 시간에 부모님이 또 오셨다.
보급 비누[1]와 감명 깊게 읽은 책에 편지를 써서 선물로 드림.

엄마 핸드폰으로 누나랑 통화!!
21일 만이다. 5분도 넘게 통화하며 오랜만에 아주 행복했다.
다행히 걱정했던 것보다 잘 지내고 있는 목소리!! 누나에게 힘을 불어넣어 주고, 다음에 한번 찾아오기로!! 전화 끊고, 사랑의 문자로 마무리.

편지로 미리 부탁했었던 껌도 받았다.
반입금지 품을 소지한 자... 몰래 잘 씹자.

복귀하자마자 누나한테 바로 또 편지(No.11) 씀.

취침 점호 때 연병장에서 졸라 구름.
이유는 "설 연휴라고 풀어줬더니 군기가 빠졌다."라는 것이다. 똑같았는데...
엄청 굴렸다. 그냥 정신병자 훈육관의 뻔한 레퍼토리겠거니... 했다.

불침번 설 때 껌 씹음.
와~ 씨. 껌이 이런 맛이었다니... 진짜 죽인다..ㅠㅠ [2]

잊지 않겠다. 生 후라보노.

---

1) 뭔가라도 선물하고 싶었은데, 새것이라곤 보급 비누뿐이었다.
2) 군인의 품위, 환경 미화 등의 이유로 껌은 금지 품목이었다. 미개한 선배들 탓이다.

후반기 실록
4주차

2.3 월

못 보내고 정체되었던 누나行 편지(No.9+10+11) 싹 보냄.
애들에게 쓴(30일) 두 통도 보냄.

오후에는 첫 야외 수업.
경호·경비 실습이었는데, 상황극으로 이해하는 방식이었다.
어떤 역할이 걸릴지 몰라서 모든 이의 대사를 외워야 했는데, 아오.. 스트레스.
군대는 참~~~ 말을 어렵게 해. 그냥 해도 되는 말을.

나이스 수행참모 역 땡보.[1)]
아무것도 안 하고 앉아만 있었다. 크크크. 줄을 잘 서야 돼.

병기 수여식.

우리 기수에서 분대장(조교) 안 뽑는단다.
이제 마음 놓고 편하게 깽판 치자.
성남에 미련을 버리자!![2)]

보급품이 나왔다.
안 쓰고 수집[3)]해야지. 크크크.

---

1) 땡보직(땡補職): 하는 일이 거의 없어 근무 여건이 좋은 직책을 낮잡아 이르는 말.
2) 집 근처에서 복무하고 싶어 조교가 되어 성남에 남는 건 어떨까 고민했었다.
3) 밀덕의 시작.

2.4 화

새벽에 여러 가지 꿈을 꿨는데 두 편이 생각난다.

1. 어떤 여자가 갑자기 나타나 내게 말하기를...
여자: 내가 친누나예요. 현재 당신의 형은 배다른 형이고요. 즉, 어머니도 계모인 거죠.
나: 그런 좆같은 말을 왜 갑자기 튀어나와서 하고 그래요? 근데 계모가 뭐에요?

......까지 기억남.

깨어나 '그런 말은 갑자기 말고 좀 천천히 튀어나와서 해야지...'라는 리액션 생각하며 혼자 졸라 웃음.

2. 초등학교 6학년의 어느 날. 교실. 수업시간에 떠드는 건지, 쉬는 시간인지 정확하지 않음. 6학년인데 애들의 몸뚱이는 다 어른. 순간 아! 반창회인가? 했지만 6학년 교과서가 책상에 있었기에 그건 아님. 아무튼 그런 상황이었는데, 느닷없이 어른이 된 최보름에게 사랑 고백.

이게 다 뭐 하자는 꿈들이지? 싱숭생숭...

오늘 수업은 경호·경비 이동 제식.
재밌었음. 워킹이 뽀대 남.[1]

구두약 한 통 드디어 다 쓰고 버림. 안녕 구두약아~^^[2]

※사회에서는 이런 사건이 있었다.
- 신 유고연방, '세르비아·몬테네그로'로 국명 개명

---

1) 겉멋을 엄청나게 강조했다(해병만큼은 아니지만). 그리고 멋지지 않으면 안 된다는 세뇌를 당한다. 결국 그렇게 우리 모두는 지가 멋있는 줄 알게 된다. 제대하고 남는 건 구두 닦는 기술과 다림질뿐이라는 걸 이때는 알 수 없었다.
2) 사소한 물건이라도 오래 지니고 있던 것은 의인화 시켜버린다.

2.5 수

누나한테 편지(No.12) 씀.

오늘 수업은 교통관리.
교통수신호(TCP) 배움. 아오.. 짜증.

종교활동에서 또 부모님을 만났다.
그리고 아버지의 '오바'로 결국 걸렸다.[1)]

애들 전원 집합하고.. 나는 여기저기 불려 다니고.. 난리가 났다...

눈물...[2)]
집에 전화...[3)]

불침번 서며 어머니께서 주신 ABC 초코렛...
답답할수록 힘내자.

※사회에서는 이런 사건이 있었다.
- 금강산 육로관광 답사팀, 군사 분계선 넘어 방북

---

1) 나의 꼬리만 조심하면 되겠거니 생각했다. 부친께서 우리의 내무생활과 전혀 상관없는 그저 인솔 간부에게 고생이 참 많다며 용돈을 쥐어주신 것이 재앙의 시작이었다(당시에는 몰랐다). 나중에 듣고 '악!! 아니 대체 왜?!' 했으나 간부라고 해봤자 내 또래의 하사였으니 부친께는 자식 같기도 했을 것이다.
복귀하자마자 그는 우리의 구대장에게 일렀다.
2) 가장 괴로웠던 것은 이 일과 전혀 상관없는 동기들까지 단체 기합을 받게 된 것인데, 당사자인 나에게는 그것을 보고만 있게 하는 잔인함이 보태어졌다.
3) 이제 오시면 정말 안돼요...(좆 돼요...)

2.6 목

오전 수업은 헌병 체포술.
낙법만 졸라 시키네. 합기도 하던 때가 새록 떠올랐다.

오후 수업은 교통관리.
계속 교통수신호 배움. 그 헷갈린 걸 다 외웠다. 장하다..ㅠㅠ

정수에게 편지 옴.

올 것이 왔다.
벌점, PX 이용 금지, 반성문 매일 1장, 그리고.. 부디 추억으로 남을 얼차려.[1)]
*대가리 박기, 발 바꾸며 JUMP, 찬물로 샤워~

※사회에서는 이런 사건이 있었다.
- YG ent. 소속 여성 4인조 가수 빅 마마, 여성 솔로 가수 거미 데뷔

1) 모친의 핸드폰을 사용했던 인원들과 단체 기합을 받았다. 그래서인지 이때까지는 그렇게 고독하지만은 않았다.

2.7 금

오전 헌병 체포술.
제압술 배움. 절대 누군가를 제압할 수 없는 제압술.

오후 교통관리.
야간 수신호 배움.
반조봉[1]을 쥐니 맨손과 약간 달라져서 외워야할 것이 늘었다.
그러나 짜증나는 것은 외워야할 것이 늘어서도 아니요, 외워야할 것의 난이도도 아니었다. 복귀하고부터의 고통을 상상하며 교육받는 내내 울트라 긴장 상태로 있어야 하는 상황. 그것이 제일 짜증났다.

처벌 공고가 붙었다.
다 필요 없다. 힘내자! 김태형!!

벌점 A?[2] 냅둬도 돼.
반성문? 쓰면 돼.
종교 활동? 체육 활동? PX 이용? 안 하면 돼.
갈굼? 갈구라 그래.
이딴 일에 약해지지 말자!!

윤정이에게 편지 옴.

누나에게 보낼 편지(No.12), 연장해서 밤에 계속 씀.
편안하게... 누나를 생각하며 마음을 달래자.

---

1) 빨간빛이 깜박깜박하는 긴 봉. 음주단속 시 경찰이 들고 있는 그것.
2) 벌점은 자대 배치를 비롯하여 모든 군생활에 아무 상관이 없었던 협박용이었다.

2.8 토

오전 헌병 체포술.
수갑 사용법 배움. 아이템이 등장하니 재밌었다.

일과가 끝난 이후부터 하루 종일 반성문만 쓰고 있다.
이제 매일 일과가 끝나면 반성문을 써야 되는...

첫 경계 근무.
기간병과의 합동 근무여서 이런저런 노가리를 깔 수 있는 기회였으나 내일 쓸 반성문 내용을 창작하느라 기계적인 대답만 하다가 끝나버렸다.

안 자고, 반성문 때문에 못 쓴 편지(누나에게)나 계속 씀.

※사회에서는 이런 사건이 있었다.
- 로또 열풍, 1등 당첨금 835억 원까지 상승

2.9 일

동기가 말해주기를 종교활동에 부모님이 또[1] 오셨다는데...
가지도 못하고 계속 반성문만 쓰고 앉아 있었다.

누나한테 편지(No.12) 다 쓰고, 부모님께 걱정 마시라는 편지도 짧게 씀.

※사회에서는 이런 사건이 있었다.
- SBS 인기가요, 순위제가 아닌 Take 7 및 뮤티즌 송 제도로 개편
*90년대 가요계의 연장선 종식
- 여성 4인조 가수 버블시스터즈 데뷔
- 축구선수 황선홍 은퇴 선언

1) 아니, 왜 또 오셨대... 나는 절망과 원망, 죄송함의 사이에서 근심했다.

후반기 실록
5주차

2.10 월

누나에게 편지 보냄. 부모님께는 못 보냄.

오전 수업은 포로 관리 실습.
오후 두 교시는 교통수신호 평가, 두 교시는 헌병 순찰 실습.

누나에게 편지 옴. ^o^
누나 생각에 또다시 힘을 얻은 날!!!

2.11 화

부모님께 편지 보냄.

오전 포로 관리. 낙오자 수집소 천막 설치 실습.
점심 먹고, 단체사진 촬영.[1)]

오후 교통 관리. 사거리 교통수신호 개인별 실습.

어머니께 편지 옴.
성배형에게 편지 씀.

방탄 헬멧의 소대장 마크와 중대장 마크에 관심을 갖기 시작.[2)]

※사회에서는 이런 사건이 있었다.
- 서울시, 청계천 복원 계획 확정·발표

---

1) '머리에 물도 바르고, 최대한 멋있게 하고 오라'며 하사 구대장은 겉멋을 강조했다.
2) ♀ ← 이것을 뒤집어 놓은 모양이 소대장이고, 중대장은 짝대기 하나가 더 있다.

2.12 수

오전 두 교시는 헌병 순찰. 군기 단속 실습.
남은 두 교시는 포로 관리. 낙오자 관리 실습.

점심 먹고, 낮잠 시간 100분. 캬~
난 안 자고 형+경지누나에게 편지 씀.

낮잠 끝나고부터는 계속 사열[1] 대비 제식훈련.

누나한테 편지(No.13) 씀.
종교행사에 부모님이 또[2] 오셨다는데 못 감.
그런 소식과 함께 동기 녀석이 내 야쿠르트까지 챙겨왔다. 감동...
야쿠르트 참 오랜만에 보네...

새벽(13일)에 누나가 "이제 나는 늙었어."라며 잠자리를 꺼려 하던 꿈.
미친 나. 이딴 거지같은 꿈을...[3]

※사회에서는 이런 사건이 있었다.
- IAEA 이사회, 북핵 문제를 UN 안보리에 회부

---

1) 사열(査閱, inspection of troops): 훈련 정도나 장비 유지 상태를 검열하는 일.
2) 아니, 왜 또 오셨어..ㅜㅜ
3) 그리 대단한 꿈도 아니었는데, 여러 가지로 예민해져 있다 보니 과민반응을 보였다.

2.13 목

일어나자마자 동기가 준 야쿠르트 원샷.
모닝 야쿠르트가 이렇게 죽이는 거였다니...

누나한테 먼저 편지 보내고, 나머지 두 통(성배형, 형+경지누나)도 보냄.

오전, 오후 모두 헌병 체포술.
제압술... 아무리 생각해도 절대 그 무엇도 제압할 수 없다.

인권이에게 편지 씀.
경지누나에게 편지 옴.
누나한테 편지(No.14) 씀.

초소 근무(14일 AM 4:00) 서고, 컵라면. 엉엉 라면..ㅠㅠ

잘 먹고, 편지(No.14) 추가로 더 쓰고 잠.
보고 싶다.

2.14 금

인권이에게 편지 보냄.

오전 수업은 검문소 운영 종합 실습.
예전에 내가 '자고로'라고 쓴 깔판이 또 나의 손에 왔다. 놀라운 일이로다.[1)]
무슨 오류가 생겼는지 오후 수업은 공강이라며 TCP를 시켰다.
졸라 짜증.

계속 이어서 누나한테 편지 다 씀.
어머니께 편지 옴.

2.15 토

누나한테 편지 보냄.

오전 수업만 있는 신나는 토요일. 헌병 체포술.
포승 사용법을 배웠다. 드디어 그나마 유용한 게 나왔다.

3시간 기다려 이발. 허허.
이제 또 슬슬 떠날 준비를 한다.
사제 편지지와 봉투를 입수하여 누나한테 편지(No.15) 씀.

불침번 말번초(16일 새벽) 때 봉지 커피 몰래 타먹음. 음.. 좋타...[2)]
네스카페 아모르 모카. 나중에 꼭 사 먹자.

---

1) 그리 대단한 일도 아니었는데, 여러 가지로 예민해져 있다 보니 의미 부여.
2) 왜 자꾸 금지된 일에 도전을 했는지 모르지만 좋아하는 걸 보니 좋았던 모양이다.

2.16 일

종교활동 때(역시 못 가고) 누나한테 편지 다 씀.
동기에게 PX 간식 얻어먹음..ㅠㅠ[1)]

교육 사열 준비로 뺑이.

승관이(훈련소 시절 최측근)와 지만이(훈련소 시절 울보)에게 편지 씀.

이런 씨부랄, 19표의 미꾸라지[2)]가 나였냐?
행정반 불려감. 부모님께서 주시고 가셨다는(또 오심..ㅠㅠ) ABC 초코렛을 무릎 꿇고 다 먹고 나가라는 걸[3)] 빼끼쳐서 숨김. 껍질만 까서 뭉쳐 놓음.

일이 꼬인다. 내가 이토록 사랑받는 아들이었을 줄이야.
부모님께 편지 쓰고 잠. 너무너무 감사한데, 그래서 너무너무 힘들다고...

---

1) 아주 고마운 사람임이 분명한데 기억이 안 난다. *이 글을 본다면 꼭 연락 바랄게...
2) 중사 구대장이 <우리들의 일그러진 영웅>을 감명 깊게 읽었나? '무기명 투표'라는 치사한 방법으로 정신적 갈굼을 꾀했다. 그것은 당시의 분위기상 누가 봐도 나를 겨냥한 것이었는데, 단체 생활에 민폐가 되거나 헌병의 품위에 중대한 훼손을 입히는 자를 적어내는 것이었다. 그럴 만도 했던 것은 성적이 저조하거나 불시에 지목 당하여 암기 사항을 답해야 하거나 시간 준수를 못 하거나 하는 인원에 대한 불이익이 있었는데, 나는 단 한 번도 성적이 저조하거나 질문에 답변을 못하거나 늦거나 하는 일이 없었기에 감히 부모님과 면회를 한 괘씸한 저 새끼를 추가로 갈굴 수 있는 명분이 없었던 것이다. 거기에 걸려들지 않기 위해 했던 엄청난 노력이 나를 상위 1%(?)로 만들어주었다. 어떻게든 나를 조지기 위해 그들은 내가 걸리기 만을 기다렸지만 나는 기를 쓰고 우수했다. 그래서 나온 것이 민폐와 품위 훼손의 아이콘을 뽑는 무기명 투표였고, 그는 이름이 적힌 자들을 '미꾸라지'라 표현했다. 면회가 걸려 유명했던 나는 19표를 받았다. 1위였다.
3) 나는 이렇게 대답했다. "미친 새끼야 이걸 여기서 어떻게 다 먹어. 니가 먹어봐." 라고 상상 속에서... 아무튼 몇 개 먹는 척하며 껍데기만 벗겨 여기저기의 주머니에 대량을 숨겼다. '걸리면 그때 다 먹지 뭐..' 하는 여유도 있었다.

후반기 실록
6주차 · 자대 배치

2.17 월

누나한테 편지 보냄.
훈련소 애들에게 쓴 두 통도 보내고, 부모님께도 보냄.

오전 수업은 헌병 작전. 전투준비태세.
구형 군장 싸느라 땀 좀 흘림.

오후 수업은 헌병 체포술. 종합 평가.
합기도 다니길 잘했지...

연초 15갑 드디어 오링.[1)]

누나한테 편지(No.16) 쓰고, 잠.

---

1) 28일 동안 15갑이면 하루에 10개비꼴.

2.18 화

이화 간호 병원?
엄청나게 야한 꿈을 꿨다. 대박. 어우 씨 간호원.

자대 발표가 나왔다고 술렁거림.
아침부터 꿈과 자대 발표로 계속 신경 쓰인다. 자꾸 생각남.

오전 헌병 작전. 전투준비태세(교통 통제소 관리·방어).
오후 헌병 체포술. 경봉 사용법과 연행술.

단체 사진 찍은 것 받음.
누나한테 편지(No.17) 씀.

대구 지하철에 불이 나서 사람이 많이 죽은 모양이었다.
분대장이 뉴스를 틀어주며 대구에 사는 인원들을 모두 집합시켰다.
대구 애들이 모두 집에 전화를 하고 왔으나 다행히 여기에는 피해자가 없었다.

병철이에게 편지 옴.

중대장 마크에서 한 줄 더 그으면 대대장 마크가 되는 건가?
한참 생각해봄.[1)]

※사회에서는 이런 사건이 있었다.
- 대구 중앙로역에서 50대 남자의 방화로 343명의 사상자 발생(대구 지하철 참사)

---

1) 중대장(대위)까지는 자주 볼 수 있는 사람이라 신비감이 없었다.
모양도 바뀌고 자주 보기도 어려운 소령 혹은 대대장부터가 멋지다고 생각했다.

2.19 수

only 누나 편지 작성용 펜(파란색) 다 씀. 대단하다.

오전 수업은 헌병 작전. 전투준비태세(전시 순찰 실습).
점심시간에도 애들은 분대장을 엄청 졸라댔지만 안 알려주는 자대 발표.

헌병 체포술 마지막 두 교시.
정신 교육과 가스총·전자 충격기 사용법 설명.
이제 남은 두 시간은 사열 대비 제식만 남았군. 시간아 빨리 가라…
…

새벽 2시 반까지 부모님과 누나에게 편지 다 쓰고 잠.
그러나 4시 불침번이라 금방 일어남. 크크크.

이병 분대장이 일직하사기에[1] 편지 좀 달라고 해봄.
경지누나가 대신 보낸[2] 형 편지와 어머니의 편지가 와 있었다.

생활기록부 봉투 붙이기 작업이나 도와주다가 자대 배치 결과도 들었다.
난 조를 만큼 궁금한 건 아니었는데, 안 궁금해하니 알려주었다.

웬걸..
자대는 둘째 치고 같이 가는 동기가 없다. 125명 중, 나 1명.

---

1) 나를 불쌍히 여겼는지, 무너지지 않는 나의 멘탈을 동경한 것인지, 분대장이지만 사실 몇 주 차이 안 나는 동병상련 같은 것이었는지 알 수 없지만 내게 참 잘해 준 사람이다.
2) 당시 형이 한국에 없었기 때문에 형의 여자친구가 수고를 해주었다.

2.20 목

오전 헌병 작전. 전시 검문소 운영 실습.
노가리 졸라 많이 깜. 끝물에는 훈련소랑 똑같네.

오후에는 사열 준비.
제식만 이빠이.[1)]

인권이와 어머니께 편지 옴.
누나한테 자대 관련 걱정의 편지 덧붙임.

공식 자대 발표. 웅성웅성.
이미 알고 있었기에 조용히 짱박혀 있었다.

---

1) 학교장이 투 스타(★★)였었나..?
아무튼 교육 수료 전 학교장에게 '우리 이렇게 잘하게 되어써염~♡' 하는 사열을 받게 되는데, 결과에 따라서 구대장들의 출세에도 영향이 있는지 엄청나게 굴려댔다. 북한의 열병식 같은 수준이 되지 않으면 진도가 나가지 않았고, 작은 실수에도 꼬투리가 잡혔다. 하지만 난 거기에서도 단 한 번 걸리는 일이 없었다. 면회 전과가 있었기에 걸리면 살해당한다는 마음으로 집중 또 집중했기 때문이다.

2.21 금

누나와 부모님께 편지 보냄.

오전 헌병 작전. 포로 수집소 운영 실습.
이것으로 모든 수업 종료.

오후에는 공포의 교육 사열. 졸라 초긴장.
모두가 한마음으로 북한 수준의 동작을 펼쳐 실수 없이 무사히 마침.

저녁에 갑자기 정전이 됐다.
금방 복구될 사이즈가 아님을 본능적으로 감지하고, 촛불을 꺼내며 쓸데없이 우왕좌왕하는 그 틈을 타서 공중전화로 달려갔다.

19일 만에 듣는 누나 목소리...
마음은 급했지만 즐겁게 오래 전화를 했다. 그러나...

걸렸다. 씨발... 인원 파악을 하리란 것을 예상 못 했었다.
나를 찾기 위해서 꽤 여러 조(組)가 동서분주했던 것 같았다.

동서분주한 애들한테 졸라 욕먹고,
동서분주 안 했더라도 삭막해진 분위기가 싫은 애들한테 졸라 욕먹고,
벼르고 있던 차에 기회를 잡은 구대장한테도 미친 듯이 당하고...

몸과 마음이 모두 지옥이었다.
정말 최악[1]이었다.

---

1) 육체의 괴로움은 아무것도 아니었다. 단지 절제하지 못해 타이밍을 놓친 멍청한 자신에게 너무 짜증났다.

2.22 토

수료식.

수료식이 끝나고 애들과 인사할 틈도 없이 이 좆같은 곳에서 날 구원하기 위해 나의 자대 인솔자가 제일 먼저 왔다. 오, 부지런도 하셔라...
인솔자는 눈사람처럼 얼굴이 하얀 하사였는데, 이곳 하사 구대장과 동기인 듯 보였다. 구대장은 마치 어린이가 아빠한테 이르듯이 그를 쫄랑쫄랑 쫓아다니며 어쩌고저쩌고 나에 대해 말했다. 뒤통수를 한 대 갈기고 싶었다. 다행히 나의 인솔자는 그의 말을 성가셔하는 듯 보였다. 어쩌면 구대장은 하사관 학교에서 엄청 밉상 찐따 캐릭터였을지도..라는 생각이 들었다. 안심이었다. 그렇지만 모를 일이다.

애들과 급하게 인사하고 자대로 향했다.
전날 비가 와서 살짝 젖어 있는 시골의 풍경... 좋아야 하는데 오싹했다.

하얀 하사는 말이 없었다.
자대가 어디인지, 얼마나 가야 하는지 궁금했지만 물어볼 용기가 쉬 나질 않았다. 나는 언제까지 이렇게 처량할 예정인가.

바짝 긴장해 있던 나에게 운전병이 했던 말이 기억난다.
"나한텐 잘 보이지 않아도 돼."
"네, 그럴게요."
라고는 못하지 않겠는가. "아닙니다!"라고 했다.
나중에 알았지만 그는 나와 전혀 상관없는 본부중대 아저씨였기에 그렇게 말한 것이었다.
...

인사과[1]에 혼자 앉아서 한참 대기.
선임병과 점심 먹고, 부모님께 전화하고, TV 보며 신병 내무실에 대기 중.

사람들이 다 좋아 보인다.
좋은 분들인 것만큼[2] 나도 잘 해야지.
여태까지의 일들은 모두 잊고, 새롭게 시작하자!!! FIGHTING!!!

누나한테 편지(No.1) 씀.
누나 전화기는 꺼져 있음. 이런..ㅠㅠ
중대 PC방이란 곳에 가서 정말 오랜만에 스타를 했다. 하하.[3]
노래방도 갔다. 놀라워라. 군대에 노래방이라니...

새벽 2시까지[4] 정호종 병장님과 이런저런 즐거운 이야기를 나누고 잠들었다.

※사회에서는 이런 사건이 있었다.
- SK 그룹 최태원 회장, 부당 내부 거래 등의 혐의로 구속
- 소니 컴퓨터 엔터테인먼트 코리아, Playstation 2(업소용) 정식 판매 시작

---

1) 세상 마음씨 좋아 보이는 경상도 사투리의 어떤 아저씨가(나중에 보니 중사였다.) 묻기를, "똥은 잘 나오냐?" 했다. "신병들 오면 말이야~ 며칠 동안 똥을 못 싸 똥을~" 하는데, 주변이 환기되며 뭔가 안심이 되었다. 그런 매력을 가진 말투였다.
2) 섣불리 좋은 사람이라고 판단하지 말자. 나는 이것을 군대에서 배웠다.
3) 나는 '스타 크래프트'를 잘 하지도, 좋아하지도 않았다. 그냥 PC방이 있다는 것에 안정감을 얻은 것 같다. 제대할 동안 다섯 번도 가지 않았다.
4) 신병은 알 수 없다. 모든 것이 테스트라는 것을... 먹으라니 먹고, 전화하라니 하고, TV 보라니 보고, PC방 가자니 가고, 노래 부르라니 부르고, 이 사람이 계속 말을 거니 대답을 했을 뿐. 새벽 2시까지 깨어 있었던 것이 머지않아 엄청난 재앙으로 돌아올 것이란 것을 신병은 알 수 없다. 그렇다고 취침나팔과 함께 평범하게 잠들었다 한들 아무 일도 없었을까? 신병은 알 수 없다.

자대 668日의 기록

2003. 2. 23 ~ 2004. 12. 20

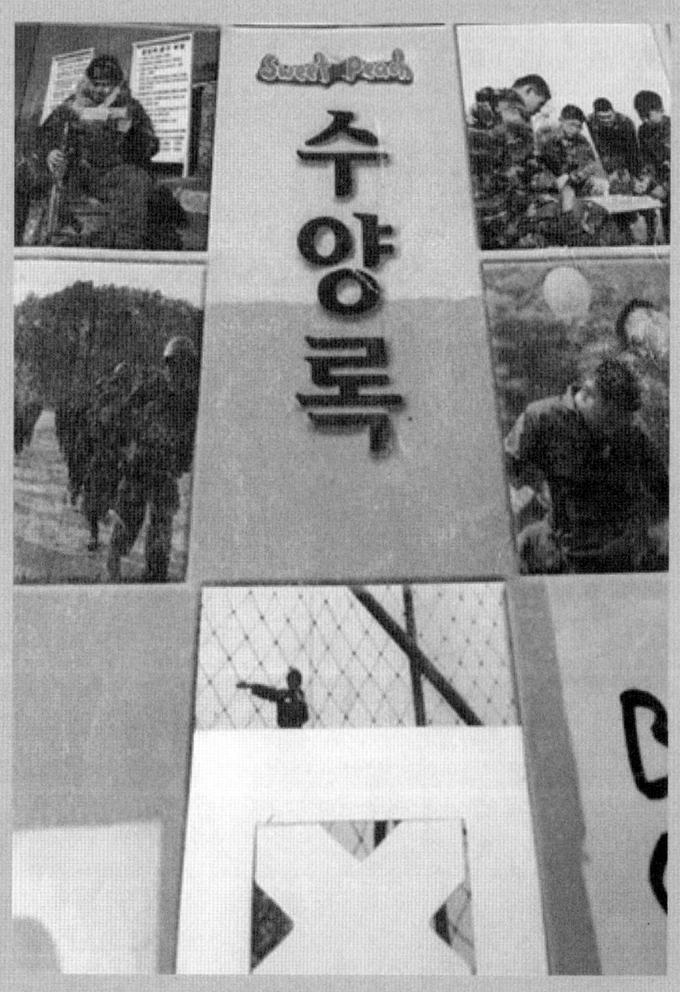

이등병 실록
신병 내무실

2.23 일

아침 먹고, 어느 병장의 무리에 이끌려 또 노래방 갔다 옴.
점심 먹고, 다른 병장의 무리에 이끌려 또 PC방.
다 필요 없는데... 전화나 좀 시켜주지.

기회가 왔다.
박창운 병장님 소개팅 건[1]으로 윤정이와 전화를 해야 되는 상황.
그 틈을 공략하여 결국 누나랑 전화도 했다. 히히.

근데 잠시 후, '좋은 결과'를 기다린다며 자기는 어디 좀 다녀올 테니 전화를 하고 있으라는 것이다. '아, 진작 좀 가지..' 시선에 쫓겨 누나랑 제대로 통화를 못한 터였고 다급했지만 너무 애틋하게 끊은지라 다시 걸기는 좀 그랬기 때문이다.
누구랑 할까.. 생각하다가 형에게도 안부를 전할 겸 경지누나랑 한참 통화함.

순 서

"새벽을 여는 마음"으로 ....
- 신병에게 ....
- 나는 누구인가? ....
- 나의 군복무 설계 ....
- 나의 인생 설계 ....
- "훈련병 생활"을 마치며 ....

1) 나중에 안 사실이지만 신병이 올 때마다 여자를 소개받던 사람이었는데, 양아치 근성 때문에 모두의 따돌림을 받고 있었다. 그런 이유로 그와 친할 수 있는 자는 신병뿐이었다. 그리고 또 신병이 전입 오면 그전 신병은 버려짐의 반복이었다.

그 후, 박 병장님에게 잡혀서 엄청나게 많은 질문에 답하는 시간이 있었다.

누나한테는 이어서, 부모님, 인권, 형+경지누나에게 편지 씀.

저녁 먹을 때 봉지면[1] 졸라 맛있었음. 대박.
상병 이상과 동행하여야만 먹을 수 있는 것이라 했다. 조또..

밤에는 정 병장님(정호종 병장)과 이런저런 이야기.
그중 깁스를 하고 있는 이유가 기억에 남는다.
이제 다 나아서 풀어도 되는데 환자로 점호를 열외 하기 위해[2] 아직 안 풀고 있다는 것이다. 그리고 기상 시간에는 시끄러우니 신병이나 환자들이 사용하는 대기병 내무실에서 자는 것이라 했다. 말년의 위엄...

오랜만에 온수 목욕. 굳...

"힘찬 첫걸음"을 내딛으며 ……

- 땡보부대소개 ……
- 나의 군복무 계획 ……
- 잊지 못할 인연 ……

1) 뽀글이라는 단어를 이때는 몰랐다.
2) 당직사관이 누구냐에 따라 열외 하느냐 마느냐를 결정한다.

2.24 월

누나랑 전화 잠깐 함.
1541로 해서 안 받은 줄 안 에피소드.

성배형에게 편지 쓰고, 병장들과 노가리[1)]깜.

일과시간이 끝나고 시작된 체육 활동.
무료했다. 차렷 자세로 축구 경기를 보고 있어야 했기에.
군대 축구, 군대 축구.. 들어는 봤는데 정말 매일 이러는 분위기다. 큰일이다.

야상과 전투복에 주름을 잡고, 오바로크도 보냄. 헤헤헤~^^
그렇게 고대하던 줄 잡기였는데, 아버지 군번 정세욱 상병의 다리미 실력은 형편없었다.

오늘 밤은 왜인지 정호종 병장님이 없다. 자기 내무실에서 자려는 모양.
덕분에 오늘 들어와 같이 지내게 된 후임 대기병[2)]과 이야기꽃.

---

1) 편한 분위기에서 '뭐든 말해보라'는 이 시간의 노가리가 다음날이면 모든 자들의 귀에 들어간다. 이른바 신병의 '개념'을 보는 시간인 것인데, 병장 이외에는 신병에게 말을 걸 수 없는 룰이 있었기에 '신병이 어떻더라, 사회에서 뭐를 했다더라.'라는 정보에 누군가는 벼르고, 누군가는 관심 없고, 누군가는 '이번엔 제대로 된 애가 들어왔구나.' 하며 때를 기다린다. 내가 뭘 씨불였는지는 기억나지 않는다.
2) 고만고만한 것들끼리 모여있는 신병 내무실 안에서. 11월 말 군번인 내가. 12월 초 군번의 선임이라는 것이 여간 간지러운 게 아니었다. 그래서 동기도 없는 마당에 나이도 같겠다 친구를 먹었다. 그는 나와 보직이 다른 본부중대 소속의 보일러병이었기에 자주 보기는 힘들었지만 제대할 때까지 좆같을 때마다 서로 큰 힘이 되어 주었다. *이 글을 본다면 꼭 연락 바랄게...

이등병 실록

7 내무실

2.25 화 《누나랑 1,200日 ♡》

100日 휴가의 날짜가 잡혔다!! **★3月 24日★**

오전 내내 연탄 나르기 작업[1]이 있었다.
생활하는 곳이 바뀌면 일단 뭔가 작업이 생기는 공식.

점심 먹고, 오후 일과 시작종 치기 전까지 신병 내무실 대기.
정수에게 편지도 쓰고, 허락 맡고 누나랑 전화도 함.

오후엔 잡초 베기 작업.

내무실이 배정되었다.
원래 일주일 정도는 대기병(신병) 내무실에서 적응 기간을 갖게 하는 것이 보통인데, 나는 그럴 필요가 없는 A급으로 보여서 바로 배정했다는 것이다.
그때 나의 마음은 "씨발, 그런 게 어딨어..ㅠㅠ 어!? 그런 게 어디쒀!!!"였다.
그리고 하필 7내무실... 정호종 병장님이 있는 6내무실로 가고 싶었는데...
7내무실[2]에서 고생문이 열리고 있다...

※사회에서는 이런 사건이 있었다.
- 第15대 대통령 김대중 임기 종료, 第16대 대통령 노무현 임기 시작
- '최규선 게이트' 관련자 최성규 전 총경, 미국 LA에서 검거
- 소설가 이문구 별세

---

1) 본청에서 제일 먼 고가 3초소로의 연탄 배달이었는데, 0℃ 이하로 떨어지면 연탄 난로를 땔 수 있었다. 그래서 애매하게 추운 것보다 엄청나게 추운 것이 좋다. 1℃인 날이 가장 억울한 날이다.
2) 7내무실. 전통의 위병소 내무실. 가끔 구타. 화목함 제로. 역대급 쓰레기들은 모두 7내무실. 원래 6내무실까지 밖에 없었는데 악마를 양성하기 위해 특별히 만들어졌다는 그 내무실.. 신병 내무실에서 얻은 정보였다. 소개팅 약속을 한 박창운 병장이 행정병이자 급기야 7내무실장이었는데, 그의 입김으로 나는 7내무실로 빨려 들어간 것이다.

2.26 수

오전 작업으로 타이어 나르기와 삽질.
점심 먹고, 세영이에게 짧은 편지 한 통 씀.

수요일 오후는 '전투체육'.
뭐? 전투체육? 난 '그냥 체육' 하고 싶은데... 정말 훈련소 중대장님의 말 그대로 모든 것이 전투로군. 아니, 모든 것에 전투를 갖다 붙이는군.
누나에게 전투 편지나 쓰고, 전투 통화나 하고 싶다.

아무튼 나도 축구.
정말 왜 하는지 이해할 수 없는 것 중에 하나.
고딩 때도 철봉 근처에서 노가리나 깠는데... 6학년 이후로 처음인 듯.
흙탕물 이빠이의 연병장을 구르는 건 어쩔 수 없었다. 앞서 흙탕물을 피해서 달리던 어떤 이가 엄청나게 욕먹는 것을 봤기 때문에... 다행인 건 공이 오는 족족 패스만 하면 되었다. 강아지 마냥 공을 그렇게들 좋아했다.

너무하네... 같이 땀을 뺐으면 씻을 때 좀 데려가야지...
결국 샤워를 못 했다. 세면대에서 대충 몸 안의 땀을 닦아냈다.

지금은 일주일 만에 똥 싸는 중...[1)]
이제 당분간 전화도 못 하고, 편지도 막 못 쓰고, 눈치도 봐야 되고...
깜깜하다..ㅠㅠ

※사회에서는 이런 사건이 있었다.
- '대북송금 특검법안' 및 '고건 총리 임명 동의안', 민주당 불참 속 국회 통과

1) 환경이 바뀔 때마다 똥은 더 안으로 들어간다. 그간의 온갖 스트레스를 간직하고 있던 똥이 드디어 세상에 나왔다. 그 좁은 변기 한 칸만이 유일한 나만의 공간이 되었는데, 용변 이외에도 여러 가지 목적으로 이용했다.

2.27 목

전입 및 보직 신고와 병기 수여식이 있었다.
동기가 없어 혼자 신고하는 자신이 너무 어색했는데, 나만 그리 느낀 것 같다.
부대장님과의 간담회도 잠깐 있었다. 와우. 대령의 간지에 쫄. 대답만 졸라 함.
그리고 짧은 P.R.I. 후, 주임원사님과도 면담. 별말씀은 없으시고 녹차만 한잔.
그나저나 부대장님 때문에 팔자에도 없었던 혹한기[1]를 뛰게 생겼다..ㅠㅠ
틈틈이 누나한테 쓰던 편지도 드디어 마무리. 언제 보낼지는 모름. 젠장..[2]
내 종행교 '편지용 공책'은 내무실 환자 파악 용지로 귀속되었다.
본의는 아니지만... 잘 가라...[3]

양승훈 병장님 덕에 오랜만에 샤워 젤로 때까지 밀었음.
어머니와 전화함. 누나랑은 이틀째 못함.

이런 생각을 한번 가져보았다.
1. 한번 '개'힘들어보자. 언제 이런 '개'고생을 또 해보겠는가.
2. 사소한 보급품 따위에 연연하지 말고 '징크스를 깨자.'[4]

※사회에서는 이런 사건이 있었다.
- 고건, 국무총리 취임
- 대구역 롯데백화점(민자역사) 개점
- 여성 솔로 가수 마야 데뷔

---

1) 26개월의 군생활 동안 여름 군번은 혹한기 2회에 유격 1회, 겨울 군번은 혹한기 1회에 유격 2회. 보통 이렇다. 하지만 야전에 있다가 최근 취임한 소장은 혹한기 훈련이 이미 끝났음에도 불구하고 '신병은 왜 혹한기 안 시키나?'라고 주임원사님께 말했다 한다.
2) "편지는 어디서 보내용..?"라고 물어도 될 것 같은 만만한 이가 당최 보이질 않았다.
3) 나는 오래 지니던 것에 가치를 부여한다. 그게 돌이든 종이든 상관없다. 7내무실에 들어선 순간 내 A급 운동화와 슬리퍼는 어느 병장의 것이 되고 말았다. 오래 지니던 것을 떠나보내는 것이 참 싫던 차에 편지지로 쓰던 노트까지 앗아가니 왠지 서글펐다.
4) 이때부터였군. '징크스를 깨자.'라는 나의 건강한 슬로건은...

2.28 금

슬슬 나를 갈구는 놈이 생기고 있다.

누나랑 3일 만에 좀 길게 전화함.
보고 싶어 죽겠다.

영점사격.
9발 만에 느긋하게 합격.

기록사격.
연습 사격 7/10, 평가 사격 11/20. 왓 다 뻑..

저녁 먹고 정말 오랜만에 화장실에서 혼자만의 시간을 가졌다.

와~ 졸라 갈굼 당한다.
키 크다고 갈궈, 어깨 넓다고 갈궈, 중저음의 목소리가 감미롭다고 갈궈...
그랬으면 좋았겠지만 눈이 두 개라 갈구고, 코가 하나라 갈구는 격이다.
신경 꺼버리자. 크헤헤헤~[1]

---

1) 당시에는 방송에 나오기 전이지만 비유하자면 딱 노홍철처럼 그렇게 웃었다. 물론 속으로. 그렇게 웃으며 버텼다.

3.1 토

슬슬 잡다한 일을 배운다.
즐겁게 해보자. 좆도 아닌 거!!

어머니와 전화.

정세욱 상병님이 PX 데리고 가주셔서 맛있는 거 많이 먹었다. 헤헤헤.
TIME 멘솔도 샀다. 헤헤헤. 하나 피웠는데 캬~ 죽이더만.

윤정, 경지누나와 전화.
누나는 백화점이라고 통화 못함. 촤..

OK. 윤정이에게까지 모두에게 일단 편지 다 썼음.
*상준이 제외 총 8통

저녁에는 청소를 배웠다.

양승훈 병장님에게 군대에 관한 여러 가지 이야기 듣다가 새벽 2시에 잠.
속으로 웃으면서 좆도 아닌 일들[1)]이라고 수없이 다짐.

※사회에서는 이런 사건이 있었다.
- 노무현 대통령, 삼일절 기념사에서 '권위주의 청산' 강조
- 아시아나항공, 스타얼라이언스 가입
- 온게임넷, KTF EVER 컵 프로 리그 개최

1) 부분대장이었던 양승훈 병장은 이때까지만 해도 내가 마음에 들어서였는지는 이것저것 챙겨주며 군생활 중에 일어날 수 있는 온갖 사례를 들려주었는데, 그래봤자 내 청소년기만큼도 안되는 풍파였다. 내가 가장 무서운 것은 시간이었다. 앞으로 남은 나의 군생활...

3.2 일

누나 꿈꾸며 몽정(?)을 한 것 같은데, 속옷은 멀쩡.

형이 나오는 꿈도 꿨는데, 교훈적인 내용이다.
전투복 바지가 세로로 길게 홀딱 찢어져서 이것을 어쩌나... 혼나겠다... 하고 있었는데, 형이 나타나더니 "가서 꼬매서[1] 입으면 되지 인마."라는 것이다.
와우~ 긍정적.
뭔가 위안도 되고 감동스러웠다.
당연한 건데 꿈에서는 왜 그리 큰일처럼 느꼈을까...

청소 때문에 아침부터 갈굼[2] 당함.

정호종 병장님 말년휴가 배웅하면서 아쉬움의 눈물을 흘림. 나도 데려가..ㅠㅠ

양승훈 병장님이 PX 데려가 주심.
맛있게 먹고, 복귀해서는 밤까지 계속 융[3] 빨기.

※사회에서는 이런 사건이 있었다.
- 서울 봉은사, 소망교회, 명동성당에서 '남북 종교인 대회' 개최

---

1) 꿰매서
2) 뒤통수가 이상해 돌아보면 늘 나를 지켜보고 있는 일병이 한 명 있었다. 언제나 돌아보면 소름 끼칠 만큼 늘 그 일병이 있었다.
3) 전투화에 광을 내는 천을 융이라 불렀다. 그것이 진짜 융이라서 융이라 하는지 모르겠지만 구두약이 까맣게 묻은 융을 다시 하얀 상태로 만들어야 하는 융 빨기는 어처구니가 없었다. 당연히 막내들의 일이었고, 매일매일 하루에 몇 시간인지도 모르게 융만 빨고 있는 이등병들의 손에서는 늘 피가 났다.

이등병 실록
신병 한정(限定) 약식 혹한기 훈련

3.3 월

그 혹한기 훈련이 한마디 예고도 없이 오늘부터 시작되었다.

군장 싸고 나와서 숙영한다고 삽질 이빠이.
하루 종일 삽질만 하고, 1기수 선임들[1]과 노가리 졸라 깜.

시키는 것도 없고, 고참도 없고...
추워도 너무 좋았다.

2박 3일간의 땅굴 속 숙영을 즐기자.

※사회에서는 이런 사건이 있었다.
- 전교조, 인권위에서 학교행정정보화시스템(NEIS) 폐기를 요구하며 점거 농성

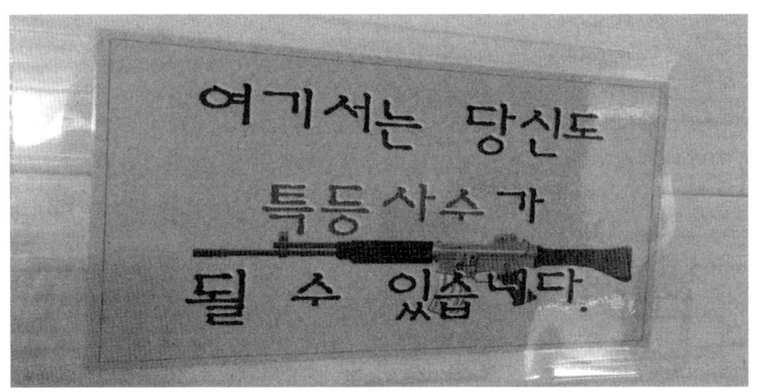

1) 789기(5명)는 같은 11월 군번이었지만 헌병은 기수로 따지기에 고참이었다. 동기가 없는 나까지 총 6명이 함께한 훈련이었는데, 이들과는 제대할 때까지 이때의 추억을 이야기하며 친구처럼 잘 지냈다. 이중 같은 내무실이었던 엄정호는 스타크래프트를 잘 해서 청소 시간에도 늘 병장들과 PC방에 있을 수 있었다. 힘든 순간에 늘 없어서 원망스러운 적도 많았지만 선한 사람이었기에 밉지는 않았다.

3.4 화

어제부터 계속 먹고 자고, 먹고 자고만 함.
졸라 행복하다.[1)]

장비 가지러 잠깐 본청에 다녀오며 누나랑 몰래 전화.
뭔가 감동스러워 울었음.

간 김에 내무실도 잠깐 들러서 모아둔 편지 8통 챙겨 나와 다 보냄.
훈련장 복귀하는 길, 다시 후다닥 누나한테 전화해서 '사랑해'하고 바로 끊어버림.

※사회에서는 이런 사건이 있었다.
- SBS 드라마 <야인시대> 64화에서 훗날 레전드 짤이 되는 "내가 고자라니.." 씬 등장

---

1) 인솔 간부(이민수 하사)도 갑작스레 다시 하게 된 혹한기 훈련에 짜증이 났을 것이다. 그것도 어리바리 신병 6人만 데리고... 땅만 파놓고 뭔가 하는 척만 했던 것 같은데, 우리는 '앞으로 다가올 것들이 무엇일지 모르는 불안함'을 안은 채로 행복해했다.

3.5 수

근무 없이 아침까지 땅굴 속 FULL 취침.
너무 좋았음.

군장 다시 싸고, 행군 갔다 옴.
그냥 뒷산 타고 쭉 돌아서 내려왔다.

널널하고 즐거웠던 혹한기 훈련.

목욕하고, 낮잠.[1)]

땅굴에서 수없이 다짐했던 것처럼 즐겁게 일 배우고, 일했다.
즐겁게 해내자, 태형아!!

누나랑 전화.

점호 끝나고 고참들과 첫 뽀글이. 수타면.[2)]
실패해서 그런가? 맛은 없었음. 하하.

그래, 태형아! 오늘처럼만 하자!!

---

1) 아무것도 한 것 없이 돌아왔는데, 고생했다며 오침(午寢)을 시켜주어 살짝 민망했다. 그러나 '힘들었지만 괜찮습니다. 다만 정예 7내무실의 더욱 강력한 전투력 향상을 위해 아주 잠시만 쉬는 것도 나쁘지는 않을 것 같다는 생각이 듭니다.'를 표정으로 연기하며 그 호의를 받았다.
2) 계란이 없어도 맛있는 라면이 정말 '좋은 라면'이다. 상병 즈음에 그런 '좋은 라면' 목록을 만들었는데, 수타면 따위는 목록에 없다.

이등병 실록

적응 1

3.6 목

아침부터 욕 졸라 먹었네.
왜 괜히 지랄을 할까?

찬주형과 통화하고, 누나와 통화하면서 눈물..ㅠㅠ
윤정이에게 소개팅녀 프로필 좀 빨리 달라고 압박[1]했다. 미치겠음..ㅠㅠ
어머니와도 전화. 아... 엄마한테 왜 짜증을 냈을까...[2] 병신 새끼.

누나가 전화 끊을 때 해준 한마디가 자꾸 명치를 맴돈다.
"울지 마..."

아, 이런 대화도 있었다.
"남자친구 생겼어?"라고 물으니, "생겼으면 좋겠어?"하던 누나.

비 오는데도 기어이 또 하는구나. 지루하고 짜증나는 축구.
옷을 다 버려서 이제 또 고생길이 훤하다...

갈굼의 끝은 어디냐... 지겹다.
헉!! 늘어지면 안돼!! 처음의 각오는!?
그래!! 얼마든지 갈궈라 씨바아아아아아아아악!!

---

1) 색마 같은 녀석이 시도 때도 없이 찾아와서 상황 보고를 받으려 했다. 빨리 융을 빨아 갖다 놓지 않으면 엄청나게 갈궈 댈 많은 이들과 지가 커버를 해줄 테니 빨리 전화하고 오라는 병장 사이에서 '나는 누구와 군생활을 더 오래 하는가?'에 대한 고뇌에 빠져버린 것이다. 그가 비열한 인간성으로 많은 사람들에게 투명인간 취급을 받고 있다는 것을 이미 알았으나 그래도 나에게는 병장이었다. 그런 놈인 줄 모르고 친구를 소개해주겠다고 한 스스로를 무진장 원망했다.
2) 유일하게 신경질을 부릴 수 있었던 유일한 나의 편, 엄마...
세상 유일하게 한심했던 나라는 새끼...

3.7 금

여러 가지 꿈이 다 기억난다.
1. 100日 휴가 나가서 누나랑 하는 꿈.
2. 아버지와 즐겁게 이야기하는 꿈.
3. 파란 줄무늬 T를 입은 누나 옆에서 누나의 모친께 장난스레 혼나는 꿈.
4. 형이랑 오락실에서 보글보글에 POWER UP 사차원 거는 꿈...

모두 모두 보고 싶어 죽겠다.

오전 내내 융 빨았다.
점심 먹고, 바로 또 축구 끌려 나감. 아. 좀. 씨발..ㅠㅠ
소개팅 건으로 윤정이와 또 통화. 누나는 백화점 간대서 금방 끊음.

오후 내내도 융 빨았다.
오늘 하루 종일 내 예쁜 손이 물속에 있었다. 씨박.

밤에 오징어 짬뽕[1] 뽀글이. 와우. 졸라 맛있음.
모두 모두 잘 자라. 보고 싶다. 정말...

– 손목시계의 불빛[2]으로 어둠 속 필기 완료.

※사회에서는 이런 사건이 있었다.
- 서울지검 평검사 70여 명, 법무부 장관의 인사정책에 반발

---

1) 그 시절 '소지만 하고 있어도 가슴이 벅차다.'라는 슬로건이 있었을 정도로 오징어 짬뽕은 강력한 아이템이었다.
2) 이등병이 취침 시간에 안 자고 있으면 생활이 편한 것으로 간주한다. 그리고 이등병을 편하게 냅둔 일·상병들을 갈구던 거지같은 시스템이었다. '그냥 날 때려...' 아무튼 그런 열악한 환경에서도 모포를 뒤집어쓰고, 손목시계의 불빛에 의지하여 글을 썼다. *보통은 변기에 앉아서 썼다. 나에게는 그만큼 수양록이 하나의 신앙 같은 것이었다.

3.8 토 《입대 100日》

88기가 아침부터 계~~~속 갈궈서 좀 개김.
아, 이 새끼 짜증나네… 이등병끼리 더 야박하네.

내무검사 때문에 청소 이빠이.
힘들어도 제발 버티자…[1]

★내무실에서 째려고만 하지 말고, 미친 듯이 부딪혀 보자[2] 씨발!!★

누나랑 통화.
그저 사소한 일상의 대화.
근데 그 순간이 무슨 꿈을 꾸는 것처럼 너무 행복했다.

미친 듯 해보려니, 일이 좀 풀리는 것도 같다.

※사회에서는 이런 사건이 있었다.
- 윤덕홍 교육부 총리, NEIS 시행 유보 발표
- YG ent. 소속 남성 솔로 가수 SE7EN(세븐) 데뷔
- 시인 조병화 선생 별세

---

1) 당시만 해도 푸념 반 진심 반으로 머릿속에 늘 지니고 있던 생각이 '오늘 죽을까, 내일 죽을까'였다. 오직 100일 휴가만이 그것을 버티게 해주는 희망이었다. '100일 휴가에서 탈영하지 않고 돌아오면 그때부터 진정한 갈굼이 시작된다.'라는 말도 있었지만 그런 건 아무래도 상관없었다. 나에게 가장 거대했던 공포는 조빱들의 갈굼이 아닌 보이지 않는 세월의 끝이었다. 보통 다들 그렇다.
2) A급이 되는 가장 확실한 방법이다. 지속하기가 힘들어서 그렇지…

이등병 실록

첫 근무

3.9 일 〈바나나 먹은 날〉

오늘 첫 근무 투입!!!
정문[1] 주간 4선에 야간 1선, 말선. 4-1-말. ★꼭 외울 것★
김현수 상병님과 근무에 필요한 견학하고, 첫 근무 기념으로 부모님, 스님, 누나랑 전화했다. 잘하자!! fighting!! 현재 시간 12:30P

바쁘게 야간 1선까지 해냈다.
어려운 것도 없었고 많은 생각을 할 수 있어서 좋기만 했다. 헤헤.
그렇게 오늘은 시간이 빨리 갔다. 2년도 빨리 가길...

윤중희 병장님 내일 말년 휴가라서 밤에 함께 시간을 보냈다.
나도 2주 남은 100日 휴가를 위해 소식(小食)을 하자. 살 빼기 작전.

놀다가 내무실 비웠다고 개스[2] 걸려서 분대장한테 지구의 모든 쌍욕 다 먹고, 쫓겨났다가 1시 넘어서 잤다. 조때따. 나 이제 우짜노..ㅠㅠ

※사회에서는 이런 사건이 있었다.
- 노무현 대통령, 평검사들과 대화의 시간 가짐
- 김각영 검찰총장, 검찰 인사권 파동에 책임지고 사퇴

---

1) 정문은 막내들의 근무지였다. 한번 나가면 2시간을 혼자 서 있다가 오는데, 고참들이 겁준 것과는 달리 중학생이라도 할 수 있는 일 아닌가... 오히려 말 거는 놈들도 없고 차분하게 생각을 정리할 수 있는 좋은 곳이라 느껴졌다. 마치 산사(山寺)의 대웅전과도 다름없었다. 물론 근무 간 약간의 집중은 필요했지만... 실제로 나는 2년간 단 한 번의 근무지 개스도 없었다. 안 걸리면 없는 것이다. 고로 약간의 집중이 꼭 필요하다.
2) 무용담을 들어보면 지역 또는 부대마다 명칭이 다른데, 보통 '개스', '가스', '고춧가루' 등의 유치한 단어들이다. 어떠한 사건·사고로 인해 비상사태가 발생했다는 뜻으로 병(兵) 사이에서 주로 사용하며 거의가 '개념'과 관련되는 '개념 비상사태'들이다. 예를 들면 모 이등병이 벽에 기대어 전화를 하고 있었다던가, 모 일병이 짝다리로 담배를 피우고 있었다던가, 모 상병이 TV 리모컨을 만졌다던가 하는 등이다. 처벌이 더 쓰라린데, '동기 집합'이나 '너와 나 사이 집합'이 일반적이다. 두 가지 모두 죄 없는 사람까지 엮인다는(연대 책임) 곤란함이 포인트.

3.10 월

얼마 자지도 못하고, 정문 야간 말선 근무 갔다 와서 고가 3초소 2선과 고가 1초소 4선 나갔다 왔다. 즉, 말선 뛰고, 이어지는 2-4선. 졸라 바쁜 와중에 졸라 갈굼 당하고, 시간 잘 간다 씨박.

고가 초소 근무 때 김정호 상병과 이런저런 즐거운 노가리 많이 깠다.
근무가 오히려 즐겁다.[1)]

어머니와 길게 통화.

야간은 비번이었다.
내가 탈영할 것처럼 보였는지 추광식, 채준호 일병이 등나무로 데리고 나가서 따뜻한 말로 위로와 격려를 해줬다. 고마웠다.

푹 잤다.

※사회에서는 이런 사건이 있었다.
- 서울시, 시내버스 및 지하철 요금 100원 인상

1) 정신적인 피로보다 육체의 피로가 낫다는 방증이다.

3.11 화 〈헌병의 날〉

고가 4초소 1-3선 갔다 옴.
조장 민경수 병장님이 말없이 좋은 분이라서 이런저런 생각을 많이 할 수 있었다. 100日 휴가 계획. *크크크크, 크크크크크...*

5선, 정세욱三[1]과 탄약고.
즉, 오늘은 1-3-5선. 이것이 맞교대.[2]

야간은 또 비번!!
감사합니다!!

저녁 먹고, ↑↑ 이 사람과 PX 가서 배 터지게 먹고, 전화 카드도 샀다.
그동안 1541로 잘 받아준 누나 고마워!!

※사회에서는 이런 사건이 있었다.
- 새 검찰총장에 송광수 대구고검장 내정
- 노무현 대통령, 국무회의에서 '언론 오보와의 전쟁' 선포
- 피겨스케이팅 선수 김연아, 시니어 데뷔전서 국가대표 선배들 제치고 우승
*2004년 9월, 한국 피겨스케이팅 사상 첫 국제 대회 우승의 주인공

---

1) 많은 서류에 계급 표시가 기호(?)로 되어 있던 것을 보고 괜찮아서 적용했었다. 하지만 키보드에는 그런 기호가 없기에 한자로 대체한다.
이등병 一, 일병 二, 상병 三, 병장 王.
2) 이등병의 하루는 그랬다. 2시간 근무 - 2시간 융 빨기 - 2시간 근무 - 2시간 융 빨기 - 2시간 근무 - 점호 청소 - 2시간 근무의 무한(∞) 루프. 세월이 금방 간다.

3.12 수

정문 주간 1-2선 뚝[1]으로 섰다.
가기 전, 모두들 힘들어서 어쩌냐 했지만 난 좋았다.
4시간 동안이나 다이렉트로 생각할 수 있으니 말이다. 후훗.
근데 복귀할 때 탄창 없이 근무 섰다고 개스 걸려서 이제 닭 됐다. 젠장...
현지 교대? 가르쳐줘야 알지[2] 시방새들아.

누나에게 전화 카드 개시. 3일 만의 목소리...ㅠㅠ

체육대회를 했던 오늘, 회식도 했다.
너무 오랜만에 소주[3]를 맛봤다. 무려 3잔.. 헤헤.
먹고, 얼굴 빨개져서 말선(정문) 서고, 이제 야간 4선 남았다.
4선 졸라 피곤하겠다. 시간아, 어서 가라~

월급 받았다. 26,100원. 하하하!!![4]

※사회에서는 이런 사건이 있었다.
- 국회 문광위, '연합뉴스사법 공청회' 개최
- 두산중공업 사태, 노동부 장관 중재로 극적 타결
- 가수 보아, 일본 골든 디스크 시상식에서 본상 수상
- 모델 강동원, MBC 드라마 <위풍당당 그녀>에서 배우 데뷔

---

1) 교대 없이 4시간 또는 6시간 근무를 서는 것이다. 흔히 있는 일은 아니고 헌병의 날 체육대회에 고참들이 즐겁게 축구를 할 수 있도록 만들어진 근무 시간표였다.
2) 갈굼을 위한 갈굼이라는 것이 이런 것이구나~를 이때 눈치챘다. 자세히 쓰지는 않았지만 그의 함정에 빠진 것이 기억에 남아있다. 그래서 오히려 마음이 편했다. 사람을 싫어하지 않아도 되었기에... 그리고 군대에서는 그런 애들이 더 다루기가 쉽다.
3) 1년에 한번 공식적으로 음주가 가능한 날이다. 20대의 나는 술을 전혀 좋아하지 않았지만 그리워서 먹었다.
4) 26,100원 중, 만 원은 100원짜리 동전으로 받았다.

이등병 실록
사람과 사람들

3.13 목

탄약고 2선, 고가 3초소 4선.
잠을 못 자기 시작한다. 아.. 좀 어지럽구나.
탄약고에서는 조장 김기현王이 마술을 보여줬다. 이벤트 관련 일을 하다 왔나 보다. 그리고 빙고, 숫자 야구, 한국 영화 제목 대기를 하면서 시간을 보냈다.
고위급 병장이랑 나가면 뭔가 편하구나.

또 야간 4선 남았다. 이제 정문이 슬슬 짜증난다.
과감히 저녁 제끼고, 상병들 틈에 껴 PX 내려가 정말 배 터지게 먹었다. 헤헤.

※사회에서는 이런 사건이 있었다.
- 여성부, 경제 5단체에 '기업 채용 시 성차별 금지' 협조 요청
- 인권위, 국회에 '북파공작원과 삼청교육대 특별법' 제정 권고

3.14 금

주간 탄약고 1-3-5 맞교대.
1선 조장 윤기현二에게 내가 사회에서 놀았던 가락을 살짝 보여줬다.
졸라 갈구더니 쫄기는... 순수한 녀석이군. 크크.

3, 5선 조장 민병철二.
짜증나는 놈이라 생각했는데, 의외로 괜찮은(?)[1] 놈이었다.

경지누나랑 전화.

정문 야간 3선 졸려 뒈지는 줄 알았다.
피곤해 죽겠다. 살려줘...

---

1) 3월 14, 15, 17일의 '괜찮은(?)'에 대한 각주는 3월 17일 자에 달았습니다.

3.15 토

주간 1선 고가 3초소.
조장 윤종구ㄴ. 괜찮은(?)[1] 녀석.

복귀해서 가지치기 정리 작업.
밥 먹고, 주간 4선 고가 3. 졸라 빡세다. 후~~

고가 3에서 민병철ㄴ에게 이 수첩 걸려서 할 수 없이 보여줬다. 짜증나는 놈이라고 써놨는데. 크.. 두근두근했으나 결국 뭔가 더 친해져버렸다.

어머니와 즐겁게 오래 통화하고, 누나랑 전화했다.
방울이의 다리뼈가 빠졌다는...

야간 1선 고가 1.
깐깐한 조장 최천일ㄴ.
수하 잘해서 교대하는 병장에게 칭찬받음.

그래도 1선이었기에 오랜만에 스트레이트로 푹 잤다.

※사회에서는 이런 사건이 있었다.
- 대한민국의 중국 표준음 제도 본격 적용
- 국립 3.15 민주 묘지 준공식

1) 3월 14, 15, 17일의 '괜찮은(?)'에 대한 각주는 3월 17일 자에 달았습니다.

3.16 일

융 빨다가 3선 고가 3초소 갔다 와서 PX 갔다 옴.
배불리 먹고, 전투화 끈 사고, 복귀.

월급으로 받은 동전(만 원) 오링.
(13일 PX ₩3,000 / 환전 ₩2,000 / 오늘 PX ₩4,000 / 전투화 끈 ₩1,000)

누나, 엄마, 윤정이와 통화하고 경지누나한테 전화했는데, 마침 형이랑 통화 중. 경지누나가 집 전화기와 핸드폰을 맞대어줘서 형이랑 통화했다. 그렇게 해도 들리는 게 참 신기하네. 크크.

아~ 진짜 반갑고, 아직도 기분 좋다.
전화 카드 오링.

야간 2선 고가 3 남았고, 100日 휴가는 7일 남았다.
꺄르르 꺄르르르~

※사회에서는 이런 사건이 있었다.
- 국립보건원, 중증급성호흡기증후군(SARS) 경보 발령

3.17 월

정호종王 전역.
주간 1-3-5 맞교대.

1, 3선 고가 4초소.
조장은 이제 부대 왕고[1]가 된 민경수王(754기).
사진 챙겨 오래서 챙겨간 사진 보여주며 이런저런 즐거운 노가리.
*오, 뭐야? 이 힙합 가사는?

5선, 양승민三과 고가 3초소. 야간 1, 말도 고가 3. 조장도 同(동).
서로의 애인에 대해 졸라게 얘기함. 서로 사진 지참.
임승민三도 괜찮은(?)[2] 사람.

1-3-5-1-말...
빡세긴 하다.

※사회에서는 이런 사건이 있었다.
- 노무현 대통령, 법무부에 한총련 이적단체 규정 재검토 지시

---

1) 최고참.
2) 적당한 시간의 적당한 고난에서는 누구나 괜찮은 사람일 수 있다는 것을 시간이 꽤 지난 후에 깨달았다. 나름의 기준은 있었겠지만 섣불리 사람을 평가하던 나는 아주 어리고 위험했다. 나는 어느 정도까지에서 괜찮은 사람일 수 있을까.

3.18 화

말선 복귀하고, 오늘은 2-4-1-말이다. 죽었다.
정통 맞교대가 사람 잡는다. 휴가 못 가게 나 죽일라고. 음모론.

2선 탄약고.
김기현王과 추억의 오락실 게임 이야기와 끝 말 잇기. 크크.

누나랑 전화해서 24일에 중학교 후문 앞에서 만나자고 했다. 헤헤헤.
아... 온통 100日 휴가 계획과 생각뿐이다. 흐흐흐.

야간 1선 복귀하고, 진짜 오랜만에 샤워했다.
아~따!! 졸~라 개운하다. ^^

《첫 월급 지출표》[1)]

PX ₩9,000 / 전투화 끈 ₩1,000 / 오바로크와 연초비로 꾼 돈 갚음 ₩6,000
₩26,100 中... 만 원 남음. 크크크.

뭐, 이거 사람이 살 수가 있나... 살 수가 없다.
buying.. living.. 막간 언어유희 영어 공부. 크크.

뭘 해도 종일 즐겁군.
100日 휴가!!!

1) 당시만 해도 가계부까지 완벽하게 기록해보자는 열정이 있었으나 얼마 가지 못했다.

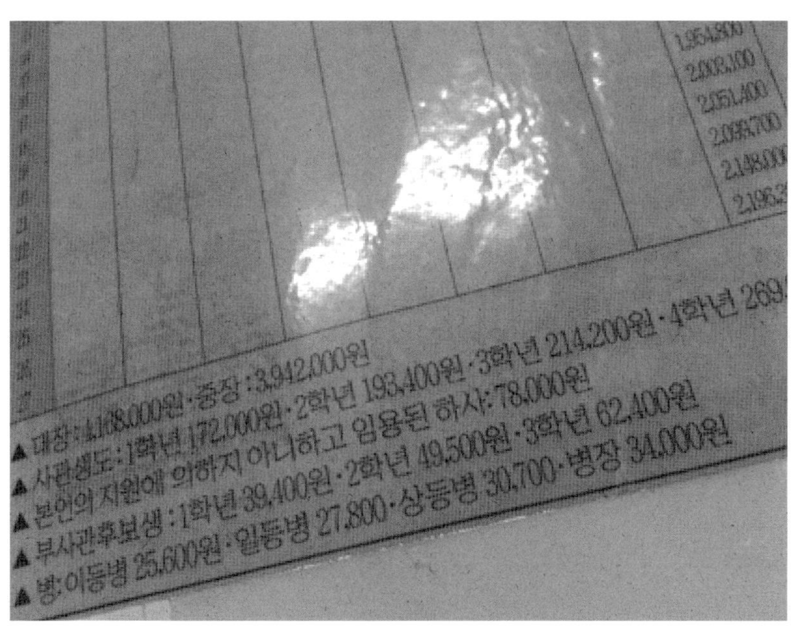

1,954,800
2,003,100
2,051,400
2,099,700
2,148,00
2,196,3

▲ 대장:4,168,000원·중장:3,942,000원
▲ 사관생도:1학년 172,000원·2학년 193,400원·3학년 214,200원·4학년 269,
본인의 지원에 의하지 아니하고 임용된 하사:78,000원
▲ 부사관후보생:1학년 39,400원·2학년 49,500원·3학년 62,400원
▲ 병:이등병 25,600원·일등병 27,800·상등병 30,700·병장 34,000원

이등병 실록

적응 2

3.19 수 《입대 111일》

야간 말선 탄약고에서 동사(凍死) 직전에 근무가 끝났다.
춘(春) 3월에 얼어서 사망할 뻔.

복귀해보니, 오늘은 주간 안내 대기와 야간 5선 고가 3뿐[1]이다.
안내 대기는 뭐냐. 씨발 융이나 졸라 빨아야 되는 건가...

누나랑 전화하면서 안 좋은 얘기가 나와버렸다. 드디어 올 것이 왔단 말이냐. 눈에서 멀어지는 게 역시 무섭군... 지난 몇 달 동안 누나에게 무슨 일이 있었던 거냐. 입대하기 전부터 정말 잘 해보려고 지금까지 노력했건만... 결국 또 이런 식이라니. 나쁘게 끊진 않았지만 일단 휴가 나가서 최대한 누나를 배려해야지. 힘내자!! 난 누나를 애인으로서도 좋아하지만 누나로서도 딸로서도 좋아하니까...[2]

졸라 꿀꿀하다. 이젠 정말 뭘 하던 누나가 잘 되기만을 빌어줄 때다. 입대할 때 누나가 흘린 눈물과 내가 없어 허전해 하던 마음을 받은 걸로 만족하자. 절대 떼쓰지 말자. 누나를 행복하게 하기 위해...[3] 말뿐이 아닌, 정말 누나의 행복을 위해 이제 나도 뭔가를... 힘들겠지...

안내 대기 실전 투입. 2건 해냈다.
민간인 접촉의 첫 근무라는 긴장감은 둘째 치고, 세상의 모든 부모님들은 다 똑같다는 걸 느꼈다. 마음이 쓰라렸다...

오후엔 모포 털고, 청소하고, 일찍 자버렸다.

---

1) 아침점호가 끝나면 그 어떤 일보다도 우선 그날의 근무를 확인해야 한다. 만약 세수라도 하러 갔다가 오늘 근무가 뭐냐는 질문에 "모르겠다" 또는 "아직 확인을 못했다"라는 답을 한다면 '개스'다. 조장(사수)의 이름과 기수도 같이 외워야 한다.
2) 20대의 나는 로맨티시스트였다. 다시 보니 미치겠다.
3) 악! 미치겠다... 제발 그만 말해. 닥쳐 좀.

3.20 목

주간 1-4-말선.

1선 때 조장, 같은 내무실 계건일王[1]한테 빠졌다고 졸라 깨졌다.
아오.. 어쩌라는 거야... 대박 속사포. 갈굼 머신 같은 새끼.
그래. 갈궈라. 곧 휴가 가니까 괜찮다. 후후후.

융 빨다가 밥 맛있게 먹고,
내무실 정리 빵이 치다가 근무 나가고,
체육 집합 농구 한 게임 뛰고, 또 근무 나가고...

오늘도 정신없이 시간이 흘러갔다.

– 야간 3선 마치고 작성

※사회에서는 이런 사건이 있었다.
- 미국, 이라크 공습(미국-이라크 전쟁 발발)
- 노무현 대통령, '미국 주도의 이라크전 지지' 담화 발표

1) 오인용 <연예인 지옥>의 정지혁 병장 같은 캐릭터로, 과거에 그의 갈굼으로 소원수리를 통하여 본부 중대로 간 사람도 있었다.

3.21 금

주간 1-4선.

1선 복귀하고, 91기 신병들[1)]과 대대장님 간담회.

융 빨다가 4선 근무 갔다 옴.
시간 잘~ 간다.

이라크에 전쟁 났다는데 왜 우리가 뺑이를 쳐야 되는가.
야간 5선을 남기고 건빵을 먹으며 잠들다.

5선 때 똥 마려워서 진짜. 대박.
죽는 줄 알았다. 1시간 넘게 참았다.

- 휴~ 지금은 똥 싸는 중...

마렵다.
마렵다.
마렵다.
마렵다? 마렵다...

이런 이런. 유일하게 똥오줌을 위한 동사가 아닌가!!
눈물이 마렵다. 콧물이 마렵다. 침이 마렵다. 정액이 마렵다. 모두 어색하기 짝이 없지 않은가!! 오, 대단하다. 똥오줌을 위해 그렇게까지 해주다니... 나도 그녀를 위해 마렵다 같은 사람이 되어야지...

---

1) 어느새 세월이 흘러 한 기수 후임들이 들어왔다. 우리 내무실에는 안 들어왔지만.

이등병 실록
100日 휴가 《D-2》

3.22 토

강기봉王 덕분에 휴가를 2시간 정도 일찍 나갈 수 있게 됐다.
미리 휴가 신고한다고 아침부터 빵이 치다가 일단 머리부터 깎음.
신고하고, 소대장님 중대장님 순으로 면담하고, 주간 4선과 말선 근무 나감.

설렌다.

누나가 1541 씹었다. 그래봤어.[1)]
야간 5선을 남기고, 설렘을 안고 잠들었다.

뭘 어떻게 챙기고, 어떻게 휴가를 보낼지 생각이 끝이 안 난다.
깔끔하고, 확실하게 챙겨가자.

이 수첩 일기도 슬슬 마무리할 시간[2)]이 다가온다.

※사회에서는 이런 사건이 있었다.
- 한미르, 국내 최초의 블로그 서비스 시작

---

1) '치사하다. 나 삐쳤다. 두고 보자.'가 함축된 뜻으로 7, 80년대가 유년기였던 사람은 다 안다.

2) 훈련소에서 받은 수양록은 자대에 가면 쓸 수 없을 것이라는 예상에 일단 쟁여두었었다. 신병에게 과연 수양록이나 쓰고 앉아 있도록 틈을 줄 것인가... 여차하면 화장실에서도 틈틈이 쓸 수 있는 수첩이 숨기기에도 딱 좋았다. 또한 '메모 수준 이상의 것을 쓸 힘이 절대 내 몸에 남아 있지 않을 것이다.' 했던 예측도 돌이켜보면 실로 대단하다고 할 수 있지만 이 땐 그 당연한 걸 몰랐을 뿐이다. 실제로 100日 휴가 이후의 '빡셈'은 가기 전의 '빡셈'과는 차원이 다른 '빡셈'이었으며 일병을 달 때까지의 기록도 거의 없다. '100日 휴가 전까지는 탈영의 위험이 있으므로 그렇게 심하게 갈구지 않는다.'는 그것이 이것이로구나~를 드디어 알게 되는 것이다. 수첩의 크기와 두께, 낙서와 메모로 날리는 분량까지 감안하여 애초 100日 휴가까지 만으로 기획을 했던 듯하다.

3.23 일

어제 김현수三이 깎아준 머리가 이상하다고 타 내무실의 김정수二이 다시 깎아줬다. 머리가 어쨌든 두 사람 모두 인간적으로 배울 점이 많은 사람들[1)]이다.

총기 수입도 끝냈고, 이제 주간 말선 근무에 익일 야간 5선을 마치면 바로 일조점호만 받고, 나가는 일만 남았다.

내일 간다고 일단 어머니께 전화드림.
누나 전화는 어제부터 계속 꺼져 있다. 무슨 일이 있나?[2)]

말선 투입하기 전에 짐을 챙겨 놔야 되겠다.

고참들이 전투복 다려주고, 전투화 광 내주고, 이것저것 챙겨준다.
아이 참 괜찮은데... 부담스럽게...

세영이와 정말 오랜만에 전화도 되고, 누나랑도 며칠이야 4일 만에 아무 일 없었다는 듯 '나 내일 갈게. 내일 보자.'라고 하며 웃으면서 통화했다.

---

1) 선인(善人)과 악인(惡人), 두 개의 폴더를 만든 신병은 일단 빠르게 1차 분류를 한다. 그리고 군대의 이 이상한 시스템에 적응이 조금 될 무렵 2차 분류 심사에 들어간다. 1차에서는 단지 분류만이 있을 뿐이지만 2차부터는 심사 과정이 포함되는 것이 특징이다. 폴더 안에서도 각각 또 여러 가지 폴더명이 생성되는데, 개인차가 있겠지만 다사다난의 10차 분류 정도까지 마치고 나면 악인을 이해할 수 있게 되기도 하고, 선인을 존경할 수 있게 되기도 한다. 모든 폴더가 무의미하다고 느껴질 무렵 어른이 되었다는 착각에 빠지기도 하는데, 실로 어른스러우나 몸이 조금 편해질 무렵 그 어른스러움은 다시 온데간데없이 자취를 감추어버린다.
2) 녀석. 참 순수했군...

시간은 흐르고, 밤도 오고, 내일이면 정말 꿈에 그리던 집에 가는구나.
믿어지지 않을 만큼 꿈만 같고, 떨리고, 설렌다.

드디어 간다.[1)]

※사회에서는 이런 사건이 있었다.
- 법무부, 준법 서약제 사실상 폐지 결정
- 금강산 육로 관광 첫 실시

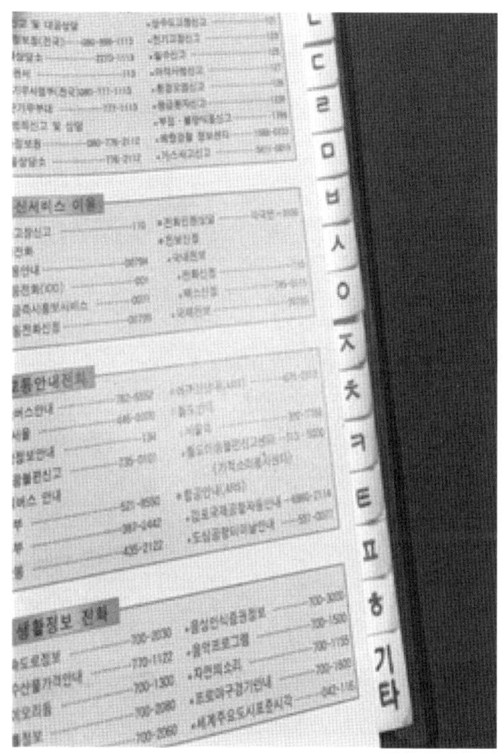

1) 이때 이런 생각을 했다. 넉 달 만에 가는 집도 이렇게 미치겠는데, 절대 죄짓고 깜빵에 가는 일은 없어야겠구나... 하는.

3.24 월 《100日 휴가 출발》

새벽 $3\frac{1}{2}$(3시 30분)에 일어나 5선 근무 투입.
한 시간이 3,600초니까.. 두 시간이 7,200시간 같았다.

근무 끝나고, 서둘러, 이빠이 서둘러, 점호 끝나자마자 나갔다.
고속버스를 기다릴 때의 그 기분[1]을 정말 잊을 수가 없다.

그동안 정말 많은 일들이 있었구나. 편지도 참 많이 썼다.
편지지 5묶음 + 사제 편지지 + 훈련소 노트에, 종행교 노트에, Pen도 3개나 쓸 정도로...
...

1) '휴가의 반은 위병소를 나가는 맛이다.'라고 해도 과하지 않다.

지금은 하루가 지나 25일이지만 대단원의 막을 내리는 마당에 그만 걸 따질 때가 아니다. 이제 복귀하면 이렇게라도 당분간은 일기를 쓴다는 게 불가능[1] 할 것 같다. 잠시 쉬는 기간을 갖는 것도 괜찮겠지. 가끔 수양록에나 쓸 수 있으려나?

대단하다.
힘든 생활 속에서 이런 것들을 써온 내가 졸라 자랑스럽다.[2]
나중에 추억으로 열어볼 그날[3]을 기약하며 형 방 이불 위에서 나의 신병 일기 그 대단원의 막을 내린다.

태형아. 고생 많았고, 앞으로 조금만 더 참고, 조금만 더 개기자.
전역 후엔 이제 So, Basic[4] 일기장이 기다리고 있다.
정말 수고했다!!! FIGHTING!!!

※그리고 나의 첫 월급 中, 남은 10,000원은 다음과 같이 오링이 났다.
일병 달면 쓸 사제모(₩5000)+오바로크(₩500), 보급모 오바로크(₩500), 사제 담배[5] 두 갑(₩4,000) *마일드세븐, 말보로 멘솔.

---

1) 그 예상은 적중했다.
2) 누구에게 실제로 자랑을 한 적은 없다.
3) 그 그날이 15년 하고도 몇 개월이 지난 뒤가 되었다.
4) 1999년, 혜성처럼 나타난 중저가 브랜드. 일본의 무인양품(MUJI)과 아주 흡사했다.
5) PX에 양담배는 팔지 않는다. 양담배라는 말도 지금 보면 참 웃긴 단어다.

이등병 실록

100日 휴가 복귀

3.24 월~3.28 금 / 《100日 휴가 기간》[1)]

※100일 휴가 기간 동안 사회에서는 이런 사건이 있었다.

3.25 화
- 국회, 이라크전 파병 동의안 처리 연기

3.26 수
- 노무현 대통령, 새 국정원장에 고영구 변호사, 대북송금 특검에 송두환 변호사 각각 임명
- 인권위, 정부와 국회에 이라크전 반대 성명 제출
- 충남 천안초 축구부 합숙소 화재로 잠자던 축구부원 20여 명 사상

3.27 목
- 전국민중연대 회원 4백여 명, 파병 동의안 처리 반대 국회 앞 철야농성
- 조영동 국정홍보처장 주재 40개 부·처·청 공보관 회의에서 '기자실 개선 방안' 발표

1) 사회용 사제 일기장이 따로 있기에 수양록에서는 제외한다.

3.28 금

100日 휴가 5일차. 부대 복귀.

↓↓↓↓↓↓↓ 여기부터 수양록으로 바뀝니다. ↓↓↓↓↓↓↓

"진짜 우울하겠다고.. 니 기분 안다고.."[1)]
"참아..? 전화 자주 해~"

– 통화 중, 누나가 한 말

※사회에서는 이런 사건이 있었다.
- 국회, 이라크전 파병 동의안 처리 또 연기
- 진대제 정통부 장관, 청와대에 '인터넷 게시판 실명제 도입 계획' 입안

3.29 토

"널 미워해야 하는데..."
'군생활 2년 더 하고라도 자기를 계속 사귐? or 그냥 자기를 안 만남?'[2)]

– 누나와 통화 중, 기억나는 대화

---

1) "친구가 그러는데 백일 휴가 복귀할 때가 기분이 제일 그렇대..." 하며, 누나는 우울한 목소리로 전화를 건 나를 위로했다.
2) "연예인 누구누구랑 한번 하고, 군생활 1년 더 하라 그러면 할래?"라던가 하는 에네르기파 쏘는 개소리들을 많이 하곤 하지 않았는가.

3.30 일

찬주형이 면회[1] 옴.

누나랑 전화. 시험 망쳤다는 이야기.[2]

3.31 월

기록 없음[3]

※사회에서는 이런 사건이 있었다.
- 삼성 라이온즈 볼파크(Ballpark)에 '삼성 라이온즈 역사관' 개관

---

1) 백일 휴가 둘째 날의 일이다. 20대의 나는 술 먹는 일을 싫어했지만 휴가이기 때문에 안 먹기는 뭔가 아쉬워 만든 술자리. 나는 소주를 딱 2잔 먹은 상태에서 기절했다. 넘어지며 얼굴을 박아 응급실에서 입술을 다섯 바늘 꿰매는 수술을 받았는데, 이후로 아랫입술이 엄청 두꺼워졌다. 그때 같이 마신 사람이 찬주형이다. 형의 고등학교 친구인데 어쩌다 보니 나와도 친구처럼 잘 지내게 되었다. 아무튼 정확히는 찬주형이 나를 목표로 온 것은 아니었다. 지인의 면회에 동행하여 왔는데, 와서 보니 이 부대의 헌병대에 내가 있다는 것을 인지하고 자신도 신기해하며 위병소에 내 면회를 신청한 것이다. 물론 반가웠지만 예고도 없던 면회로 각종 주말 노역(융을 빤다던가, 모포를 턴다던가)에서 벗어나는 나는 너무나도 눈치가 보였다.

2) 기록상으로도 3일 연속 통화를 하고 있다. 빠진 이등병에 대한 푸닥거리가 예상되는 부분이다.

3) 애인과의 통화 내용만 간단히 기록하는 등 점점 현실을 도피하는가 싶더니, 처음으로 기록이 전혀 없는 날이 발생했다.

이등병 실록
숨 가쁜 이등병 말호봉

본격적인 자대 생활이 시작되며 내용이 없거나 부실한 날이 많아집니다.
사실적인 묘사를 위해 기록이 없는 날도 없는 그대로 기록하였음을 일러드립니다.

4.1 화

기록 없음

※사회에서는 이런 사건이 있었다.
- 공공건물 금연 구역 지정을 골자로 한 '국민건강 증진법 시행규칙' 제정·시행
- 일본 山梨현 南アルプス시, 岐阜현 山県시, 香川현 東かがわ시 출범
- 홍콩의 배우 장국영, 호텔에서 투신자살

4.2 수

"...스트레스를 많이 받는대... 그런데 그게 나중에 도움도 많이 되고..."[1)]

"...그러니까 나 걱정 안 하게 잘 참을 수 있지..?

"이제 너 면회 가도 돼?[2)]

- 통화 중, 누나가 한 말

※사회에서는 이런 사건이 있었다.
- 이라크전 파병 동의안 찬성 179/ 반대 68/ 기권 9로 국회 통과

---

1) 누나가 친구에게 들은 군생활 관련 조언을 내게 해줬는데, 다 맞는 말인 건 알지만 '그건 이미 제대한 사람 의견이고..' 조언보다는 그저 따뜻하게 달래는 누나의 목소리가 더 힘이 되었다. 그 위로가 되고 치유가 되는 순간을 잊지 않으려 기록에 남겼다.

2) 왜인지 모르겠지만 100일 휴가 전까지는 면회가 금지였다. 부대의 규정인지 병사들끼리의 암묵적인 룰인지조차 모르지만 그 누구 하나 이의를 제기한 사람은 없었다. 그때는...

4.3 목

기록 없음

4.4 금

기록 없음

※사회에서는 이런 사건이 있었다.

- 서울대, 지역 균형 선발 전형제를 도입한 '2005 대입전형 기본 방안' 발표
- '여교사 차 심부름 강요'로 전교조의 비난을 받은 충남 보성초 서승목 교사 자살
- 장준환 감독의 영화 <지구를 지켜라!> 개봉

4.5 토

누나 면회 옴.

4.6 일

누나한테 편지 씀.

4.7 월

저녁에 누나랑 30분 정도 전화를 했는데, 끊은 직후부터 대충 한 시간 정도(?) 꾸사리 이빠이[1] 먹었다. 릴레이로 욕을 처먹으니 시간은 잘 갔다.

※사회에서는 이런 사건이 있었다.
- 대통령 직속 자문 기구 '정부 혁신·지방분권위원회' 발족

4.8 화
기록 없음

4.9 수
기록 없음

※사회에서는 이런 사건이 있었다.
- 미·영 연합군에 의해 이라크의 수도 바그다드 함락

4.10 목 ~ 4.11 금
기록 없음

4.12 토
기록 없음

※사회에서는 이런 사건이 있었다.
- 헝가리, EU 가입 국민 투표에서 찬성 84% *그러나 기권도 55%에 달함

---

1) 하루하루가 갈굼의 연속인데 굳이, 기록을 했다는 것은 뭔가 특별함이 있었기 때문이다. 간단하게 쓰여 있지만 엄청나게 까였을 것이다.

4.13 일

정우성(788기)은 신던 양말을 말아서 서랍에 넣었다가 며칠 후에 다시 신는다. 귀찮아서 안 빠는 거라고만 생각했는데, 오늘 우연히 엄청난 사실을 발견했다. 나중에 빨려고 박아둔 양말에 냄새가 전혀 없는 것 아닌가!? 그래서 그랬구나... 엄청난 관물대다. 마법의 관물대.[1]

그래도 발이 썩을 수가 있으니 진짜 힘들 때만 써먹자.

모양말은 부러지기 쉬우니까.

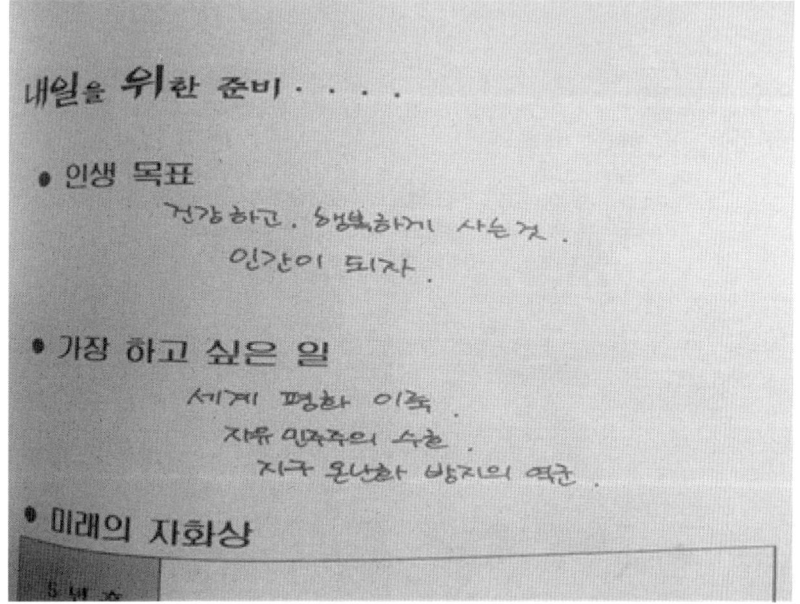

1) 관물대 수보다 사람 수가 더 많아서 나는 무려 5개월이나 788기와 관물대를 같이 썼다. 그것을 떠블 관물대라고 불렀다.

4.14 월

주간 말선 고가 3에서 UFO 봄.

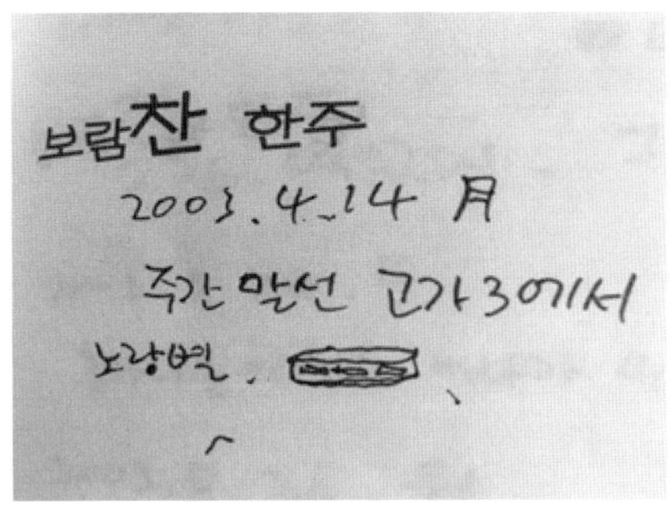

※사회에서는 이런 사건이 있었다.
- 국제 컨소시엄 프로젝트, 인간 게놈지도 99.99% 완성했다 발표

4.15 화

기록 없음

※사회에서는 이런 사건이 있었다.
- 미국 부시 대통령, 이라크전 승리 선언

4.16 수

기록 없음

4.17 목

기록 없음

※사회에서는 이런 사건이 있었다.

- 부산 영선동의 아파트에서 러시아인의 총격으로 같은 러시아인 2명 사상
- 농구 황제 마이클 조던, 필라델피아와의 경기를 끝으로 은퇴

4.18 금 ~ 4.23 수

기록 없음

4.24 목

기록 없음

※사회에서는 이런 사건이 있었다.

- 마이크로소프트, Windows Server 2003 출시

4.25 금

기록 없음

※사회에서는 이런 사건이 있었다.

- 부동산가격 인정심의위, 서울 강남과 경기 광명을 투기 지역으로 지정
- 봉준호 감독의 영화 <살인의 추억> 개봉
- 혼성 3인조 밴드 러브홀릭 데뷔

4.26 토

기록 없음

4.27 일

누나 면회[1] 옴.

4.28 월

기록 없음

※사회에서는 이런 사건이 있었다.
- 애플, 아이튠즈 스토어 출시

4.29 화

기록 없음

※사회에서는 이런 사건이 있었다.
- 국립보건원, 사스 추정 환자 국내 첫 발생(4.28) 발표
- 넥슨, 온라인 RPG 게임 <메이플 스토리> 정식 서비스 개시

4.30 수

기록 없음

※사회에서는 이런 사건이 있었다.
- 국회 본회의에서 '뉴스통신 진흥법' 통과
- 병점기지선이 개통되어 병점역과 병점 차량사업소 연결

---

1) 고참들의 눈치가 보이고 나발이고 안 보면 죽을 것 같아서 누나를 불렀다. 고맙게도 누나는 바로 다음날 와주었다.

일병 실록

2003년 5월 ~ 2003년 10월

정신적으로 힘든 시기가 이등병 때라면 육체적으로 힘든 시기가 일병 때입니다.
일등병의 '일'이 아닌 일개미의 '일'을 써서 일병인 것 같습니다.
역시 기록이 많이 없음을 일러드립니다.

2003년 5월

일병 진급

5.1 목

일병으로 진급했다. 좋기도 싫기도...[1]

혼자 내려가[2] 누나랑 전화했는데, 왜일까. 안 좋은 느낌...
물론 처음엔 좋았다. 그런데 전부터 신경 쓰였던 누나 주변에 껄떡거리기 시작하는 녀석들... 그중 오늘은 김재원 건이었다. 아직도 정신 못 차리고 꼴아서 새벽에 전화를 하는 모양.

그래. 예전에 누나 때문에 힘들어하던 때가 군생활보다 더 빡셌다. 지금은 그때에 비하면 아무것도 아니다. 힘들다는 생각하지 말고, 그럴 때면 누나 생각으로 더 힘들자. 이것이 이이제이.[3]

아.. 졸라 스트레스 쌓인다.
군대 와서도 하나도 변한 게 없어...

씨발.
150일 동안 쌓아온 게 오늘 한방에 무너졌다.

※사회에서는 이런 사건이 있었다.
- 한국노총과 민주노총, '전국 노동자 대회' 개최
- 일본 岐阜현 瑞穗시 출범

---

1) 이등병 때에는 이등병이라는 이유만으로 웬만한 실수(배움에 관한 문제에 한정되며 '개념'에 관한 문제라면 이야기가 좀 다르다)는 그냥 넘어가 준다. 하지만 일병이 되면 그 어떤 책임도 본인이 짊어져야 했기에 '난 아직 모르는 게 너무 많은데 왜 벌써 일병이지?'라는 걱정이 앞섰다.
2) 일병이 되면 혼자 공중전화에 갈 수 있는 자격을 얻는다. 병신 같지만 그런 지엄한 법이 있었다.
3) 이이제이(以夷制夷): 오랑캐로 오랑캐를 친다. 한 세력을 이용해 다른 세력을 제어함.

5.2 금

통합 방호 훈련.
막내들은 융 빨다가 갑자기 산으로 끌려가 조뺑이.
낙엽 속에 누워만 있기도 졸라 지루했다.

누나랑 통화하며 너무 자연스럽게 화해.
행복 리턴. 역시 칼로 물 베기.
누나. 욕심부려서 미안~

누나: 다음에 너 휴가 나오면 창덕궁 가자.
나: 응. 그리고 생전 안 가던 롯데월드도 괜히 가고 싶네.
누나: 롯데월드? 그래 가지 뭐. 또 어디 가고 싶은지 많이 생각해 놔~

– 누나와 통화 중, 기억나는 대화

※사회에서는 이런 사건이 있었다.
- 규제개혁위, 신문사의 무가지 및 경품 지급 규제 '공정위 신문고시 개정안' 의결
- 민주노총 화물연대, 첫 총파업 돌입

5.3 토

아침부터 간부들이 분주하고 뭔가 눈치가 이상하더니 최악의 사건이 터졌다. 월요일에 일병 정기휴가를 나간 박승재가 어제 자살했다고...
에이 뭔 개소리야 했는데, 진짜로 진짜였다. 헐...
다들 충격의 욕만 해댔다.

근무 나가는 길에 민간인 커플들이 많이 보였는데, 우리 부대 전역자들이랬다. 매년 봄에 방문해서 축구도 하고, 고기도 먹고... 뭐 그런 행사가 있다는... 아무튼 그 행사도 모두 취소되었다. 선배들은 바로 돌아갔다.

근무에서 복귀하니 헌병 수사관들이 우리 내무실 사람들을 한 명 한 명 차례로 불러서 면담(?) 아니, 조사(?)라고 해야 되나 아무튼 그러고 있는 상황이었는데, 수사관 중 한 명이 "니가 막내야?" 물었다. 그렇다 하니, "너는 지금 이 순간부터 아무 데도 가지 말고 내무실에서 대기해."라는 것이다. 마지막에 부를 거니 조금 기다리라고...
담배도 못 피우고 물도 못 마시고, 그냥 내무실에 앉아 있었다. 순간 본능적으로 느꼈다. 불필요한, 쓸데없는 말을 꺼냈다가는 좆 될 것이라는 것을... 그러나 난 이미 충격과 아직도 믿기지 않음과 막연한 슬픔과 그리움과 허망함과 수사관에 대한 공포에 넋이 나가 있었기에 말할 의지도 기운도 없었다.

있는 그대로 말했다.
사실 딱히 숨길 것도 없고.

- 평소 고참들의 가혹행위나 부조리는 없었는지.
- 휴가 전 마지막 근무를 같이 섰는데, 특별한 말 없었는지.

"그 새끼가 이랬고요, 그 새끼는 저랬고요, 그 새끼도 그랬어요."

'하라 하면 할 말이 얼마나 많겠냐...'
생각했지만 박승재에 관한 것만 이야기했다.
죽을 사람이 아니다. 고참들과도 잘 지냈다. 모르는 게 있어 물어보면 좀 혼내긴 했어도 다 알려주는 사람이었다. 돌아보면 늘 내 뒤에 귀신처럼 서있던 사람이었다. 맨날 따라다니면서 갈구는 사람이라 엄청 싫었는데 그의 휴가 전날 야간 근무를 같이 나갔다. 처음으로 같이 나가보는 근무였는데, 야간 근무가 운치도 있고 대화 나누기에도 분위기가 좋지 않으냐. 대체 나의 어떤 점이 싫으냐고 용기를 내어 물어봤다. 그냥 싫단다. 그런 게 어딨냐. 하나 정도는 말하고 싫어해라. 더 열심히 하겠다. 좀 이뻐해 줘라. 니가 날 싫어해도 나는 널 좋아할 거다. 언젠가 나가서 만나면 좋은 친구가 될지도 모르지 않느냐. 그렇게 훅 들어가니 그의 마음의 문이 좀 열린 것 같았다. 그도 슬슬 이것저것 개인적인 질문을 하기 시작했다. 무슨 게임 좋아하냐. 여자친구는 어떻게 만났냐. 데이트할 땐 주로 어디 가냐 등등.
진작 근무가 같이 꽂혔으면 좋았을 걸 생각했다. 역시 예상대로 평범한 청년이었다. 나이도 동갑이었다. 등...
다 말했다.

어제 누나랑 칼로 사랑의 물 베기를 하고 있을 때 누군가는 죽음을 생각하고 있었다니...
씨발. 죽을 용기가 있으면 뭐라도 해보지...

시간이 조금 흐르고, 평소와 비슷한 토요일로 돌아왔다. 하지만 비슷하면서도 비슷하지 않은 느낌. 늘 하는 주말 TV 방송 때문인가. 부대 인원 전원이 낮잠을 자고 있는 듯 적막했지만 자는 게 아니라 그냥 조용했다. 고참들은 그 어떤 심부름도 시키지 않았고, 소란한 주말맞이 대청소도 없었다. 하던 걸 안 하니 마음이 불편했다. 이럴 때 욕탕에 짱박혀 있을 수 있는 융 빨기 멤버인 것이 다행이었다.

5.4 일

기록 없음

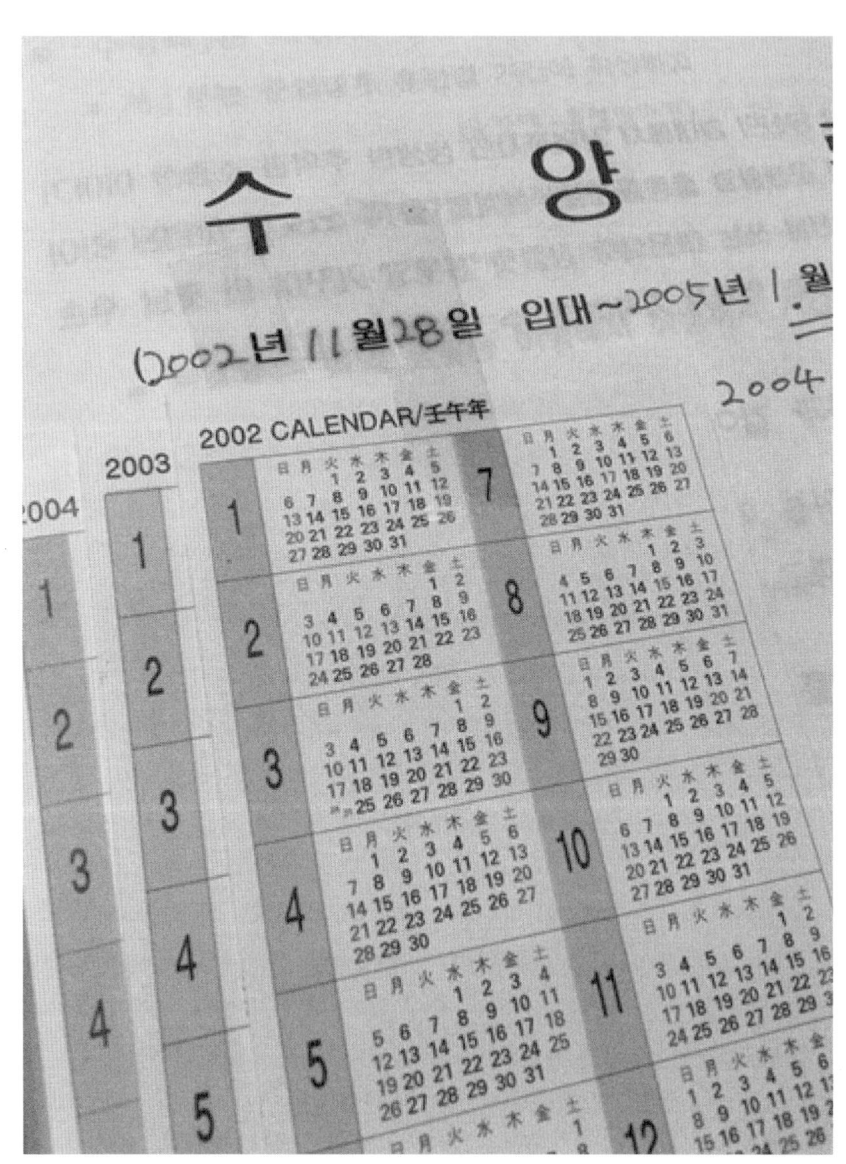

5.5 월

아이디어 메모.
딸기 우유 향 향수[1])를 만들어 팔아볼까.

※사회에서는 이런 사건이 있었다.
- 건교부, 국내 승용차 1,001만 5,790대로 집계

5.6 화
기록 없음

※사회에서는 이런 사건이 있었다.
- CCP, EVE 온라인 출시

5.7 수
기록 없음

※사회에서는 이런 사건이 있었다.
- 화물연대 노동자 최복남 씨, 파업 선전전 도중 교통사고 사망

5.8 목
기록 없음

---

1) 10여 년 후, 딸기 우유 향의 몸에 바르는 로션이 나온 것은 봤다. 누구나 비슷한 생각을 하는가 보다.

5.9 금

KT Pass 카드 신청.
OK 이제 카드 없이도 전화를 걸 수 있다.

파상풍 주사 맞음.

모친과 싸우고, 집 나간다고 까불어 대던 누나. 귀여워.

5.10 토

드디어 밑에 한 놈이 들어오는구나.

5.11 일
기록 없음

※사회에서는 이런 사건이 있었다.
- 노무현 대통령, 한·미 정상회담을 위해 출국

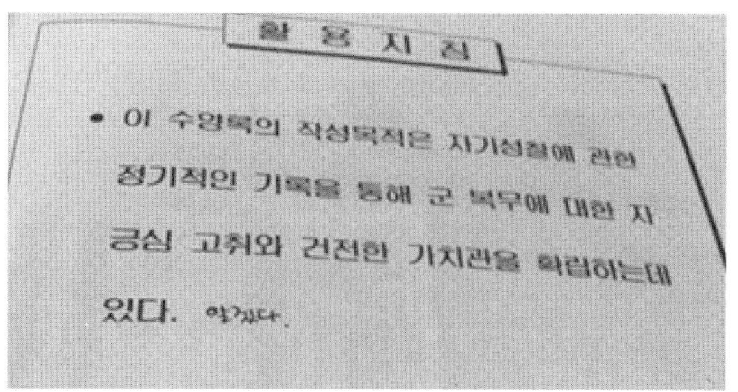

활 용 지 침

• 이 수양록의 작성목적은 자기성찰에 관한 정기적인 기록을 통해 군 복무에 대한 자긍심 고취와 건전한 가치관을 확립하는데 있다. 알겠다.

5.12 월 ~ 5.13 화

기록 없음

5.14 수

기록 없음

※사회에서는 이런 사건이 있었다.
- 한광옥 민주당 최고위원, 나라종금 1억 1천만 원 뇌물 수수 건으로 구속

5.15 목

기록 없음

※사회에서는 이런 사건이 있었다.
- 미국 백악관에서 한·미 정상회담 개최

5.16 금

정민누나에게 전화. 진짜 오랜만.
곽가[1]: 011-XX47-02XX

※사회에서는 이런 사건이 있었다.
- 민주당, '정치 개혁과 국민 통합 위한 신당 추진 모임' 결성

1) 고등학교 2학년 때, 서로 호감은 있었으나 이루지 못한 사랑.

5.17 토

나의 첫 근무 메모. 정문 주간 4선, 야간 1-말

곽가와 오랜만에 전화.
앞으로는 추억을 사랑하는 짓만 하자. 추억이 아름답게...

5.18 일

정민누나와 1시간 통화.
2002년 봄, 대리(代理) 캠퍼스의 추억이 떠오르는구나...

〈동갑내기 과외 하기〉 봄.

※사회에서는 이런 사건이 있었다.
- 한총련, 5.18 기념식장에서 '대통령의 한·미 굴욕 외교 사과 요구' 기습 시위
- 노무현 대통령, 한총련 시위로 5.18 묘역 뒷문으로 입장

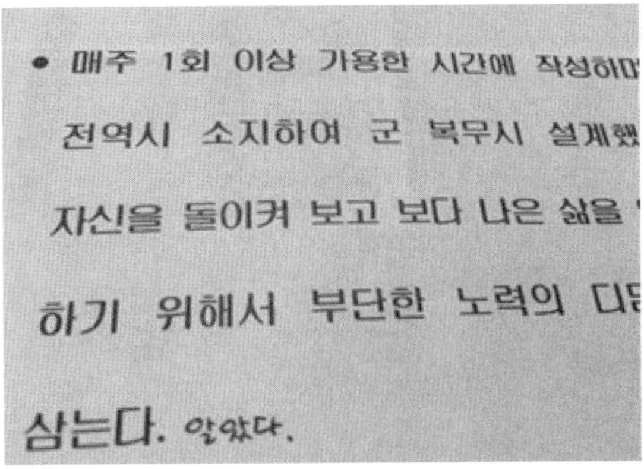

• 매주 1회 이상 가용한 시간에 작성하며
전역시 소지하여 군 복무시 설계했
자신을 돌이켜 보고 보다 나은 삶을
하기 위해서 부단한 노력의 다
삼는다. 알았다.

5.19 월

곽가에게 편지 쓰고, 전화해서 주소 받음. 경기도 XX시 XX동.

누나에게 전화.

NBJ[1]에서 놀고 있대서 혜은누나랑도 통화.

"말뿐이지만 면회 갈게~" 라는. 말뿐이지만이 왜케 웃기냐 크크.

누나랑 전화 잘 하고 끊음.

※사회에서는 이런 사건이 있었다.
- 공무원 행동 강령 시행
- 교육인적자원부, NEIS 등 3개 영역 제외를 권고한 인권위 공개 비판
- 희귀조 '긴 다리 딱새', 전남 대흑산도 예리마을 일대에서 국내 최초 발견

5.20 화

기록 없음

※사회에서는 이런 사건이 있었다.
- 정부, 2004년까지 공무원 노조를 허용토록 하는 '공무원 노동조합 법안' 마련
- 한총련, 5.18 기념행사 방해 관련 공식 사과
- KBS2에서 <원피스> 애니판 더빙 방영

1) 건대입구에 있었던 바(bar). 혜은누나는 거기의 매니저였다.

5.21 수

곽가와 전화.

오늘은 뭔가 어색. 날 만나기에는 아직 시간이 필요할 것 같다는.

뭔 소리여? 우리가 뭘 했다고.

아무튼 그렇다면...

그래서 6월의 외박[1] 계획 수정.

※사회에서는 이런 사건이 있었다.
- 청와대, 5.18 기념행사 방해 한총련에 관용 처분 결정
- 노무현 대통령, 5.18 행사추진위 접견장에서 "대통령직 못 해먹겠다" 발언 파문

5.22 목

기록 없음

2002.12.26.木 ~

나의 군 생활은 754일 이었다.

1) 이유는 알 수 없으나 내가 근무했던 부대는 외출 및 1박 2일의 외박을 허용하지 않았다. 하루 잠깐 나와서 다른 여자를 만날 계획을 세운 것이 아님을 밝힌다.

5.23 금

나: 내가 많이 미워?

누나: 미워해야 되는데 그게 아니니까 더 열받어어어~

나: 나 때문에 화가 많이 나?

누나: 안 그래. 그냥 가끔씩 생각날 때만 그래.
밥 많이 먹고, 잘 자. 아, 밥은 벌써 먹었나?

나: 그럼 먹었지.

누나: 그럼 잘 자(다정히).

– 누나와 통화 중, 기억나는 대화

※사회에서는 이런 사건이 있었다.
- 미·일 정상회담, 텍사스 크로포드 목장에서 개최
- 청송 제2보호감호소 재소자들, 사회보호법 폐지와 가출소 확대 요구 단식 농성
- 워쇼스키 감독의 영화 <매트릭스 2: 리로디드> 한국 개봉

5.24 토

휴가 나온 인권이와[1] 누나를 만나서 놀게 함. 부럽다.

※사회에서는 이런 사건이 있었다.
- 대북송금 특검팀, 이근영 전 금감위원장을 대출 불법승인 혐의로 구속

5.25 일

기록 없음

---

1) 6개월 먼저 해경으로 입대한 불알친구.

5.26 월

민영누나에게 전화.
노루표[1] 비디오 2개 달라고 얘기함. 크후후.

※사회에서는 이런 사건이 있었다.
- 박희태 한나라당 대표, 대통령 아들 재산 의혹과 안희정 사건 수사 해명 촉구

5.27 화 ~ 5.29 목
기록 없음

5.30 금
기록 없음

※사회에서는 이런 사건이 있었다.
- 전 S.E.S. 멤버 가수 유진, 솔로 1집 앨범 발매

5.31 토

자대 99일 만에[2] 후임 받음. 후후.

※사회에서는 이런 사건이 있었다.
- 일본 자민당 아소 다로, "창씨개명은 한국인이 원한 것" 망언

---

1) 야동이라는 단어가 대중화되지 않았던 어두운 그 시절에는 포르노를 거꾸로 읽어 노루표라 불렀었다. 아는 누나에게 아끼던 야동 비디오테이프 2개를 빌려줬던 것이 생각났다. 휴가 나가서 보기 위함이었던 것으로 추정된다.
2) 7개월 고참과 나 사이에 무려 12명의 선임병이 있었다. 7개월 전부터 7내무실에는 2주에 한두 명씩 신병이 들어온 것이다. 그 줄줄이 들어온 신병의 마지막이 나였고, 이후 3개월이 넘도록 아무도 들어오지 않았다. 쉽게 말해서 꼬인 군번.

2003년 6월

순조로운 일병 생활

6.1 일 《자대 100일》

자대 생활 100일을 맞은 오늘.
기념 잔치 뭐 이런 걸 하려던 건 아니었고 그냥 그렇다는 것. 일병 따위가...

아무튼 오늘 누나가 면회를 왔다.

어제 미리 긴밀히 내려와 훈련하며 봐둔 숲속의 명당[1])을 보수해놓은 것은 참 잘한 짓이었다. 탈영할 생각이 아니라면 절대 올 일이 없는 곳. 다른 면회객을 피해 조용한 곳에 있으니 좋지 아니한가. 보수공사 만세.

누나가 싸온 김밥도 먹고, 사랑도 두 번 나누고...
행복한 날이었다.

니미.. 수방사로 갔으면 자주 오라고 해도 그렇게 안 미안할 텐데...
전학 가고 싶다. 아니, 그냥 퇴학당하고 싶다.

※사회에서는 이런 사건이 있었다.
- JIBS 제주방송, TV 개국 1주년인 이날 FM 음악 방송 개국
- 중국 싼샤 댐, 착공 10년 만에 물 담기 시작

1) 위병소를 한 발짝도 나갈 수 없는 부대였다. 오로지 혼자만 써오던 공간이었으나 제대할 무렵 후임들에게 공개했다. 쓸 일 있으신 분은 쓰라고.

6.2 월

누나: 편지에 뭐라고 썼는지 알아?
나: 뭐라고 썼는데?
누나: 방울이 다음으로 좋아한다고 썼어~(웃음)[1)]

– 누나와 통화 중, 기억나는 대화

※사회에서는 이런 사건이 있었다.
- 전 핑클 멤버 가수 옥주현, 솔로 1집 앨범 발매
- 미국 FCC, TV와 신문사를 동시 소유 가능하도록 규정 개정

6.3 화

중대 '병영 생활 표어' 경진대회.
내무실 대표는 무조건 일병 막내. 옘병.
5분 정도 고민하다가 대충 만들고, 내려다가 아차차!! 대충 했다고 그럴까 봐 1시간 후에 제출. 『존중하는 마음속에 깊어가는 전우애』

6.4 수

표어 내가 1등.
포상휴가도 뭐도 없고 그냥 칭찬 받음. 옘병. 그래 봤어.

※사회에서는 이런 사건이 있었다.
- NHN, '네이버 페이퍼'(현 네이버 블로그의 전신) 서비스 개시

---

1) 개 다음으로 좋아한다는 것은 당시로선 최상급 애정 표현이었다. 전날 면회의 영향이었으리라.

6.5 목

기록 없음

※사회에서는 이런 사건이 있었다.
- 김태윤 감독의 영화 <재심>의 모티브가 된 익산 약촌오거리 살인사건의 진범 잡힘
*누명을 쓴 최모 씨는 검찰의 수사 반대로 최초 10년의 형 모두 복역

6.6 금

기록 없음

※사회에서는 이런 사건이 있었다.
- 노무현 대통령, 일본 공식 방문
- 일본 참의원, 유사 관련 3개 법안 통과시킴
- KBS2에서 애니메이션 <수호요정 미셸> 첫 방영

6.7 토 ~ 6.10 화

기록 없음

6.11 수

군생활은 고로 긴 꿈을 꾸고, 새사람이 되어서 잠에서 깨는 것.
because 입대 전이 엊그제 같으니까.

Bar나 하나 차리고 싶은데...
간판은 『Bar NAHANA』 '바 나하나'로 해서.
바나 하나 차리고 싶어서 만든 바입니다. 술 처먹으러 많이 오세영~

※사회에서는 이런 사건이 있었다.
- 예루살렘에서 자살 폭탄 테러가 발생하여 17명 사망

6.12 목

기록 없음

※사회에서는 이런 사건이 있었다.
- 에티오피아에서 16만 년 전 인류의 두개골 화석 발견
- 영화 <로마의 휴일>의 그레고리 펙 별세

6.13 금

기록 없음

※사회에서는 이런 사건이 있었다.
- 미군 장갑차 사건 사망 여중생 1주기 추모 촛불집회, 전국 78곳서 동시 개최
- 체코, EU 가입을 위한 국민 투표에서(투표율 55.2%) 찬성 77.3%
- 김지운 감독의 영화 <장화, 홍련> 개봉

6.14 토

기록 없음

※사회에서는 이런 사건이 있었다.
- 경의선 복원 공사가 완료되어 연결식 개최
- 반 전교조 성향 단체 '교육공동체 시민 연합' 발족

6.15 일

기록 없음

※사회에서는 이런 사건이 있었다.
- '6.15 공동 선언 3주년 국제 평화대회' 파주 도라산역에서 개최

6.16 월

기록 없음

6.17 화

기록 없음

※사회에서는 이런 사건이 있었다.
- 대북송금 특검팀, 현대 불법대출 개입 혐의로 박지원 전 문광부 장관 구속

6.18 수

기록 없음

6.19 목

내무실 고참들이 생일잔치[1]를 해줬다..ㅠㅠ 감동...

6.20 금

인권이에게 편지가 왔는데, 생일선물이라며 문화상품권이 들어있었다.
'뭐야 이걸 어디서 써' 하고 웃다가 밖에서 함께 놀던 옛 생각에 急 우울해졌다.

※사회에서는 이런 사건이 있었다.
- 검찰, 주상복합 쇼핑몰 '굿모닝 시티' 정관계 로비에 대한 수사 착수

1) 무려 초코파이 & 빅파이 투톤 케이크였고, 촛불이라며 라이터를 일제히 켜주었다.

6.21 토

일병 첫 외박(3박 4일).

6.21 토~6.24 화 / 《외박 기간》 [1)]

※외박 기간 동안 사회에서는 이런 사건이 있었다.

6.21 토
- KBS2에서 미국 드라마 〈탐정 몽크〉 더빙 방영
*외화 시리즈 최초로 본국 방영 1년 미만 기간(11개월)에 수입

6.22 일
- 삼성 라이온즈 이승엽 선수, 세계 최연소 통산 300호 홈런 기록
- 영화 〈살인의 추억〉, 제40회 대종상 영화제에서 최우수작품상, 감독상 등 4개 부문 석권

---

1) 사회용 사제 일기장이 따로 있기에 수양록에서는 제외한다.

6.24 화

외박 4일차. 부대 복귀.

아침에 얼굴 팩도 하고, 누나랑 사랑도 나누고...
아, 언제 또 나가냐..ㅠㅠ

6.25 수 ~ 6.26 목
기록 없음

6.27 금
기록 없음

※사회에서는 이런 사건이 있었다.
- KBS1에서 <인물 현대사> 첫 방영

6.28 토

편지에 동봉할 누나랑 나의 100문 100답[1)]을 만들었다.

※사회에서는 이런 사건이 있었다.
- 철도노조, 철도공사법 저지를 위한 총파업
- 북한, '금강산 관광지구 기업 창설 운영 규정' 발표

1) 그런 닭살 돋는 짓도 했었다. 그래도 군번줄을 준다던가 하는 짓은 하지 않았다.

6.29 일

기록 없음

※사회에서는 이런 사건이 있었다.
- 엠게임, 국내 최초 온라인 리듬 게임 <O2JAM> 정식 서비스 개시
- 미국의 배우 캐서린 헵번 별세

6.30 월

기록 없음

※사회에서는 이런 사건이 있었다.
- 개성 공단 착공식 거행

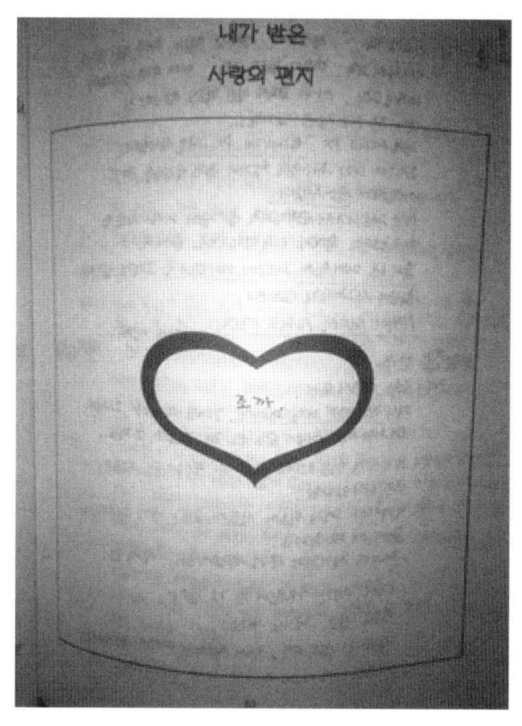

2003년 7월

나름대로 잘 살아남고 있는

7.1 화

기록 없음

※사회에서는 이런 사건이 있었다.
- 국회, '북한 인권 촉구 결의안' 채택
- 서울시, 청계 고가도로 철거를 시작으로 청계천 복원공사 개시
- 블리자드, <워크래프트 3: 프로즌 쓰론> 발매

7.2 수

기록 없음

※사회에서는 이런 사건이 있었다.
- 2010년 동계 올림픽 개최지, 캐나다 밴쿠버로 확정(3표 차로 평창 탈락)

7.3 목 ~ 7.4 금

기록 없음

7.5 토

기록 없음

※사회에서는 이런 사건이 있었다.
- 김운용 IOC 위원, 평창 동계올림픽 유치 방해 논란
- WHO, '전 세계, 사스에서 해방' 선언

7.6 일

기록 없음

7.7 월

세영이 군대 가는 날.
전화해서 잘 갔다 오라고 격려.
화장실에 짱박혀 책 읽고, 저녁은 라면[1]으로 때움.

※사회에서는 이런 사건이 있었다.
- 법무부, '준법 서약 제도' 공식 폐지

7.8 화
기록 없음

※사회에서는 이런 사건이 있었다.
- 이란의 샴쌍둥이 비자니 자매, 싱가포르 래플스 병원서 분리 수술 직후 사망
- 판소리 명창, 인당 박동진 별세

7.9 수
기록 없음

※사회에서는 이런 사건이 있었다.
- 미국 상원, '북한 난민 구호 법안' 의결

7.10 목
기록 없음

※사회에서는 이런 사건이 있었다.
- 한국은행, 콜금리를 종전 4.0%에서 3.75%로 인하

---

1) 책은 상병이 되어야 읽을 수 있었다. 그래서 기회가 되면 종종 화장실에 숨어서 읽곤 했다. 그리고 저녁을 라면으로 때웠다는 것은 엄청난 것이다. 이 한마디에 여러 가지를 유추할 수가 있는데, 식당이 멀게 느껴질 만큼 열중할 무언가가 생겼다거나 입맛이 없을 수 있을 만큼 몸이 편해졌다거나 또는 요령이 생겼다거나 하는 긍정적인 요소들이다. 아무튼 그것을(일병 따위가 식당에 안 가고 라면으로 저녁을 대신하는 행위) 용인해주는 권력의 비호를 받고 있었다는 것은 분명하니, 나름대로 잘 이용하고 나름대로 잘 적응하여 나름대로 잘 살아남고 있었다는 것이다.

7.11 금

기록 없음

※사회에서는 이런 사건이 있었다.
- 삼덕제지 전재준 회장, 안양공장 부지 4,800여 평 안양시에 기증

7.12 토

누나랑 싸움.
강자 앞에서 비굴하다는...[1] 그 한마디를 웃어넘기지 못하고...

7.13 일

야간 정문 근무 중, 식당 고양이가 벽에서 떨어진 매미를 덮쳐 먹는 걸 보며 잠깐 생각에 잠겼다. 소리가 나는 것이 아직 죽은 건 아닌데... 매미 수명이 일주일이라 치면 6일 차 즈음에 힘이 빠져서 잠깐 졸다가 떨어진 건가? 아차 하는 순간 야수에게 먹히는 스토리인가..? 그렇다면 나의 운명과 비슷하군.

『졸면 죽는다!!』

그나저나 고양이는 무서운 걸 잘도 잡는다. 나는 왜 불쌍한 매미가 무서울까. 우주인이 10배 광선총으로 똥파리를 쏴서 커진 게 매미이기 때문이다. 병원균과 방사능이 무서움의 원인이었다. MOPP 4단계로는 우주인을 막을 수가 없다. 우린 결국 다 죽을 거야. 엉엉엉.

1) 군생활의 F.M. Business를 꼭 그렇게 표현해야만 속이 시원했을까...

7.14 월

기록 없음

※사회에서는 이런 사건이 있었다.
- 애니원에서 <디지몬 프론티어> 더빙 방영

7.15 화

기록 없음

※사회에서는 이런 사건이 있었다.
- 서울행정법원, 새만금 간척 사업 잠정 중단 결정
- 루카스아츠, <스타워즈: 구 공화국의 기사단> 출시

7.16 수

기록 없음

※사회에서는 이런 사건이 있었다.
- 김영진 농림부 장관, 새만금 간척 사업 중단에 합의하며 사퇴

7.17 목

야간 3선을 마치고, 비명을 지르며 찬물 샤워.
하면서 난닝구와 팬티를 빨고, 잘 짜서 그냥 바로 입고 자리에 누워 수양록을 쓰고 있다. 얼마 전부터 도입한 방법인데 천장의 회전 선풍기가 규칙적으로 물기를 날려주어 에어컨이 따로 없다. 문제는 밑이다. 반바지를 벗으면 참 좋으련만 졸라 개스 걸릴까 봐 똑딱이 정도만 풀어둔다. 그래도 아침이 되면 전부 다 말라 있다. 잠깐 꿉꿉해도 매일 새 속옷을 입는 기분을 느낄 수 있다. 위생 미남 김일병.
추억이 될 듯하여 적어둔다.

7.18 금

기록 없음

※사회에서는 이런 사건이 있었다.
- 서울 지하철 4호선 수리산역 개통

7.19 토

기록 없음

※사회에서는 이런 사건이 있었다.
- 미국 카툰네트워크에서 <틴 타이탄> 첫 방영

7.20 일

누나 면회 옴.
어김없이 명당으로 가서 사랑을 두 차례 나누니, 언제 싸웠나 칼로 물 베기.[1]

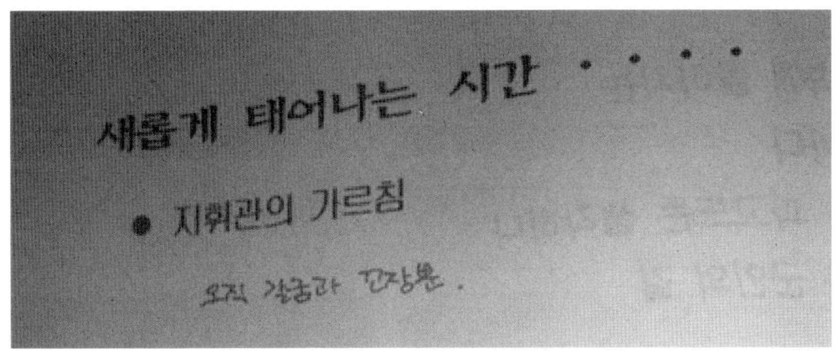

새롭게 태어나는 시간 • • • •
● 지휘관의 가르침
오직 갈굼과 긴장뿐.

1) 하지만 눈(몸)에서 멀어지면 마음에서도 멀어진다. 씨발 군대.

7.21 월

기록 없음

※사회에서는 이런 사건이 있었다.
- SBS에서 <포켓몬스터 AG> 더빙 방영

7.22 화

기록 없음

※사회에서는 이런 사건이 있었다.
- 전북 부안군 주민, '핵 반대·군수 퇴진 부안 군민 1만인 대회' 개최(부안 사태)
- 한국의 샴쌍둥이 민사랑·지혜 자매, 싱가포르 래플스 병원서 분리 수술 성공
- 사담 후세인의 두 아들(우다이, 쿠사이), 미군에 의해 사살

7.23 수

기록 없음

※사회에서는 이런 사건이 있었다.
- 법무부, 한총련 단순 가입자 1백 명의 수배 해제 방침 발표
- KBS2에서 <요랑아 요랑아> 첫 방영

7.24 목

기록 없음

※사회에서는 이런 사건이 있었다.
- 산자부, 전북 부안군 위도를 핵 폐기장 부지로 최종 확정

7.25 금

기록 없음

7.26 토

기록 없음

※사회에서는 이런 사건이 있었다.
- 제88차 세계 에스페란토 대회, 스웨덴 예테보리에서 개최

7.27 일

운동 시작.

※사회에서는 이런 사건이 있었다.
- 필리핀에서 위관급 장교 296명의 쿠데타가 벌어졌으나 19시간 만에 진압

7.28 월

기록 없음

※사회에서는 이런 사건이 있었다.
- MBC 최초 HD 드라마 <다모> 첫 방영

7.29 화

정문에 똥 싸본 자[1)] 내게 오라.

7.30 수

기록 없음

※사회에서는 이런 사건이 있었다.
- 현대백화점 부평점, 부도 처리 이후 이랜드에 매각

7.31 목

금연[2)] 시작.

※사회에서는 이런 사건이 있었다.
- 국회, 외노자 노동 3권 보장 등을 골자로 한 '외노자 고용 허가제 법안' 의결
- SBS, 양길승 청와대 제1부속실장 술자리 접대 몰카 뉴스 공개 파문

---

1) 근무지에서... 오죽했으면... 2년 동안 오직 이때 한 번이 처음이자 마지막이었다. '인생 긴급 TOP 5'에 들어가는 지옥의 그날.

2) 운동에 이어 금연을 시작했다는 것은 뭔가 생겼다는 것이다. 의지든 목표든 아무튼 뭔가 생겼다는 것이다. 더욱 엄청난 정력을 위해서였을지도 모른다.

2003년 8월

4호봉 김일병의 이별

8.1 금

금연 실패. 크크크.
뭐, 그럴 수도 있지.

※사회에서는 이런 사건이 있었다.
- 북한, 대남 선전 방송 '구국의 소리' 33년 만에 중단

8.2 토

짹짹이[1] 열댓 개를 하니, 입에서 구두약 맛이 난다. 씨발.

8.3 일

한국에 온 형과 통화함.
경지누나에게 전화했더니 예상대로 같이 있었음. 다음 주에 면회 오기로 함.

곽가와도 오랜만에 즐겁고 긴 통화.
누나랑은 썰렁.

※사회에서는 이런 사건이 있었다.
- 리비아의 독재자 카다피, '대량살상무기에 대한 국제 사찰 수락 용의 있다' 발표

---

1) 전투화에 광을 내기 전 구두약과 솔로 닦아 놓는 일. 일병이 하는 일석점호 청소의 한 부분으로 호흡기 건강에 악영향을 끼친다.

8.4 월

기록 없음

※사회에서는 이런 사건이 있었다.
- 현대아산 정몽헌 회장, 서울 계동 사옥에서 투신자살

8.5 화

기록 없음

※사회에서는 이런 사건이 있었다.
- 미국 성공회, 동성애자 진 로빈슨 신부 주교 임명
- 현대자동차, 주 5일제 시행 등 노사 협상 타결로 47일의 파업 마감

8.6 수

한여름인데도 야간 근무는 춥다.
걷은 전투복 팔을 내렸다가 다시 걷는 게 참 귀찮다.

8.7 목

기록 없음

※사회에서는 이런 사건이 있었다.
- 한총련 소속 일부 대학생, 포천 미군 사격장 불법 진입 기습 시위

8.8 금

기록 없음

※사회에서는 이런 사건이 있었다.
- '밤의 대통령' 방일영 조선일보 명예회장, 별세
- 대구에서 무궁화호 열차가 화물 열차를 추돌하여 2명 사망, 90여 명 부상

8.9 토

기록 없음

8.10 일

형 면회 온 날.

※사회에서는 이런 사건이 있었다.
- 이탈리아에서 세계 최초 복제 망아지 '프로메테아' 탄생

8.11 월

기록 없음

※사회에서는 이런 사건이 있었다.
- 검찰, 현대 비자금 수수 혐의로 권노갑 전 새천년민주당 고문 긴급 체포
- NATO, 유럽 외 지역(아프가니스탄)에서는 최초로 작전 개시

8.12 화

기록 없음

8.13 수

작년 오늘(14일 새벽)이군...
중앙대 변태 복학생 처형 작전. 좆같은 사건이었지... 벌써 1년이라니...
그냥 넘어갈 수 있었는데, 저녁 즈음에 문득 생각남. 기억력 옘병...

※사회에서는 이런 사건이 있었다.
- 전 핑클 멤버 가수 이효리, 솔로 1집 앨범 발매

8.14 목

가을을 느낀 날.
군대의 가을 냄새는 정말 음... 뭐랄까 엄...
일단 좋은데, 약간 좆같기도 하고... 흠... 아무튼 좋다.

1541로 전화하지 말라는[1] 누나.
헐. 졸라 섭하네. 전화비 하라고 주고 온 돈이 얼만데.
작년도 그렇고 재작년도 그렇고 매년 오늘은 기분이 좆같아지는구만.

※사회에서는 이런 사건이 있었다.
- 법무부, 검사동일체 원칙(상명하복 규정) 폐지
- 서울지법, 간첩 누명 쓴 수지 김 유족에게 42억 국가 배상 판결
- 미 북동 지역에서 캐나다 중부까지 30여 시간의 광범위한 정전 발생

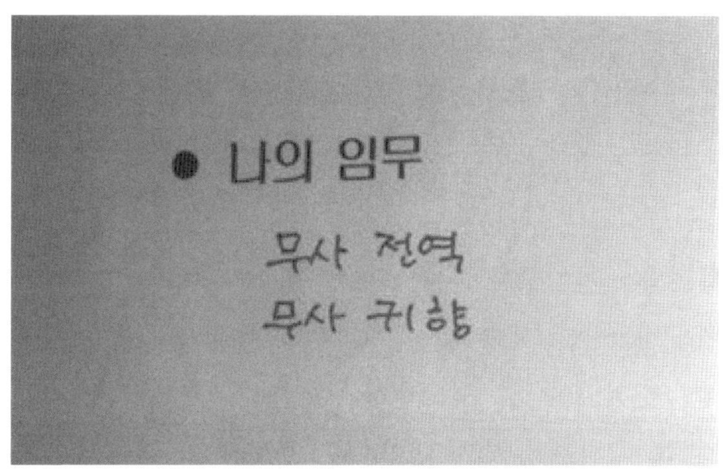

1) 그래도 학생 신분에 보통보다 비싼 뻑킹 콜렉트콜 요금으로 부담이 컸을 텐데, 지금 생각해보면 참 생각이 짧았다.

8.15 금

누나랑 또 주기적으로 나오는 진로 문제로 싸우고, 오랜만에 울었음.
뭐 어찌할 수 없는. 갇혀 있는. 대충 그런 류의 답답함에 눈물이 난 것 같음.
기타 등등 여러 가지 옛 생각도 났고... 우니까 기분 좋네, 씨발. 일병 장래희망이 전역이지 뭔 진로여. 뭐 말뚝 쌔려 박을까?
괜히 전화했네..ㅠㅠ

고마운 우리 내무실 인간들...[1]
고마운 사투리 병장 현수형, 깡패 희준형... 다 고마워.

※사회에서는 이런 사건이 있었다.
- 평양에서 '평화와 통일을 위한 8.15 민족대회' 개최

8.16 토 ~ 8.17 일
기록 없음

8.18 월
기록 없음

※사회에서는 이런 사건이 있었다.
- 골프선수 박세리, LPGA 제이미파 크로거클래식 우승

1) 혹시 내가 자살이라도 할까 봐 정말 아이돌 수준의 관심을 받았다. 난 그것을 이용해 먹었을 것이다. 냉동식품이 먹고 싶어요..ㅜㅜ

8.19 화

누나와 이별[1]의 부산 정거장.

누나: 믿을 수 없댔지 만나지 말자고는 안 했어.
나: 믿음 없이 만나는 건 필요 없어.
(중략)

나: 만나지 말자. 안 만난 지 오래됐긴 했지만 이제 만나지 말자.
누나: ...
나: 얼마나 공부 잘하고, 착한 사람 만나는지 한번 보자. 끊을게. 철커덕.

– 누나와 통화 중, 기억나는 대화

※사회에서는 이런 사건이 있었다.
- 정통부와 한국인터넷정보센터, 한글 도메인 등록 서비스 실시

8.20 수
기록 없음

※사회에서는 이런 사건이 있었다.
- 여성 솔로 가수 채연 데뷔
- 일본 愛知현 田原시 출범

8.21 목
기록 없음

※사회에서는 이런 사건이 있었다.
- 대구에서 제22회 하계 유니버시아드 대회 개최
- 가수 이수영, 5집 앨범 <This Time> 발매

---

1) 19일을 기점으로 8월의 기록이 없는 것은 근무의 빡셈도 있지만 이별의 영향이 크다. '이별'이라고 딱 쓰지 못한 이유는 진심이 아니었기 때문이다. 정말 그렇게 될까 봐.

8.22 금

기록 없음

8.23 토

일병 두 번째 외박(3박 4일).

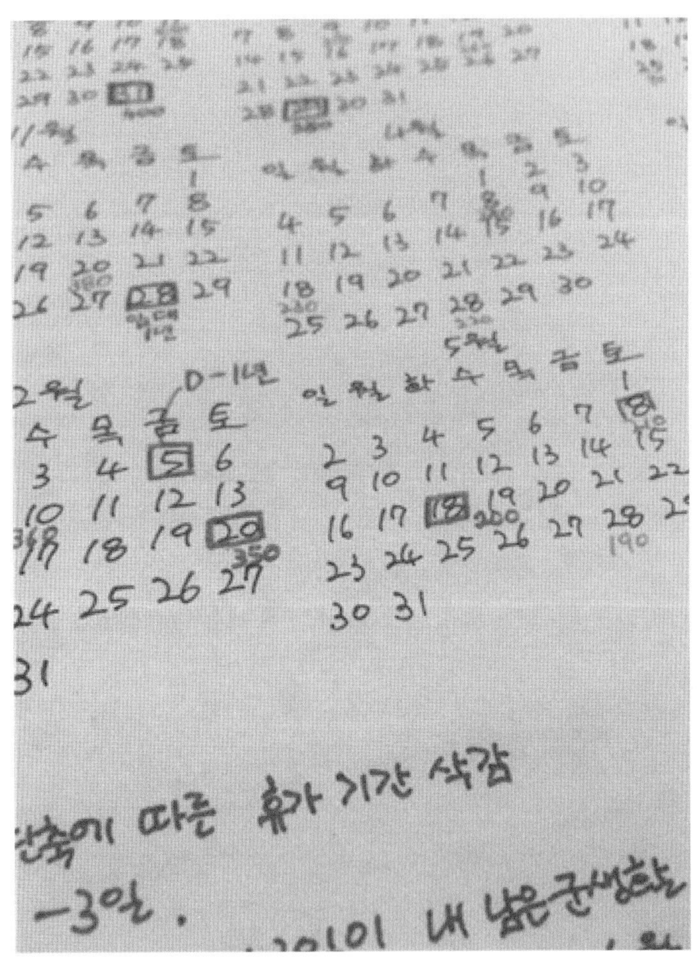

8.23 토~8.26 화 / 《외박 기간》[1]

※외박 기간 동안 사회에서는 이런 사건이 있었다.

8.24 일
- 반북 시민단체들과 하계 유니버시아드 북한 취재기자들 간 충돌 사건 발생

8.25 월
- 대한민국 정부, 신용 불량자 81만 명 구제 대책 발표

8.26 화

외박 4일차. 부대 복귀.

---

1) 사회용 사제 일기장이 따로 있기에 수양록에서는 제외한다.

8.27 수

기록 없음

※사회에서는 이런 사건이 있었다.
- 화성, 6만 년 만에 지구에 55,758,006km까지 대접근
- 베이징에서 남·북·러·미·일·중이 북핵 해결을 위해 첫 회담 개최

8.28 목

기록 없음

※사회에서는 이런 사건이 있었다.
- 한국과 북한, 제6차 남북 경제협력 추진 위원회 합의문 발표

8.29 금

기록 없음

※사회에서는 이런 사건이 있었다.
- 주 5일제를 골자로 한 '근로기준법 개정안' 국회 본회의 통과

8.30 토

기록 없음

※사회에서는 이런 사건이 있었다.
- 뉴스통신진흥법 시행
- 충북 증평출장소, 괴산군으로부터 분리되어 증평군으로 승격
- 러시아 핵잠수함 K-159, 노르웨이 해역에서 침몰

8.31 일

기록 없음

※사회에서는 이런 사건이 있었다.
- 검찰, 현대 비자금 200억 수수 혐의로 권노갑 씨 구속 기소

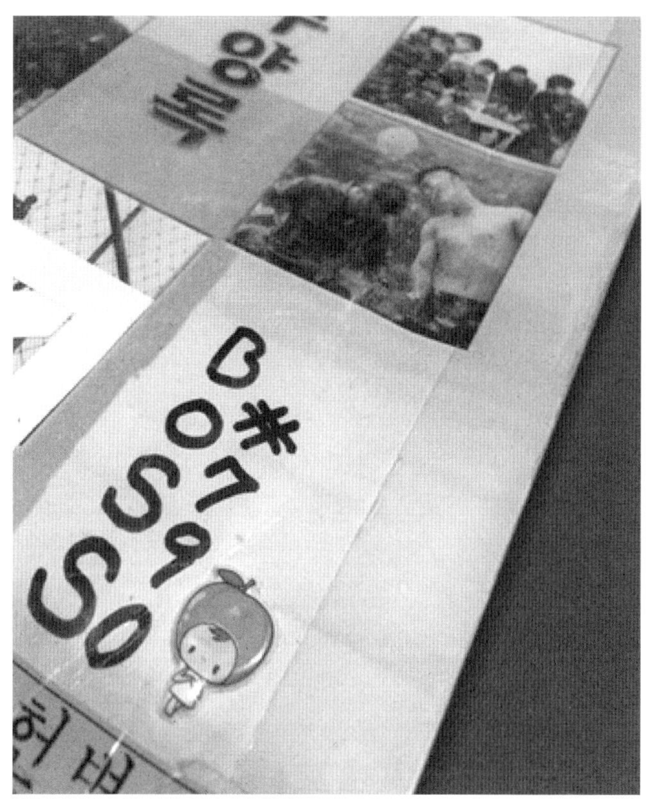

경비중대의 3개 소대는 두 달 주기로 헌병 근무, 초소 근무, 5분 대기조를 돌았다.
3소대였던 나는 1·2, 7·8월이 헌병 근무 주간이었다.
※3·4, 9·10월은 초소 근무, 5·6, 11·12월은 5분 대기조(흔히 5대기라 부름).

세 가지 근무 중, 헌병 근무가 여러 가지 이유로 가장 힘들다.
하지만 안 하면 또 섭섭한 부분이 헌병의 꽃인 복장을 착용하고 들어간다는 점인데, 그 점 때문에 힘들다는 것이 아이러니다. 겉멋을 한껏 부리는 피로도 높은 근무도 근무였지만 복귀 후에는 황금 탄띠와 전투화에 태양권 수준의 광을 내며 또 다음 근무를 준비해야 하는 무한 반복이었다. 취침은 고사하고 밥 먹을 시간조차 부족했던 하루하루였다. 그래서 더 기록이 없는 것 같은 기억의 저편...

2003년 9월

침으로 벌을 쏘다

9.1 월

기록 없음

※사회에서는 이런 사건이 있었다.
- 정부, 종합부동산세 신설 등 관련 세법 개정 추진 발표

9.2 화

기록 없음

※사회에서는 이런 사건이 있었다.
- 미국 연방 항소법원, 사형수 111명을 종신형으로 대체
- 민주화운동 성직자 김승훈 마티아 신부 선종

9.3 수

누나한테 편지 옴.

이별 편지였다. 아... 안뇨옹..ㅠㅠ

조동규 상병(개새끼)과 멱살잡이[1]했던 날.

※사회에서는 이런 사건이 있었다.
- 국회, 김두관 행정자치부 장관 해임 건의안 가결
- 분당선, 선릉역~수서역 구간 개통

---

1) 유독 나의 안티가 많았던 778, 779기. 그는 맞은편 내무실의 유난히 건들거리던 경도비만의 778기 고참(7개월)이었다. 나는 후임(800기)의 복장을 챙기다가 근무 집합에 늦고 말았는데, 의외로 공식적인 개스를 건 적이 없는 나를 갈굴 찬스였다. 이별 편지를 받아서였을까 병장을 목전에 둔 실세의 설익은 비아냥거림은 초파리와도 같이 성가셨다. 표정 연기와 함께 '죄송합니다'를 연발해도 이상하게 끝내 주지를 않았다. 탄력을 받은 건지 스스로가 멋있다고 생각한 건지 그의 오만방자함은 도를 지나쳤고, 경봉(이었나?)으로 방탄을 강타 당한 순간 가뜩이나 이별로 꿀꿀해 있던 나는 눈이 돌아버렸다. 와장창... 와장창... 와다다다다...
후에 등장한 771기의 커버로 상황은 종료되었지만 나는 중대에서 찍혔고, 800기는 군생활 내내 내게 미안해했으며, 나는 더욱 위험한 관심사병으로 분류되었다.

9.4 목

동 틀 무렵, 형의 미친놈 같은 행동에 형에게 지랄하는 꿈.
상황은 엄마한테 담배를 사다달라고 하는 형.
헐.. 그걸 또 사러 나가시는 엄마.

나: 아놔 이런 개 호로 새키를 봤나!!!!!!!!!!!!
형: 근데... 니가 학교 다닐 때 보여준 모습을 좀 생각해봐.

꿈 깨고 헛웃음.
크.. 그래... 옛날에 좀 걸렸지.

첫 조장[1] 근무.
주간 고가 초소 3선, 5선.

9.5 금
기록 없음

※사회에서는 이런 사건이 있었다.
- 전경련, '기업 내 부패 방지 특별 간담회'서 '부당 정치자금 납부 않겠다' 결의

1) 드디어 나도 조장이 되어 근무를 나가는 날이 왔다. 세월이 흐른 것이다.

9.6 토

기록 없음

9.7 일

모래 구덩이에 3단계로 빠지는 꿈.
죽음을 느끼고 기상.

날고 있는 벌을 침으로 맞춰[1] 떨구다.
날고 있는 벌도 떨어뜨리는 일병 실세의 위엄.

---

1) 등나무 쉼터에는 150원짜리 커피 자판기와 200원짜리 환타 자판기가 있었다. 보통 아침과 밤엔 커피, 낮에는 환타를 마신다. 이날도 주간 근무를 다녀와서 어김없이 200원의 오르가즘을 느끼기 위해 등나무를 찾았다. 환타를 마시기 위해선 먼저 벌을 쫓아야 한다. 컵 받침에 한 방울씩 떨어져 쌓인 음료의 설탕 성분 때문에 늘 벌이 꼬여 있기 때문이다. 잘 도망가지도 않는다. 역시나 벌 한 마리가 있었고, 이날따라 얼굴 주변을 빙빙 돌며 알짱거렸다. 옆에는 797기 보경이가 있었는데, '잘 봐' 하고 청량음료를 마시면 생기는 끈적한 침을 풀 파워로 뱉었다. '맞춰야지' 하고 뱉은 건 맞는데 진짜로 날던 벌이 포물선을 그리며 떨어진 것이다. 우리는 마주 보며 동시에 '우~~~와!!'라고 외쳤다. 벌이 불쌍하여 침을 잘 걷어서 나뭇가지 위에 올려두고 기는 것까지 확인했다. 날개를 말리고 집에 잘 갔겠지..?

9.8 월

기록 없음

※사회에서는 이런 사건이 있었다.
- 전북 부안군 주민들, 핵 폐기장 유치에 항의하며 김종규 군수 폭행

9.9 화

기록 없음

※사회에서는 이런 사건이 있었다.
- 미국 정부, 한국에 이라크 전투병력 파병 요청
- 민보상위, 김상현 의원 등 19명을 '민주화운동 관련자'로 인정

9.10 수

인권이 면회 옴.
휴가 드럽게 자주[1] 나오네. 아무튼 반가움. 오랜만. 크하하.

누나랑 통화...
누나에게 그냥 친누나 같은 존재가 되어달라고 해봄.
〈늑대의 유혹〉[2]의 영향...

※사회에서는 이런 사건이 있었다.
- 멕시코 칸쿤에서 제5차 WTO 각료회의 개막(농수산물 개방 논의 본격화)
- 이경해 전 한국농업경영인 중앙연합회장, 칸쿤 WTO 협상 반대 시위 중 할복

1) 추석 연휴를 이용해 면회를 와주었다.
2) '귀여니'라는 작가의 인터넷 소설이 몇 출판되었는데, 당시 붐이었다. 후에 영화로도 제작되었다.

9.11 목

기록 없음

※사회에서는 이런 사건이 있었다.
- 아르헨티나, 3년간 채무 상환 유예 등을 골자로 한 'IMF 금융구제안' 합의

9.12 금

기록 없음

※사회에서는 이런 사건이 있었다.
- 태풍 '매미', 한국 강타
- 고리원전 1~4호기, 태풍 '매미'의 영향으로 가동 중단
- 미국 밸브 코퍼레이션, 게임 ESD 플랫폼 서비스 '스팀' 개시

9.13 토

기록 없음

※사회에서는 이런 사건이 있었다.
- 중앙 재난 대책 본부, 태풍 '매미'로 인한 사망자 62명, 실종자 25명 발표

9.14 일

형과 미진누나가 연락도 없이 갑자기 면회 옴.
졸라 늦게 와서 1시간 30분 만에 면회 가능 시간이 끝났다.

※사회에서는 이런 사건이 있었다.
- 에스토니아, 국민 투표에서 EU 가입 가결

9.15 월

기록 없음

※사회에서는 이런 사건이 있었다.
- MBC에서 <대장금> 첫 방영

9.16 화

기록 없음

※사회에서는 이런 사건이 있었다.
- 문광부, 영화·가요 등의 완전 개방 골자의 '일본 대중문화 4차 개방 조치' 발표

9.17 수

기록 없음

※사회에서는 이런 사건이 있었다.
- 제8차 남북 군사실무회담에서 '동·서해지구 남북관리구역 임시도로 통행의 군사적 보장을 위한 잠정 합의서의 보충 합의서' 채택
- 남성 4인조 가수 브라운아이드소울 데뷔

9.18 목 ~ 9.19 금

기록 없음

9.20 토

기록 없음

※사회에서는 이런 사건이 있었다.
- '국민참여통합신당', 공식적으로 민주당에서 분당
- 일본 고이즈미 총리, 자민당 총재 재추대

9.21 일

기록 없음

9.22 월

유격 훈련 1일차.

아, 개새끼들.
폭동은 왜 일어나지 않는가.
오픈된 목욕탕을 아줌마 군무원이 계속 봄. 그래 다 봐라.

※사회에서는 이런 사건이 있었다.
- '내재적 접근론'의 재독 사회학자 송두율, 민주화운동기념사업회 초청 귀국
- SBS에서 한·일 합작 시리즈 <팽이 대전 G 블레이드> 첫 방영

9.23 화

유격 훈련 2일차.

아.. 죽겠다. 살 좀 빠질라나.

※사회에서는 이런 사건이 있었다.
- AMD, 최초의 x86 호환 64비트 CPU '애슬론 64 시리즈' 출시

9.24 수

유격 훈련 3일차. 종료.

역시 행군.
나에게는 즐거운 워킹 인 더 포레스트.
난 1,000km를 걸어도 신날 거야.

9.25 목

기록 없음

9.26 금

기록 없음

※사회에서는 이런 사건이 있었다.
- 국회, 윤성식 감사원장 후보자 임명 동의안 부결

9.27 토

기록 없음

※사회에서는 이런 사건이 있었다.
- 우리별 4호, 러시아 플레세츠크 우주 기지에서 발사 성공
*한국 첫 자체 기술 개발 위성

9.28 일

부모님, 형, 경지누나 면회 옴.

내무실 사람들 싹 몰고 내려가서 다 같이 밥 먹음.

※사회에서는 이런 사건이 있었다.
- 노동부, 퇴직연금제 등 '급여자 퇴직급여 보장 법안' 입법예고 발표

9.29 월

기록 없음

※사회에서는 이런 사건이 있었다.
- 노무현 대통령, 새천년민주당 탈당
- 한국 축구대표팀, 2004 아시안컵 예선 3차전에서 네팔에 16:0 대승 기록
- EBS에서 <생방송 톡톡 보니하니> 첫 방영

9.30 화

기록 없음

2003년 10월

찌질의 역사 일병고참

10.1 수

기록 없음

※사회에서는 이런 사건이 있었다.
- 국정원, 송두율 교수가 북한 정치국 '김철수'로 활동한 혐의 발표
- 한국통신, 한국 기업 사상 최대 규모(5,500여 명) 명예퇴직 실시
- NC소프트, <리니지 2> 정식 서비스

10.2 목

기록 없음

※사회에서는 이런 사건이 있었다.
- 서울지법, 전두환 전 대통령의 소유품을 추징금 환수 목적으로 경매
- 야구선수 이승엽, 56번째 홈런으로 아시아 홈런 신기록 달성

10.3 금

기록 없음

※사회에서는 이런 사건이 있었다.
- 울릉도 북동부 해상에서 높이 500~600m 가량의 용오름 발생

10.4 토

기록 없음

※사회에서는 이런 사건이 있었다.
- 비운동권 총학연대 기구 '학생연대 21' 발족

10.5 일

누나와 전화.
당분간 연락 없이 서로 생각할 시간을 갖기로[1] 함.
지금 해야 할 일 열심히 하고, 나중에 좋은 모습으로 만나기로..

※사회에서는 이런 사건이 있었다.
- 통일부, 8월 말 기준 금강산 관광객 수 53만 8,132명 발표
- 전철협 등 11개의 시민사회단체 주축의 '시민의 힘' 창립
- 미국 부시 대통령, 부분 분만 낙태 금지법에 서명

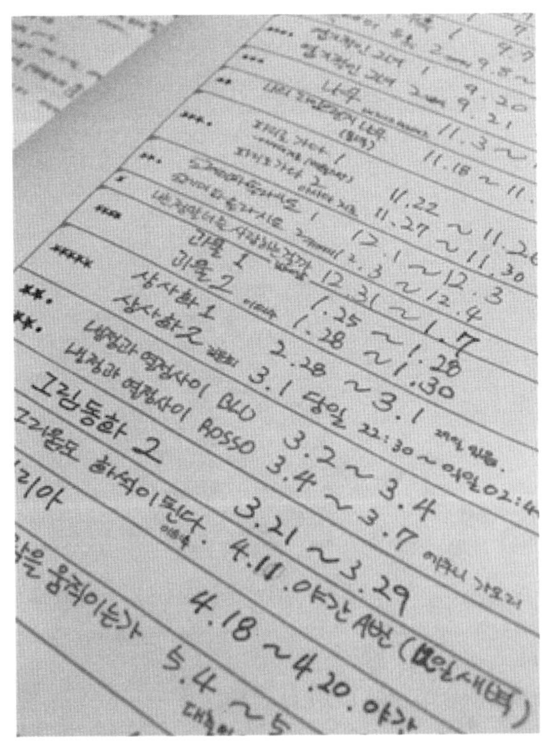

1) 뭐야? 아직 정리된 게 아니었어?

10.6 월

기록 없음

※사회에서는 이런 사건이 있었다.
- 평양에서 남북 합작으로 건립된 '류경 정주영체육관' 개관

10.7 화

기록 없음

※사회에서는 이런 사건이 있었다.
- 발리에서 열린 한·중·일 정상회담에서 14개 분야 합의
- YG ent. 소속 여성 솔로 가수 렉시 데뷔

10.8 수

기록 없음

※사회에서는 이런 사건이 있었다.
- 검찰, 최도술 전 청와대 총무비서관의 SK그룹 자금 11억 원 수수 혐의 확인
- 연예계 비리 관련 코미디언 서세원과 가수 이수만 구속

10.9 목

기록 없음

10.10 금

기록 없음

※사회에서는 이런 사건이 있었다.
- 노무현 대통령, 측근 최도술 관련 대국민 사과 및 재신임 국민투표 제안
- 이란 여성인권 변호사 시린 에바디, 노벨평화상 수상자 선정
- 강원도에서 GTB(현 G1) Fresh-FM 라디오 개국

10.11 토

태어나 첫 헌혈[1)]을... 반강제로.
바늘 굵기... 바늘 들어오는 그 순간이 잊히지가 않는구만.

※사회에서는 이런 사건이 있었다.
- 전국 각지에서 이라크 파병 반대 집회 동시 개최
- 남성 4인조 밴드 버즈 데뷔

10.12 일

새벽에 꿈 메모.

1. 전투화가 너덜거리는 꿈. 신발=여자(?)
2. 임 중사[2)] 꿈.

내무실 회식. 탕슉 & 짜장...ㅠㅠ

누나한테 전화.
별일 없지..?[3)] 하고 곧 끊음.

난 정말 병신인 것 같다...

※사회에서는 이런 사건이 있었다.
- 이라크 바그다드 도심에서 차량 폭탄 테러가 발생하여 7명 사망

---

1) 난 그들과 달리 여자 냄새를 맡으려고 헌혈한 것이 아니었다. 입대 전 들은 말로는 원하는 사람만 하면 된다고 들었는데, 100% 강제였다.
2) 부대의 유일한 여성. 심지어 기혼.
3) 자니? (Ver. 2003)

10.13 월

기록 없음

※사회에서는 이런 사건이 있었다.
- NHN, '네이버 페이퍼'를 '네이버 블로그'로 개편

10.14 화

기록 없음

※사회에서는 이런 사건이 있었다.
- '국민연금 살리기 운동 본부' 결성

10.15 수

기록 없음

※사회에서는 이런 사건이 있었다.
- 중국, 자국 최초의 유인 우주선 선저우 5호 발사

10.16 목

기록 없음

※사회에서는 이런 사건이 있었다.
- 가수 비, 2집 앨범 <태양을 피하는 방법> 발매

10.17 금

기록 없음

※사회에서는 이런 사건이 있었다.
- 전교조 서울지부 교사들, NEIS 입력 일제히 거부
- 한진중공업 김주익 노조위원장, 크레인 고공농성 중 자살

10.18 토

기록 없음

10.19 일

부모님, 스님, 보살님, 이모부, 이모, 사촌 동생 민정, 현수 면회.
또 내무실 사람 다 데리고 내려가서 이빠이 먹음.
전투모에 흥미를 갖던 사춘기 민정.

※사회에서는 이런 사건이 있었다.
- 경기도 양주군과 포천군, 양주시와 포천시로 각각 승격
- '마더' 테레사 수녀, 복녀로 시복(諡福)

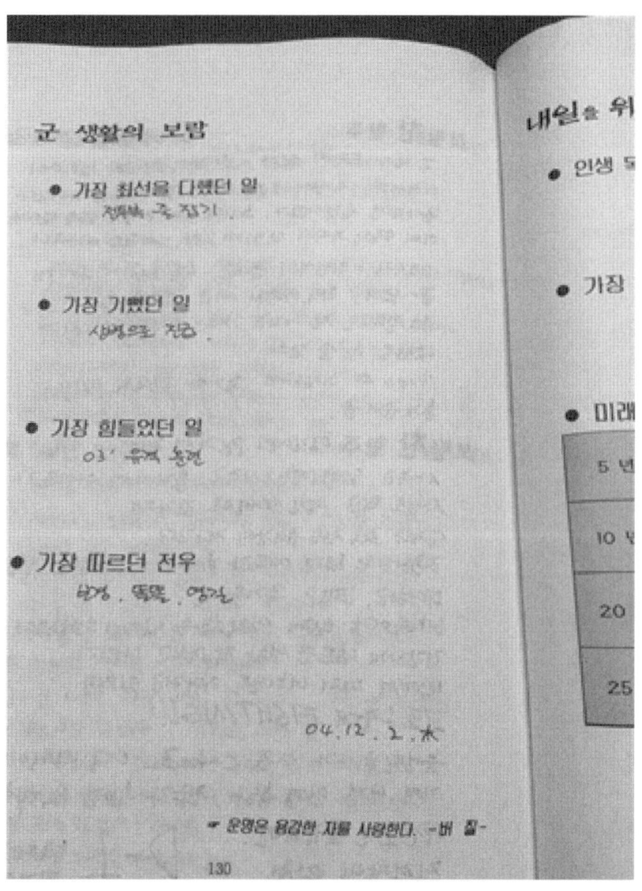

10.20 월

기록 없음

10.21 화

기록 없음

※사회에서는 이런 사건이 있었다.
- 한국, 2004 아시안컵 2차 예선에서 오만에게 1-3 참패(오만 쇼크)
- 대구 지하철, 참사 8개월 만에 중앙로역 무정차 통과 형식 전 구간 통행 재개
- 여성 솔로 가수 BMK 데뷔

10.22 수

기록 없음

※사회에서는 이런 사건이 있었다.
- 서울지검, 반국가단체 가입 및 특수 탈출, 회합통신 혐의 등 송두율 교수 구속

10.23 목

누나에게 괜히 전화해서[1] 안 좋게 끊었네..ㅠㅠ
"아오~ 작년 생각나게 하네!?"[2]가 발단.

※사회에서는 이런 사건이 있었다.
- 전 S.E.S. 멤버 가수 바다, 솔로 1집 앨범 발매
- 남성 3인조 가수 에픽하이 데뷔

---

1) 그만 좀 해라...
2) 다른 남자를 만나다가 걸린 사건. 분노했으나 사랑의 힘으로 유야무야 넘어갔다.

10.24 금

근무 포상 1일 획득.

감기.

※사회에서는 이런 사건이 있었다.
- 초음속 여객기 콩코드, 런던 히드로 공항에서 퇴역

10.25 토
기록 없음

10.26 일
기록 없음

※사회에서는 이런 사건이 있었다.
- '전국 비정규직 노동자대회'에서 근로복지단 비정규직 노조원 이용석 씨 분신자살
- 롯데월드, 매직아일랜드에 아틀란티스 개장

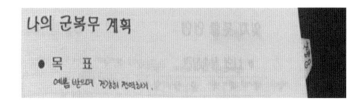

10.27 월

기록 없음

※사회에서는 이런 사건이 있었다.
- 한양대 총학, 한총련 탈퇴
- 탈북 정치가 황장엽, 미국 방문
- 미국 캘리포니아 주 산불, 121만km^2가량 소실

10.28 화

기록 없음

※사회에서는 이런 사건이 있었다.
- 국무회의, 호주제 폐지를 위한 '민법 개정안' 의결
- '사법 개혁 위원회' 발족

10.29 수

기록 없음

※사회에서는 이런 사건이 있었다.
- 정부, 거래 신고제 및 양도차익 환수 골자의 '주택시장 안정 종합 대책' 발표
- 미국 액티비전, FPS 게임 <콜 오브 듀티> 출시

10.30 목

기록 없음

※사회에서는 이런 사건이 있었다.
- 이회창 전 한나라당 총재, 16대 대선자금 불법 수수 관련 대국민 사과

10.31 금

진급식.
내일이 주말이라 미리 함.
오늘까지 상병 액션은 불가능하지만 어쨌든 계급장은 달았다.
뭐 몇 시간 안 남았구만. 크크크크크.

상병 김태형.
잘못떲슴다?[1] 크크크크크크크.
자모슴다? 크크크크크.

에?
뭐요?

…
2003년 10월은 일병 고참(말호봉)이었던 달이다.
주 임무는 중대 청소 관리와 외근 복장 관리(X 반도, 황금 탄띠, 리볼버, 수갑 등을 계급에 맞게 부드러운 A급 순으로 세팅하는 일) 등이다.

일을 많이 해서 일병이라는 그 막바지에 공식적으로 애들을 갈굴 수 있는 완장을 달아주고, 일련의 것들을 책임지게 만드는 시스템.

생활은 여전히 힘들지만 그래도 슬슬 재미가 붙는 시기이며 체력과의 싸움보다는 시간과의 싸움이 시작되는 시기이기도 하다. 그래서 그런지 초소 근무 주간(9·10월)이었음에도 불구하고 기록이 없는 날이 많은 듯하다.

---

1) 잘 못 들었습니다: '들리지 않았습니다.' '잘 이해하지 못했습니다.' '다시 한번 말씀해주십시오.'라는 의미로 사용되며 군생활이 무르익을수록 글자 수가 짧아진다.

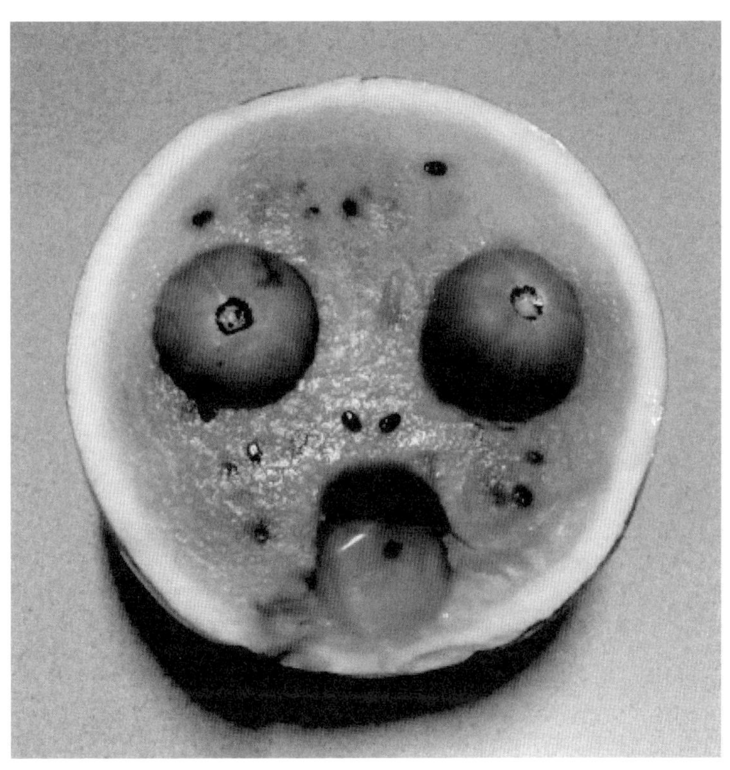

상병실록

2003년 11월 ~ 2004년 6월

2003년 11월

상병 진급

11.1 토 ~ 11.2 일

기록 없음

11.3 월

기록 없음

※사회에서는 이런 사건이 있었다.
- 서울 동교동에 '김대중 도서관' 개관

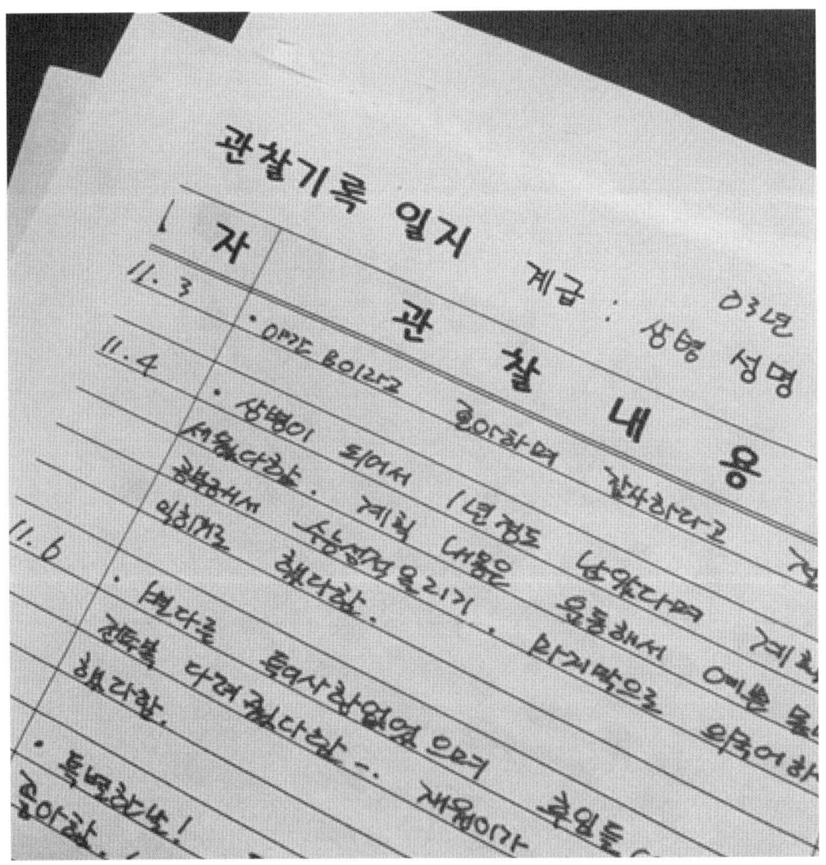

〈분대장 수첩의 분대원 관찰일지〉 *내가 쓴 것 아님

11.4 화

어느새 1년이 지나고 상병이 되었구나.
빠르면 빨랐고, 힘들면 힘들었던 시간이었지.

'아직 1년이 남았다'라는 생각보단, '이제 1년 만이 남았구나'라는 생각으로 이제 그동안 생각해왔던 일들, 공부, 수능, 외국어, 운동, 몸매... 이딴 것들을 준비해야지. 남은 1년은 '금방 지나갈 테니까' 시간이 없다.

군대에 와서 사랑하는 사람들의 존재와 주변의 것들을 새삼 깨닫고, 사랑도 잃어보고, 답답함에 눈물도 흘려보고... 그래서 '더욱 나를 강인하게 만들 수 있었다'라고 할 수 있을까?
백만 보 양보해서 미래를 봤을 땐 나쁘지 않을, 꽤 좋을 경험이지만 솔직히 좆같고, 좆같긴 하지만 그래도 또 필요할 이 시간들을 정말 소중하게 쓰자.

변 하 자.

※사회에서는 이런 사건이 있었다.
- 국무회의, 청소년증 발급을 골자로 한 '청소년기본법 개정안' 수정안 의결

2003년 11월 4일 화

어느새 1년이 지나고 상병이 되었구나.
바쁘면 빨리갔고, 힘들면 힘들었던 시간이었지.
아직 1년이 남았다라는 생각보단, 이제 1년만이 남았구나라는
생각으로 이제 그 동안 생각해왔던 일들. 공부.수능.외국어.운동.몸매
이런 것들을 준비해야지. 남은 1년은 금방 지나갈테니까. 시간이 없다.
군대에 와서 사랑하는 사람들과 주변의 것들을 깨닫고,
사랑했던 사람도 잃어보고, 당당함에 눈물도 흘려보고,
더욱 나를 강인하게 만들 수 있었다고 할 수 있을까?
경험이지만 솔직히 죽겠고, 죽겠긴 하지만 필요한 이 시간들을
잘 소중하게 쓰자.

면, 내가 김태형이기 때문이다.

변 하 자.

* 하면, 해야만, 했으면 좋은 것.

운동 → 몸매 관리 → 77kg → 건강 → 정력 → 여자

건강 → 금연

공부 → 외국어 → 수능

공부 → 독서 → 지식 → 대학

수능 → 대학 → 파라다이스 → 여자

대학 → 직장 → 돈 → 파라다이스

돈 → 밝은돈 과·어두운돈

☞ 장미꽃은 가시틈에서 자란다. -탈무드-

89

11.5 수

기록 없음

※사회에서는 이런 사건이 있었다.
- 2004학년도 대학수학능력시험 실시
- 여야 4당, 지구당제 폐지 및 완전 선거공영제 실시에 합의
- 워쇼스키 감독의 영화 <매트릭스 3: 레볼루션> 전 세계 동시 개봉
- 레드햇 리눅스, Fedora Core 1 배포

11.6 목

오늘은 것 참 작업도 없고, 한가한 하루였다.
그 시간을 이용하여 그동안 미뤄왔던 내 야상을 다렸다.
하는 김에 먼저 우리 분대 막내 빡재 것을 다려주고, 심혈을 기울여 내 야상을 다렸다. 빡재 건 연습용. 크크크.

약간 삐뚠 팔 줄 부분을 폈다가 새로 다시 잡았는데, 영~ 썩~ 마음에 들.지.가. 않는다. 긁어 부스럼 만든 건 아닌지... 옘병, 엄청 거슬리네. 하찮은 야상 주제에.

이럴 때 되뇌자.
쓸데없는 일에 너무 집착하지 말자!!! 소심을 떨쳐라!!!

11.7 금
기록 없음

11.8 토

재호, 석진이 데리고 PX 가서[1] 지출 이빠이.

지금 부대는 태권도 연습이 한창이다.

11.9 일

누나 생일...
음성이나 남김...[2]

드디어 정문 내초 근무[3] 입성.

---

1) 상병이 되어 아이들을 인솔해 PX에 갈 수 있게 되었다.
2) 구질구질하다: 상태나 하는 짓이 깨끗하지 못하고 구저분하다.
3) 정문 근무는 내초(조장)와 외초(조원)로 되어 있는데, 내초는 겨울에도 춥지 않은 고참들의 근무지다. 상병이 되면서 내초 근무를 서게 되었지만 일지 작성의 번거로움과 간부들과의 잦은 접촉이 성가셨다. 그래서 속 편한 외초를 늘 그리워했다.

11.10 월

신병 전투복 줄 잡기[1] 시작.

저녁에 전준태[2] 연습.
니미 군장을 7분 만에[3] 쌀 수 있게 되었다.

※사회에서는 이런 사건이 있었다.
- 국회, 노무현 대통령 측근 비리 특검법 통과시킴

11.11 화
기록 없음

※사회에서는 이런 사건이 있었다.
- 열린우리당 창당

11.12 수
기록 없음

11.13 목
기록 없음

※사회에서는 이런 사건이 있었다.
- '범국민정치개혁협의회' 출범

---

1) 군대의 1년을 사회의 30년으로 친다. 그만큼 시간이 안 간다는 뜻으로 그렇게 되어버린 것 같다. 상병인 즉 입대 1년 차. 1년 차이의 후임(아들)이 들어오며 아버지가 된다. 아버지 군번의 상병은 아들 군번 신병의 전투복에 줄을 잡아주는 역할을 맡는다.
2) 적대 행위 이전의 최종 전투 준비 상태.
3) 전투 부대 출신들이라면 어처구니가 없는 시간이라 생각할 수 있겠지만 나는 훈련소 이후 군장을 처음 만져봤다.

11.14 금

아, 오늘이 누나랑 사랑을 시작한 날인데...
니미 이제 없구만...

진희누나[1] 바뀐 번호: 011-9XX2-2XX3

※사회에서는 이런 사건이 있었다.
- 경복궁 근정전, 보수공사 완료

11.15 토

아... 훈련 준비 빡세 뒈지겠다...

미정누나[2]: 016-7X9-X45X(80X8)

※사회에서는 이런 사건이 있었다.
- 농구선수 서장훈, 개인 통산 6,071점을 기록하여 한국 농구 사상 첫 6천 점 돌파

11.16 일

미정누나와 짧으면서 꽉 찬 전화.

"군대 오면 변할 줄 알았는데 달라진 게 없는 것 같아요."
"사람들 다 잘 지내죠? 역시 누나는 여전히 친절할 거라 생각했어요."

많은 생각을 하고, 전화를 하기까지... 오래 걸렸다.

1) 여자친구의 고등학교 친구. 그녀의 안부를 전해 들으려 걸었다.
2) 여자친구의 재수 학원 친구. 그녀의 안부를 전해 들으려 걸었다.

11.17 월

지겨운 훈련이 끝났다.
군장을 7분 만에 쌀 수 있게 돼버리다니...

오늘부터 5대기.
내일 100일 휴가 가는 민수 옷 다려주기.

날씨가 존나 추워졌다.
몸살 기운도 감돌고... 약해 빠졌군.

누나한테 편지나 써볼까.
미치도록 보고 싶다.

입대 1주년이 다가온다.
작년 오늘은 상준이와 정동진 갔다가 경포대에서 회 바가지 쓰고 오링나서 귀경한 날이지 아마도? 양아치 경포대.

1주년이 뭐길래 누나 생각을 이토록 나게 하는 걸까 씨발.
많이 보고 싶다.

온수 목욕 죽인다!!!

11.18 화

오~ 새로운 디자인의 THIS 연초.

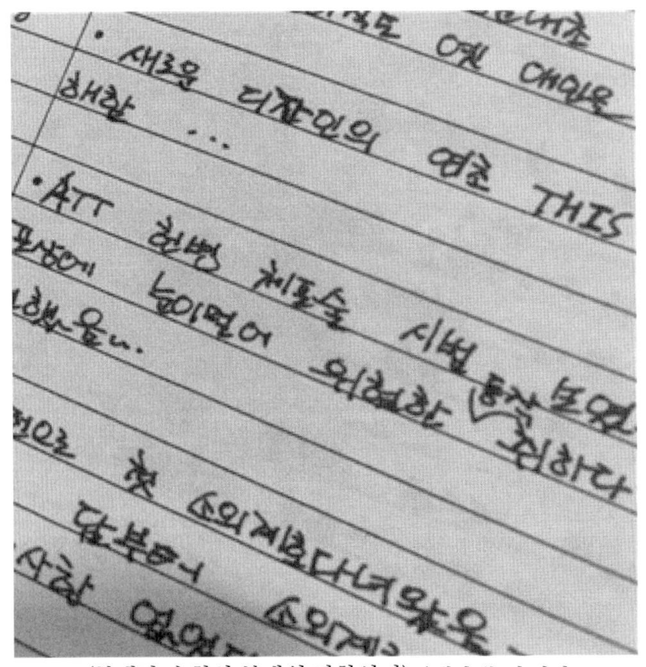

〈분대장 수첩의 분대원 관찰일지〉 *내가 쓴 것 아님

11.19 수

기록 없음

※사회에서는 이런 사건이 있었다.
- 전농, 서울 여의도 공원에서 '농민 생존권 쟁취'를 위한 전국농민대회 개최

11.20 목

기록 없음

11.21 금

기록 없음

※사회에서는 이런 사건이 있었다.
- LG 카드, 유동성 위기로 현금서비스 중단
- 유비 소프트, <페르시아의 왕자: 시간의 모래> 발매
- 소니 컴퓨터 엔터테인먼트, <라쳇 & 클랭크: 공구전사 대박몰이> 발매
- 박찬욱 감독의 영화 <올드보이> 개봉

11.22 토

기록 없음

11.23 일

경미 씨[1]와 통화함.

약간의 느끼함을 섞어 즐거운 분위기로 잘 해냈다.

※사회에서는 이런 사건이 있었다.
- 조지아의 셰바르드나제 대통령, 반정부 시위 속에 사임
- LG 카드, 채권단의 2조 원 지원 합의로 부도 위기 모면

1) 803기 민수가 여자인 친구들이 면회 온다며 내무실 사람들을 싹 부른 적이 있는데, 그때 친해진 여성. 당시의 나는 떠난 사랑을 다른 사랑으로 잊기 위해 필사적이었다.

11.24 월

대전 외근.
사제 식당에서 사제 쌀밥과 사제 제육볶음. 캬~
두 번째 외박 복귀 후, 90일 만에 보는 사회 풍경이었다.
오늘 길, 음성 휴게소에 들르기에 잠시 고민... 지역번호가 043이니 소재거리가 있다!! 누나에게 전화. 딱 한 달 만에 거는 전화였다.

누나: 휴가 나왔어?
나: 아니, 탈영했어.
(중략)
나: 나 상병이야.
누나: 알아.
나: 1년 남았어.
누나: 그래서 좋아?
나: 좋지 그럼.
누나: 그냥 거기 있는 게 좋지 않아?
나: 그래 생각해볼게.
누나: 그렇다고 이다음에 나 모른척하지는 마?
나: 응.
누나: 알겠지?
나: 응.
누나: 건강해. 건강해야 다 잘 되는 것 같아. 앗! 끊어야겠다. 건강해~
나: 응, 누나 파이팅!
누나: 응, 잘 지내.
나: 응......

– 잘 통화하고 유종의 미를 거둔 내용

경지누나가 소개팅을 해준다고 하는데... 그래. 해보자!! 호호호.

※사회에서는 이런 사건이 있었다.
- 한국 교육과정평가원, 2004학년도 수능 언어영역 17번 문제의 복수 정답 인정

11.25 화

[평안의 집]이라는 곳에 봉사 활동을 갔다.
처음엔 오리 집 똥 치우고, 땅에 똥 다 묻고, 흙을 채워 넣었다.

몸이 안 좋아 맛있는 사제 점심을 잘 못 먹었다. 그나마 잠깐 쉬는 동안 경미 씨랑 전화했다. 학교 가는 길이라는데 내가 원한 최고의 통화는 하지 못했다. 개소리만 졸라 했네.

오후 작업은 사제로 나가 방앗간에서 콩을 찧어오는 일.
빡재와 군것질하고, 사회의 공기를 만끽하는 등 졸라 즐거웠다.
아픈 나를 위해 빡재가 어느새 이탈하여 몸살 약을 사다 주었다. 어머, 감동..ㅠㅠ

그리고 돌아가 메주 만드는 일을 끝으로 봉사 활동을 마무리했다.
나가서 좋고, 봉사해서 좋고, 아무튼 이래저래 좋은 날이었다.

복귀하고 뻗어서 쉬었다. 안 아프려고 노력하며...[1)]
어차피 비번이라 아픈 거였으니까 뭐.

그리고 경미 씨와 또 전화했다. 만두 빚는 중이라는.
하지만 분위기가 좋더라도 끊을 타이밍을 놓치면 그림이 좋지 않아.

※사회에서는 이런 사건이 있었다.
- 노무현 대통령, '측근 비리 의혹 특검법'에 거부권을 행사하며 재의결 요청
- 국무회의, '뉴스통신 진흥법 시행령' 제정 의결

---

1) 몸이 아프면 다른 사람이 내 근무를 대신 나가야 하기 때문에 민폐다.
피해를 끼치지 않기 위하여 몸도 비번일 때만 마음 놓고 아파야 했다.

11.26 수

기록 없음

※사회에서는 이런 사건이 있었다.
- 은행연합회, 10월 기준 신용불량자 사상 최대 수치인 360만 명 육박 발표

11.27 목

기록 없음

※사회에서는 이런 사건이 있었다.
- EBS에서 남북 합작 애니 <뽀롱뽀롱 뽀로로> 첫 방영
- 부산과 거제도를 잇는 거가대교 개통

11.28 금 《입대 1주년》

입대 1주년이다. 큰 감흥은 없군.

빡재와 의무실.
허리 아픔의 처방이라고 진통제나 3일 치 처방받음.

국방대 교수의 초빙 강연이 있었다.
흥미로워서 경청했다. 엑썰란뜨!!

오늘의 과제:
미국 없이 우리가 자주국방과 경제대국을 만들 수 있을 것인가!!

대단한 명강의에 세뇌되었다.

그리고 내일 진급자 박진수三, 이동혁三, 빡재二, 난다롱二의 전투복 졸라 다리고, 1주년 축하 다과회를 PX에서 조촐하게 하고 올라왔다.
인회, 석진, 재수가 함께 했다.

윤정, 인권, 부모님과 통화하고, 곽가와 누나랑 정말 짧게 전화했다.
누나랑은 오늘이 정말 마지막 통화였으리라...

또 욕하고 싶어진다.

※사회에서는 이런 사건이 있었다.
- 새천년민주당, 새 대표직에 조순형 의원 선출

11.29 토

기록 없음

※사회에서는 이런 사건이 있었다.
- SM ent. 소속 고아라, KBS2 성장 드라마 <반올림>에서 배우 데뷔

11.30 일

기록 없음

※사회에서는 이런 사건이 있었다.
- 이라크에서 괴한의 습격으로 한국 오무전기의 파견 직원 4명 사상

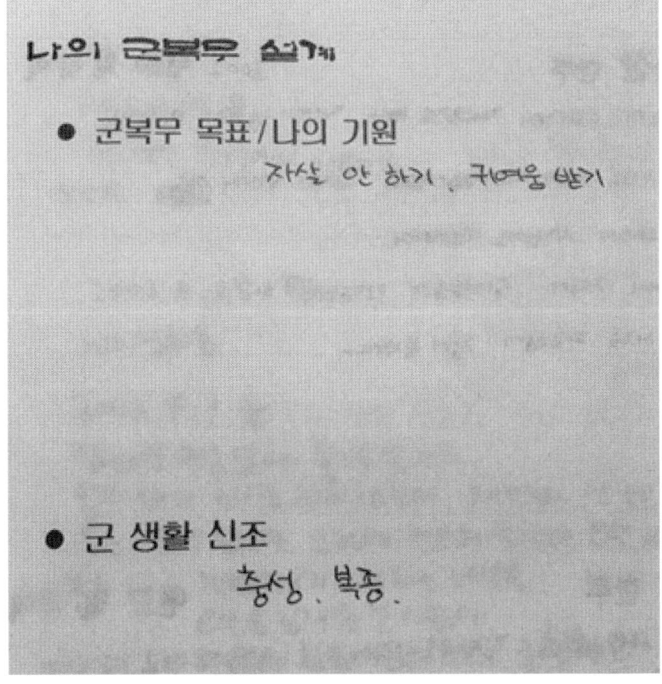

2003년 12월

헛헛한 12월

12.1 월

경미 씨에게 답장 옴.

※사회에서는 이런 사건이 있었다.
- 한국기독교총연합회장 장효희 목사, 간통 발각 도주 중 추락사(에어 장 사건)
- 일본 三重현 いなべ시 출범

12.2 화

첫 국방부 외근.
대령이 제설작업한다는 국방부라서 한껏 기대했으나 밥도 맛없고 재미도 없었음. 그냥 누나한테 전화나 한번 해서 휴가 나왔다 하고[1] 끊었다.
4일마다 하게 되네...?

※사회에서는 이런 사건이 있었다.
- 충남 공주 수촌리 고분군 발굴 현장에서 백제 금동관과 금동신발 등 출토

12.3 수

[평안의 집] 봉사 활동.
당했다. 김장[2]이라니..ㅠㅠ

※사회에서는 이런 사건이 있었다.
- SBS 드라마 <천국의 계단> 첫 방영

1) 서울 온 김에 나름의 머리를 굴린 개수작을 부려본 것.
2) 왜 고참들이 대민 지원을 안 나가려 했는지 조금 알 것 같았다. 그러나 난 똥물에 굴러도 사회가 좋았다.

12.4 목

기록 없음

※사회에서는 이런 사건이 있었다.
- '대통령 측근 비리 의혹 특검법', 국회에서 재의결
- 국립보건원, 북미·유럽을 휩쓴 '푸젠 A형 독감'이 일반 A형 독감 수준이라 밝힘

12.5 금 ~ 12.6 토

기록 없음

12.7 일

친구들에게 연하장 6통을 쓴 날.

경미 씨한테는 편지를 썼음.

※사회에서는 이런 사건이 있었다.
- 제17차 남극 세종 과학 기지 월동연구대원 8명, 기상 악화로 실종
- 축구선수 이을용, 상대 선수의 뒤통수를 때리고 퇴장당함(을용타 사건)

12.8 월

경미 씨와 즐겁고 긴 통화.
교복에 대한 이야기를 나눔.

※사회에서는 이런 사건이 있었다.
- 건교위, '신행정 수도 건설을 위한 후속 조치법' 의결
- 실종된 남극 세종 과학 기지 대원 8명 중, 7명은 구조했으나 1명은 사망

12.9 화

경미 씨와 또 즐겁고 긴 통화.
이제 "오빠 오빠"하며 막 부르기 시작.

※사회에서는 이런 사건이 있었다.
- 국무회의, 국립보건원을 질병관리본부로 개편하는 '보건복지부 직제개편안' 의결

12.10 수
기록 없음

※사회에서는 이런 사건이 있었다.
- 서울대 황우석 박사 팀, 세계 최초 '광우병 내성 소'와 '무균 돼지' 생산 발표
- 네이버 카페 '중고나라' 개설

12.11 목

전화했더니 술 먹다가 꼬장 부리는[1] 경미 씨.

※사회에서는 이런 사건이 있었다.
- 야구선수 이승엽, 일본 치바 롯데 마린스 입단

12.12 금
기록 없음

※사회에서는 이런 사건이 있었다.
- SNK플레이모어의 <KOF 2003>, 일본 내 오락실에서 가동 시작

12.13 토
기록 없음

※사회에서는 이런 사건이 있었다.
- 사담 후세인 전 이라크 대통령, 미군에 의해 생포

12.14 일

나도 모르게 누나에게 전화.
제발 그만 전화하라고..ㅠㅠ 정말정말 제발 그만 하라고..ㅠㅠ
이제 나랑 상관 없는 사람이 되고 싶다고..ㅠㅠ

---

1) 정도껏이라면 귀엽지만 돌변은 사양한다. 뭔가 안 맞는 부분이 있음을 감지.

12.15 월

기록 없음.

※사회에서는 이런 사건이 있었다.
- 이회창 전 한나라당 총재, 16대 대선자금 불법 수수 혐의로 검찰 출두
- NHN, 네이버 카페 정식 서비스 개시

12.16 화

다시 국방부 외근.
미친... 또 누나에게 전화. 역시 쌀쌀하구만...
"진짜 잘못 누른 거야..."라고 거짓을 말하는 순간, 머리통에 스파크가 왔다.
'그래. 여기까지다!!' 비로소 마침내 파이널리 마음도 편해졌다.

경미 씨는 날 다른 놈으로 앎.
헐...[1] 크크크. 이런 이런 못 쓰겠네. 최소 2명은 더 있군.

※사회에서는 이런 사건이 있었다.
- 파키스탄의 페르베즈 무샤라프 대통령, 자택 테러로 부상

12.17 수

기록 없음

※사회에서는 이런 사건이 있었다.
- 피터 잭슨 감독의 영화 <반지의 제왕: 왕의 귀환> 전 세계 동시 개봉

---

1) 도저히 '사랑이 다른 사랑으로 잊혀질 수 없는' 케이스였다. 이 여자가 날 어떻게 생각하는지를 떠나서 '이 여자는 안되겠다'라고 이때 처음 생각했다. 내 마음대로 하루에 두 명의 여자를 버린 것이다. 한 명은 버렸다가 담고, 버렸다가 담고의 반복이었지만... *하림의 '사랑이 다른 사랑으로 잊혀지네'는 이날로부터 4개월 후 정도에 발매되었다.

12.18 목

지나랑[1] 오랜만에 재밌는 전화.

첫 국군수도병원 외래 진료 근무였던 듯.

*2004년 10월 27일 수요일 / 분대장 수첩에서 발견한 기록

12.19 금

기록 없음

※사회에서는 이런 사건이 있었다.
- 리비아, 대량살상무기(WMD) 포기 발표

12.20 토

기록 없음

12.21 일

1차 정기휴가(9박 10일).

1) 누나를 대신할 여자들을 찾았다. 물론 남자들과도 통화했다. 기록을 안 했을 뿐...

12.21 일~12.30 화 / 《1차 정기휴가 기간》[1)]

※1차 정기휴가 기간 동안 사회에서는 이런 사건이 있었다.

12.21 일
- 북한 평양 시내에 최초로 상업광고판 등장

12.22 월
- 한·일 자유무역협정 1차 협상 개시

12.24 수
- 남북출입사무소 개소
- 농림부, 광우병 의심 미국산 쇠고기 및 육가공품 통관 중단 발표
- 강우석 감독의 영화 〈실미도〉 개봉

12.26 금
- 국립보건원, 사스주의보 해제
- SM ent. 소속 남성 5인조 가수 동방신기 데뷔
- 이란 밤시에서 리히터 규모 6.3의 강진 발생으로 5천~6천 명 사망

12.28 일
- 농림부, 경북 울주군에서 닭의 조류독감 확인

12.29 월
- 국회, '신행정 수도 건설 특별 조치법' 등 통과시킴

---

1) 사회용 사제 일기장이 따로 있기에 수양록에서는 제외한다.

12.30 화

정기 휴가 10일차. 부대 복귀.

그래도 열흘이나 있어서인지 집을 떠날 때가 되니까 아쉬웠다.
전투복으로 갈아입고, 집과 방이랑 인사를 하고, 불가리 블랙을 뿌리고, 미비된 동작들은 없는지 다시 한번 확인하면서 꿀꿀한 마음을 다독이고 훌쩍 나섰다.

제일 먼저 민수가 부탁한 편지지 세트를 사고, 입대할 때 누나가 준 군바리 시계를 두고 대신 차고 온 까르띠에 시계의 약을 갈고, PC방으로 갔다.

이메일로 누나에게 영원한 작별의 편지를 썼다.
명작이었다. 누나가 다시 돌아오면 어떡하나 싶을 만큼...
크헐헐 그러나 전송을 누르자마자 상대방 메일이 꽉 찼다고 반송되었다.
조또... 아 찝찝해. 깔끔하게 편지가 갔어야 했는데... 그런 운명인갑다.

동서울 터미널로 가서 마침 영화 보고 나오신 어머니랑 인사하고, 차표 끊고, 오명교 병장 만나서 같이 부대 앞으로 와 마지막 사제 만찬(감자탕)을 느끼고, 복귀.

다음날 부대장 내무사열이라는.
짐도 못 풀고 바로 청소. 시부랄 타이밍하고는...
적응하려고 애썼다. 지난 열흘간 몸에 밴 사제의 나약함을 날려버리기 위하여. 프린트해서 챙겨온 나의 작품집도 펀치로 일일이 구멍 내어 도서화 시켰다. OK.

※사회에서는 이런 사건이 있었다.
- 홍콩의 가수 겸 영화배우, 매염방 사망

12.31 수

드디어 2003년의 마지막 날.
내일부턴 전역하는 해[1]이다. 으하하하. 아핫핫핫핫핫하.

어제 복귀할 때의 느낌으로 정말 열심히 하자.
복무도. 생활도. 공부도. 운동도...

시작하즈아!!!

※사회에서는 이런 사건이 있었다.
- 대구 지하철, 참사 10개월 만에 중앙로역 복구공사 완료 및 영업 재개
- 코레일로지스 설립

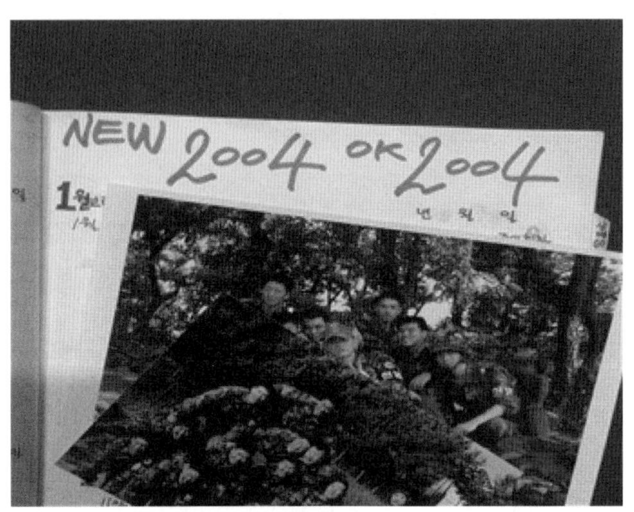

1) 원래대로라면 전역은 2005년이었다. 그러나 2003년 10월 입대자부터 복무 기간이 2개월 단축되었는데, 이미 복무 중인 사람의 경우에도 1주일 단위(2001년 8월 입대자부터)로 점진적 단축 혜택이 주어졌다. 나는 무려 5주나 줄어들었다.

2004년 1월

NEW 2004 OK 2004

1.1 목

일단 금연으로 뉴이아[1]의 스타트를 잘 끊음.
OK CK 리바이스[2] 여기까지 아주 좋아!!

계획들을 시작하자.
했으나 전날 너무 무리를 했다.
그래서 오늘은 일단 그냥 종일 취침으로 회복 타임.[3]
계획 실행은 월요일부터 해야 제맛.

※사회에서는 이런 사건이 있었다.
- 노무현 대통령 신년사, 경제 회복과 민생 안정에 최선
- 일본 고이즈미 총리, 기습적으로 야스쿠니 신사 참배
- 외통부, 고이즈미 총리의 야스쿠니 신사 참배에 유감 표명
- 연합뉴스, ID 방식 뉴스 포털 서비스 '연합 프리미엄 뉴스' 개시
- 미국 화성 탐사 로봇 '스피릿', 화성의 컬러 사진을 NASA에 발송
- 한국철도시설공단 출범
- 서울역 신역사 준공식

1) New Year
2) OK를 꾸며주는 언어유희 추임새로 추정.
'얼씨구'가 'OK'라면 'CK 리바이스'는 '씨구 씨구' 정도의 느낌.
3) 설날이고 추석이고 나발이고 보통의 경우라면 병장 이외에는 낮에 잘 수 없다. 그러나 이 무렵 7내무실은 새 바람이 불고 있었다. 766기가 내무실의 왕고가 되었던 가을부터 그간의 부조리가 조금씩 없어지는 추세였다. 휴가 나가는 병장의 전투화에 새벽까지 광(光)을 내고 있는다던가 하는 말도 안되는 그런 것들... 그러나 그런 그도 옛날 사람. 하지만 스타트를 끊어준 것만으로 충분했다. 약풍이었던 새 바람이 중풍 정도가 된 것은 771기가 왕고가 되었을 때다. *강풍은 U.S. 아r미 수준으로 한국군에는 없다고 보면 된다. 그는 부조리 철폐 이외에도 우리에게 실질적인 도움을 주기 위해 노력했다. 휴일이면 "나가서 놀 사람 빼고는 무조건 자라."라고 매번 외쳐주었다. 평균 수면 시간이 4시간이었기에 잠이 가장 부족했던 찌끄래기들에게는 고마운 일이었다. 처음에는 눈치를 보며 '정말 자도 되나..?' 하며 누웠던 아이들도 이제 당연하다는 듯 알아서 눕기 시작했다. 그래서 머지않아 부작용도 일어나게 되는데...

1.2 금

금연 실패.
일단 담배가 중요한 게 아니다.

영창 근무 귀찮아라...
그래도 이제 세 번에 한 번은 조장으로 나간다.
조원이 누구냐에 따라 더 힘들 때도 있지만 사랑으로 갈구면 언젠가 좋아지겠지.

누나한테 이별 편지를 썼다. 정말 마지막인...
이것이 나의 신년 첫 계획이다. 내일 빽재 편으로 보내야지.

좋아 OK.
춘천 날인[1)]이라 의아하겠지?
외근인 줄 알려나? 아니면 영창 간 줄 알려나?

1.3 토
기록 없음

※사회에서는 이런 사건이 있었다.
- 이집트의 민항사 플래시 항공의 보잉 737기, 홍해에 추락
*승객 135명(전원 프랑스인)과 승무원 13명 전원 사망

1.4 일
기록 없음

---

1) 빽재의 고향은 춘천이었다. '내가 경기도(부대)를 벗어났지만 너에게 전화 걸지 않았다.'는 것을 누나에게 어필하고 싶었기 때문이다.

1.5 월

오늘부터 공부를 시작했다.
2-4-말 영창 근무 맞교대여서 진득하게 하진 못했지만 30분, 40분씩 시간을 쪼개서 나름대로 열심히 했다. 오늘처럼 만 하자.

영어 독해를 스타트로 수능 공부를 시작한 건 나이스 판단임이 확실하다.
앗! 젤리롤 펜을 드디어 다 썼나 보다.[1)]

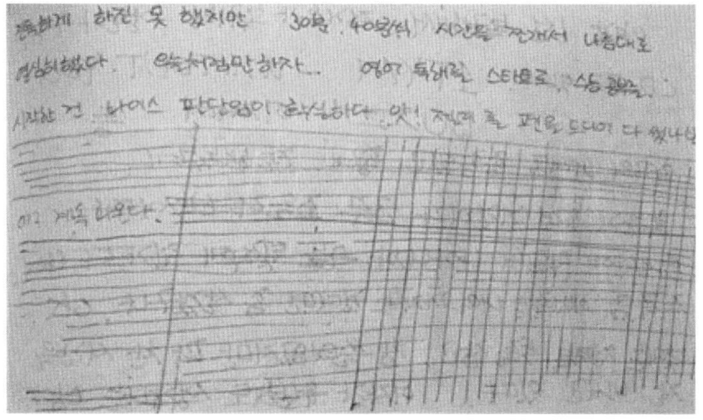

진득하게 하진 못 했지만 30분, 40분씩 시간을 쪼개서 나름대로
열심히 했다. 오늘처럼만 하자. 영어 독해를 스타트로 수능 공부를
시작한 건 나이스 판단임이 확실하다. 앗! 젤리롤 펜을 드디어 다 썼나

1.6 화
기록 없음

※사회에서는 이런 사건이 있었다.
- 서울 서초구와 과천시를 이어주는 우면산 터널 개통

1) 펜을 다 쓰면 하는 의식. 안 나올 때까지 계속 긋는다. 다 못 나오고 버려지는 잉크들의 영혼을 위해...

1.7 수 ~ 1.8 목

기록 없음

1.9 금

기록 없음

※사회에서는 이런 사건이 있었다.
- 서울지법, 독극물 한강 방류 미 군무원에게 징역 6개월 선고
*한국 형사재판 관할권에서 이루어진 첫 판결
- SK그룹 손길승 회장, 배임 및 조세 포탈 혐의로 구속
- 삼성전자 주식, 상장 29년 만에 50만 원 선 돌파
- 독도 우표 발행을 둘러싼 '2004 사이버 갑신왜란' 발생
- 북한, 남포직할시를 특급시로 격하시키고 평안남도에 편입

1.10 토

기록 없음

※사회에서는 이런 사건이 있었다.
- 열린우리당 소속 현역 의원 6명, 불법 대선자금 수수 혐의 무더기 구속

1.11 일

A급 전투복에 세 줄[1] 잡았다. 크크크.

※사회에서는 이런 사건이 있었다.
- 열린우리당, 새 의장직에 정동영 의원 선출

---

1) 내가 근무했던 부대는 가로 2줄, 세로 3줄이었다.
줄 잡기에 자신이 붙어서 하면 안되는 짓을 하고 말았던 것이다.

1.12 월

기록 없음

※사회에서는 이런 사건이 있었다.
- 세계 최대 호화 여객선 '퀸 메리 2호', 영국 사우샘프턴에서 출항

1.13 화

기록 없음

※사회에서는 이런 사건이 있었다.
- 디즈니 애니메이션 <브라더 베어>, 신촌 아트레온에서 국내 최초 디지털 상영

1.14 수

기록 없음

1.15 목

기록 없음

※사회에서는 이런 사건이 있었다.
- 윤영관 외통부 장관, 직원의 언행 및 정보 유출 관련 경질

1.16 금

기록 없음

※사회에서는 이런 사건이 있었다.
- 우정사업본부, '독도 우표' 발행
- 유하 감독의 영화 <말죽거리 잔혹사> 개봉
- 마이크로소프트, 'MS 오피스 97'의 판매 및 지원 중단
- 분당선 이매역 개통

1.17 토

이동혁 병장이 승희 씨라는 여자에게 전화를 바꿔준 날.
아름다움이 흘러넘치는 이름이구만. 이름에서 이미 아름다워.

1.18 일

부모님, 이모부, 스님, 보살님 면회 오심.
김현수 병장의 전역패와[1] 나 수능 공부할 책도 함께 가져오심.

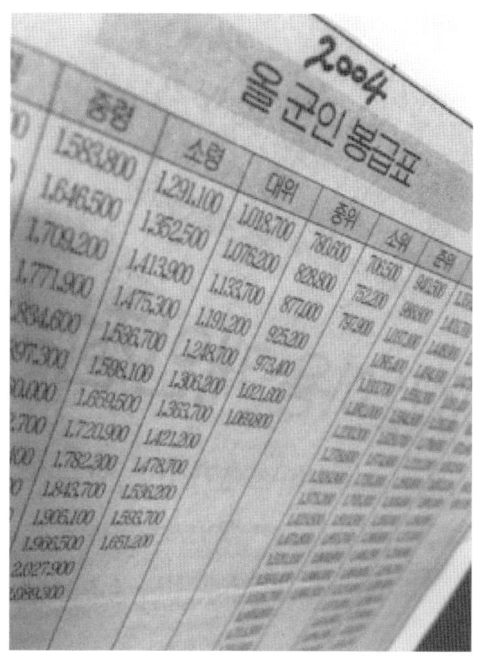

1) 내무실 최초이자 마지막으로 전역패를 선물 받은 사람. 9월 3일에 등장한 771기.

1.19 월

기록 없음

※사회에서는 이런 사건이 있었다.
- 남성 3인조 가수 SG워너비 데뷔

1.20 화 ~ 1.24 토

기록 없음

1.25 일

803기 정민호의 애인인 현미 씨 팬미팅.
"일반인이시지만 팬입니다."

김현수 병장 전역 전 회식. 짜장면 & 탕슉.
김인숙 선생님께[1] 전화해서 오랜만에 인사드림.

1분대 vs 3분대 족구.
세트 S코어 2:1로 승리.
오오오~~~ 족구[2] 존나 재밌음.

※사회에서는 이런 사건이 있었다.
- 일본 TV 아사히에서 <가면라이더 블레이드> 첫 방영

1) 6학년 때 담임 선생님. 지금도 연 1~2회 만나 뵙는다.
2) 태어나 처음 해보는 족구였다.

1.26 월

기록 없음

※사회에서는 이런 사건이 있었다.
- 코스닥시장본부, 코스닥 기준 지수를 100에서 1000으로 높임
- 코스닥증권시장, 코스닥 스타지수 발표 시작
- 허웅 한글학회장 별세

1.27 화

기록 없음

※사회에서는 이런 사건이 있었다.
- 서태지, 정규 7집 <7th Issue> 발매

1.28 수

기록 없음

※사회에서는 이런 사건이 있었다.
- 김운용 IOC 부위원장, 38억 원 횡령 등의 혐의로 구속

1.29 목 ~ 1.30 금

기록 없음

1.31 토

기록 없음

※사회에서는 이런 사건이 있었다.
- 영화 <실미도>, 한국 영화 사상 최초 전국 관객 820만 명 돌파

2004년 2월

자대 1주년과 다리미

2.1 일

기록 없음

※사회에서는 이런 사건이 있었다.
- 서울경제연구소, '백상경제연구원'으로 개명
- 일본 TV 아사히에서 <두 사람은 프리큐어> 첫 방영

2.2 월

기록 없음

※사회에서는 이런 사건이 있었다.
- 안양 LG 치타스, 서울로 연고 이전하여 'FC서울'로 변경

2.3 화

기록 없음

※사회에서는 이런 사건이 있었다.
- '2004 총선 시민 연대' 발족

2.4 수

낮에 위병소 기름 채우기 작업 차 내려간 김에 PX에서 목 토시와 WD-40을 샀다. 목 토시는 보드 탈 때 쓰고, 구리스는 공익을 위해 유용하게 써먹어야지. 일단 내무실 문 삐그덕 거리는 데에다 뿌렸더니 조용하고[1] 좋네.

월요일부터 연이은 삽질로 피로가 극에 달한다.
혹한기 훈련도 좋지만 호미[2]로 땅굴을 파고 있으니 원. 삽 좀 몇 개 사주지 좀.
수십 명이 졸라 찍고, 졸라 파고, 졸라 긁어도 3일 동안 반도 못 팠다.

올해부턴 근무가 한 달씩 바뀌어서 2월 달은 초소를 나간다. 졸라리 춥다.
위병소 야간 2선 땐 눈도 오는데 누나 생각은 어찌나 또 나던지...
건강하고 꼭 행복해야 돼. 나쁜 년아..ㅠㅠ

머리가 텅 비어버렸다.
그리운 것도 덩달아 허무해져 버린다.

내일 아침은 달라져 시작해보자.

추광식(고참)의 코 고는 소리가 짜증난다.
저 새끼 좀 어떻게 안되나. 군단장 헬기여 아주 그냥.
김기열(후임) 새끼도 졸라 코 고네 씨발. 졸라 빠져가지고...[3]

※사회에서는 이런 사건이 있었다.
- 노무현 대통령의 사돈 민경찬, 경찰에 연행(민경찬 게이트)
- 부산 구치소에 수감 중이던 안상영 전 부산시장 자살

---

1) 취침 중, 근무 나가고 들어오며 울리는 귀곡산장 문소리에 자주 깨곤 했다.
2) 귀여운 야전삽으로 제설작업을 한다 생각하면 이해가 빠를 것이다.
3) 옛날 고참들은 베개로 냅다 그냥 내려찍었다. 덕분에 조용하고 참 좋았는데...

2.5 목

기록 없음

※사회에서는 이런 사건이 있었다.
- 강제규 감독의 영화 <태극기 휘날리며> 개봉

2.6 금

기록 없음

※사회에서는 이런 사건이 있었다.
- 투니버스에서 <파워레인저 레스큐> 더빙 방영
- 모스크바 지하철에서 체첸 반군의 자살 테러로 40여 명 사망

2.7 토

기록 없음

2.8 일

야상 가슴에 세 줄 잡음.

※사회에서는 이런 사건이 있었다.
- 포천 실종 여중생, 3개월 여 만에 숨진 채 발견
*경찰, 영화 <살인의 추억>의 모방 범죄 가능성에도 염두
- 이라크 파견 일본 육상자위대 1진, 남부 바스라 지역 도착

2.9 월

스크랩[1] 시작.

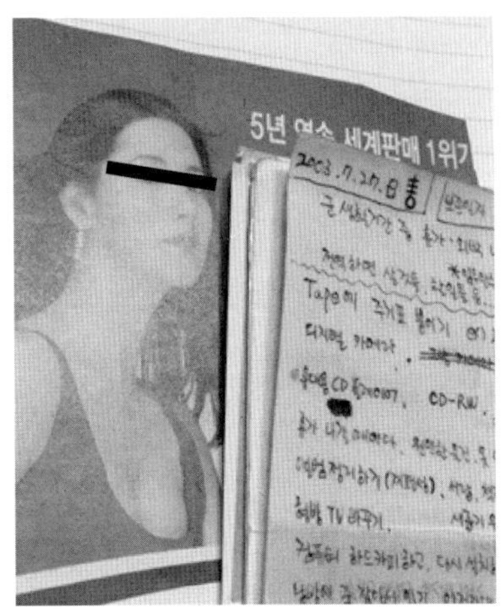

2.10 화

기록 없음

※사회에서는 이런 사건이 있었다.

- 노무현 대통령, 새 경제부총리 겸 재경부 장관에 이헌재, 노동부 장관에 김대환 임명
- 국회 법사위, '2002 불법 대선자금 의혹 청문회' 개최

2.11 수

연습용 전투복에 5줄 잡는 것 성공.

졸라 이쁘다. 2.15cm 간격이 환상의 비율이다.

---

1) 정우성, 이영애, 손예진, 시계, 유럽 차(車), 향수 등의 기사를 수집했다.

2.12 목

A급 전투복에 5줄 잡음. 2.35cm.
약간의 분석 결과 2.35cm가 이상적이란 결론을 내렸다.

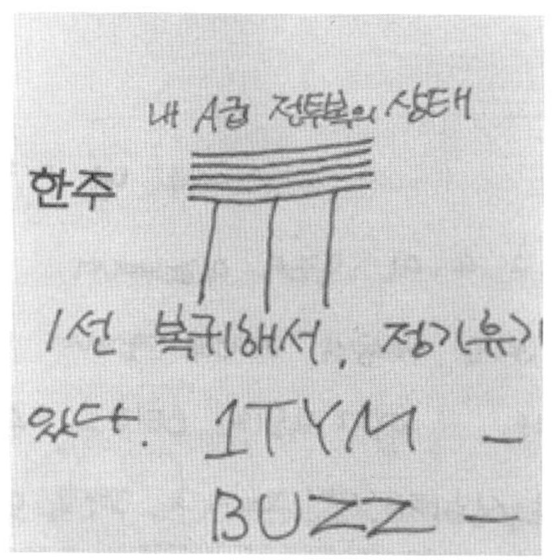

야간 1선 복귀해서 정기휴가 복귀하며 깡보가 구워온 CD를 듣고 있다.
1tym - without you, buzz - 어쩌면 등 신청곡이 들어있다.
추억의 노래도 종종 섞여있고 좋네. 잘 해왔네.

혹한기 훈련 기간이라 근무 조올라 빡세다.
훈련을 무슨 소대 로테이션으로 하노.

오랜만에 맞교대 나가니 무릎 뒤쪽에 쥐가 다 나네.
수, 목, 금... 이번 주는 내일까지만 견디면 좀 살겠구나. OK.

낮에는 짬 내서 전역복 5줄도 잡고, 참 쓸데없지만 꽉 찬 시간을 잘 보내고 있다. 여자가 유난히도 생각나는 밤이다.

※사회에서는 이런 사건이 있었다.
- 문재인 청와대 민정수석, 사의 표명

2.13 금

기록 없음

※사회에서는 이런 사건이 있었다.

- '국군 이라크 추가 파병 동의안' 찬성 155/ 반대 50으로 국회 본회의 통과

2.14 토

기록 없음

※사회에서는 이런 사건이 있었다.

- 영화 <사마리아>의 김기덕 감독, 제54회 베를린영화제 감독상 수상

2.15 일

기록 없음

※사회에서는 이런 사건이 있었다.

- 일본 TV 아사히에서 <특수전대 데카레인저> 첫 방영

2.16 월

기록 없음

※사회에서는 이런 사건이 있었다.
- 한국·칠레 FTA 비준 동의안 찬성 161/ 반대 77로 국회 본회의 통과

2.17 화

기록 없음

2.18 수

정통 맞교대 1-3-5-1.

약 9개월 동안 함께 생활해 온 전투모의 깍지(페리오 치약) 분실. 아아..ㅠㅠ[1)]
*18일 1-3-5-1 돌고, 익일(19일) 야간 말선 투입 복장 착용할 때 사라짐.

2.19 목

정통 맞교대 말-2-4-말.

조장이었던 공대 김성진三에게 컴퓨터에 대해서나 이빠이 물어봄. 틈새 공부.

※사회에서는 이런 사건이 있었다.
- 영화 <실미도>, 한국 영화 사상 최초 천만 관객 기록

1) 내가 근무했던 부대는 모든 사제 군용품이 금지였다.
그래서 보급 빵모자에 깍지를 넣어 쓰고 다녔다.

2.20 금

정통 맞교대 5-1-3-5.
조장이었던 전민규 병장과 고충 상담이나.
누나 이야기, 휴가 때 파출소 사건, 중앙대 변태 복학생 처형 사건 등.

※사회에서는 이런 사건이 있었다.
- 통계청, 1월 고용동향에서 '청년실업률 8.8%로 사상 최고치 기록' 발표

2.21 토
기록 없음

2.22 일 《자대 1주년》

자대 1주년이다. 벌써 1년이나 이런 미친 곳에 살고 있다니.
역사에 날 맡아주리라. 뭔 소리야.

아무튼 오늘은 그런 날이다.
지금 이 시점에 난 어제 구입한 File에 시계 따위를 스크랩하는 낙으로 살고 있다. 이러다 개 줄 건 아니지만 깜찍한 취미 생활 아니니.

이번 주, 혹한기 훈련이 끝나면 본격적으로 수험 생활에 들어가야지.

벌써 또 어떤 날의 1주년이다. 잘 쏟아진다 세월은.
준비하고 시작하자. 꾸물거리다 전역하겠다. FIGHTING!!!

어예~ D-289
작년 오늘도 오늘처럼 우중충한 날씨에 비가 왔었다. 것 참...

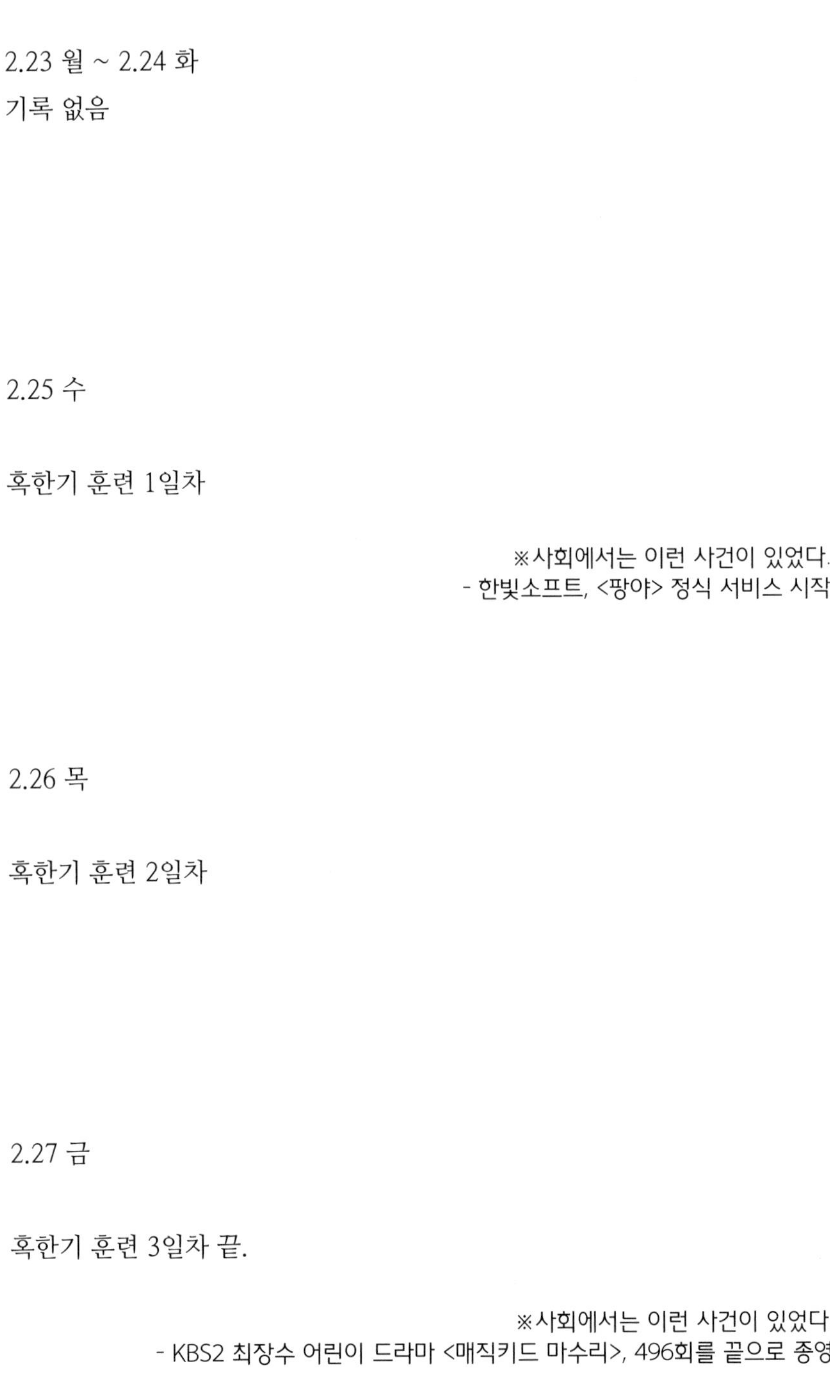

2.23 월 ~ 2.24 화

기록 없음

2.25 수

혹한기 훈련 1일차

※사회에서는 이런 사건이 있었다.
- 한빛소프트, <팡야> 정식 서비스 시작

2.26 목

혹한기 훈련 2일차

2.27 금

혹한기 훈련 3일차 끝.

※사회에서는 이런 사건이 있었다.
- KBS2 최장수 어린이 드라마 <매직키드 마수리>, 496회를 끝으로 종영

2.28 토

기록 없음

※사회에서는 이런 사건이 있었다.
- YTN, 서울 수송동에서 서울역 앞 신사옥으로 이전

2.29 일

전투복, 야상, 깔깔이 손빨래. 아아악~

영내 교회에 최명진 상병을 쫓아가서 드럼 입문.

분기로 굳이 따지자면 오늘이 겨울의 마지막 날이다.
이 즉슨 내 군생활의 마지막 겨울이 지고 있는 것이다.
12월이 남아 있지만 그게 뭐 군생활인가. 없는 걸로 치자.

25~27일, 다른 소대와 달리 졸라 빡셌던 혹한기 훈련도 성황리에 끝마쳐서 또 한고비를 넘겼다. 이제 편안히. 드디어. 지난 동안 생각만으로 펼쳐 놨던 시간표를 지킬 때가 오셨다. 아침엔 공부, 저녁엔 운동, 밤엔 독서 or 취미 활동... OK.

3월 외박 때까지를 기준으로 열심히 하고, 갔다 와서 더욱 새사람이 되어야지.
조아좌아쵸아. D-282

※사회에서는 이런 사건이 있었다.
- 제6차 교육과정 완전 폐지

2004년 3월

감성의 상병 꺾임

3.1 월

봄맞이 내무실 미싱[1]을 싸악~ 하고, 오랜만에 스타를 하러 내려갔다.
나보다 더 못하는 이가 있었으니, 박진수 병장 깨부수기.

생각 정리...
낮엔 공부, 저녁엔 운동, 밤엔 취미 활동, 근무 땐 생각.

야간 1선 복귀해서 새벽 2시 40분까지 〈상사화〉 2권 다 읽음.
아... 정말 정말 안타까운 소설이다. 이런 게 다 있노..ㅠㅠ

아! 안타까워. 나 오늘 안 자.

※사회에서는 이런 사건이 있었다.
- SBS, 여의도 시대를 마감하고 목동 신사옥으로 이전
- '고구려연구재단' 출범

3.2 화
기록 없음

※사회에서는 이런 사건이 있었다.
- 국회, '친일 진상 규명 특별 법안' 등 30개 법안 의결
- 미국 민주당, 존 케리 상원 의원을 대통령 후보로 확정

---

1) 아주 아주 깨끗하고 상쾌하게, 가능하다면 무균 상태로 만드는 대청소를 뜻한다.

3.3 수

相思花(상사화) 심독문...[1]

얼마 전부터 〈상사화〉[2]라는 책을 밤잠도 설쳐가며 스트레이트로 읽고 감상에 빠져 넋을 잃고 말았다. 형수를 사랑하게 된 놈이라니... 형수 따위란 것에 대해선 뭐 특별히 드는 생각은 없지만 아무튼... 이런 책이 있노..ㅠㅠ

이혜인... 어떻게 생긴 여자일까. 만약 영화로 찍는다면 누가 가장 적격일까. 소설 속 여주인공에게 사랑에 빠져버린 내가 정말 졸라 귀엽다. 누나를 이혜인에 빗대어 생각하며 읽었기 때문일까. 정말 둘이서 잘 살길 바랬는데...
나영의 배를 어퍼컷으로 올리란 말이야. 그렇게 사랑 사랑 지랄을 떨더니 뱃속에 아기에게 태클이 걸린다는 게 말이 안되잖어!! 내가 잘못된 걸까. 나 같으면 이혜인을 끝까지 택했다.

전민규 병장은 애비 없는 아이를 원치 않았고, 살인도 원치 않았다. 그래서 이혜인과 못살게 되었다.

이혜인을 만나보고 싶다.
아픈 추억이 있어서일까.
참 가슴 아픈... 안타까운 사랑 이야기였다. haffy anding이었지만...
난 이혜인과 아무 태클 없이 행복하게 살고 싶었는데... 다시 만난 이후로 영원히 그러고 싶었는데................ㅠㅠ

※사회에서는 이런 사건이 있었다.
- 선관위, 노무현 대통령의 방송기자클럽 회견 발언에 선거법 9조 위반 결론

---

1) 심독문(深讀文): 깊이 읽고 쓴 글. 내가 지어낸 말이다.
2) 김윤희 저 / 태동출판사

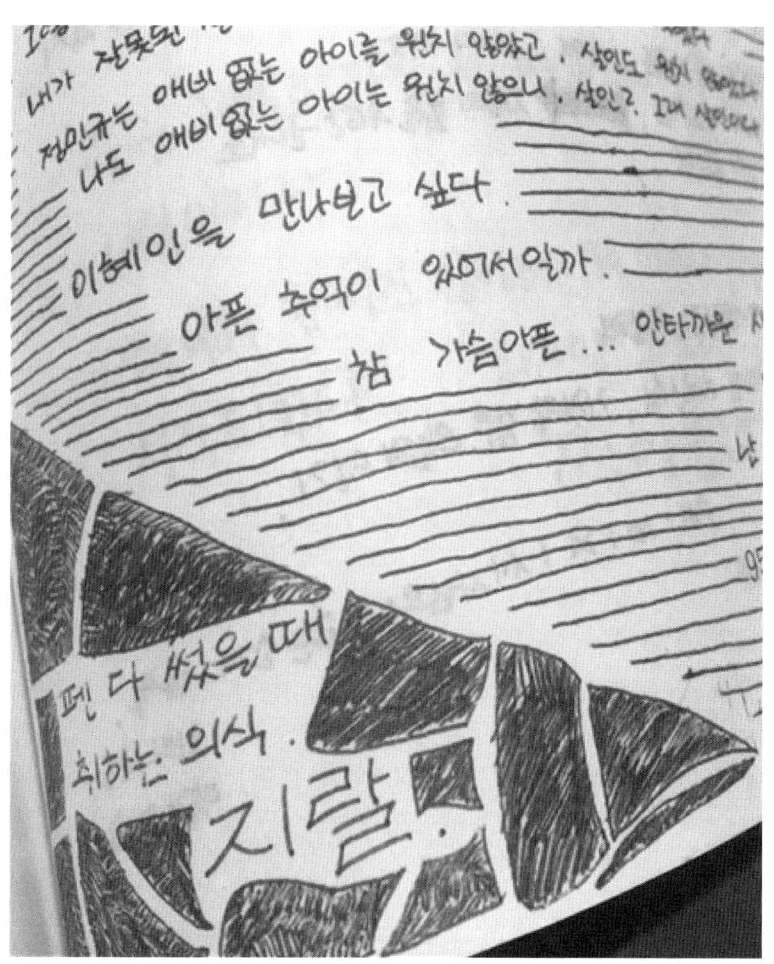

정인규는 애비 없는 아이를 원치 않았고,
나도 애비 없는 아이는 원치 않으니,
이혜인을 만나보고 싶다.
아픈 추억이 있어서일까.
참 가슴아픈 … 안타까운
펜 다 썼을 때
취하는 의식.
지랄.

3.4 목

훈련 중, 눈이 너무 와서 급 중단.
3월 적설로는 100년만의 폭설이라고 했다.
하긴... 태어나서 3월에 이렇게 눈 오는 걸 본적이 없으니.
난 제설작업이 열외 되는 야간 1-말 땡보. 헤헤헤.

3.5 금

제설차까지 동원된 환상의 제설작업.

※사회에서는 이런 사건이 있었다.
- 대전에서 약 49cm의 폭설이 쏟아져 3월 적설량 최고 기록 달성

3.6 토

5시에 깨워서 제설작업 시키는..ㅜㅜ
눈 쓸며 위병소까지 내려간 김에 몰래 PX 가서 1회용 카메라 하나 구입.

복귀하자마자 두 번째 헌혈. 너무한다. 씨발.
그러나 선물로 받은 이 라이트 펜이 아주 훌륭하구만.
그리고 다음 주 토요일의 기능시험 때문에 외박이 하루 연기됨.

제설작업 위로 차, 20시 취침 점호.
내가 3박 4일로 비젼캠프에 간다고? 관심사병이라서?

※사회에서는 이런 사건이 있었다.
- 대전·충남지역 유치원 및 초·중·고 2,502개교와 경북 북부 315개교 폭설로 휴교
- 경부고속도로의 차량 1만여 대, 폭설로 30여 시간 고립

3.7 일

기록 없음

※사회에서는 이런 사건이 있었다.
- '21세기 한국대학생연합 추진위원회' 발족

3.8 월

기록 없음

※사회에서는 이런 사건이 있었다.
- 검찰, 제16대 대선 불법 선거 자금 수사 결과 발표
- 농구선수 허재 은퇴 선언

3.9 화

Vision Camp[1] 1일차

3.10 수

Vision Camp 2일차

※사회에서는 이런 사건이 있었다.
- 재해대책위, 폭설 피해의 대전 및 10개 시·도 77개 군에 특별재해지역 선포
- 검찰, 민경찬 씨의 635억 펀드 모금 의혹에 사실무근 결론/수사 종결
- 국학원, 고전 국역자 양성 과정 개설

3.11 목

Vision Camp 3일차

※사회에서는 이런 사건이 있었다.
- 검찰 수사 중인 대우건설 남상국 사장, 한강에서 투신자살
- 노무현 대통령, 선거법 위반 발언 사과 거부 및 총선 결과 재신임 연계 발표
- 스페인에서 알 카에다 국제 테러단체의 열차 폭탄 테러로 186명 사망
- 일본 캡콤, <몬스터 헌터> 출시

3.12 금

Vision Camp 4일차 끝.

나름대로 재미도 있었고, 아주 잘 휴양하다가 온 기분이다. 크크크.

※사회에서는 이런 사건이 있었다.
- 한국 헌정 사상 최초 대통령 탄핵 소추안 국회 통과
- 국회 앞에서 노무현 대통령 탄핵 반대 촛불 집회 개최
- 고건 국무총리, 대통령 권한 대행

---

1) 자기애, 리더십, 공동체 의식 함양 등의 목적으로 각 부대의 부적응자들을 선발하여 상급 부대에 모아놓고 먹이고 재우고 하는 프로그램이다. 고참도 없고, 근무도 없고, 작업도 없는 점이 휴양의 기분까지 느끼게 해준다. 이후 그러한 것들이 알려져서 '제발 나를 보내 달라'하는 식으로 변질되어 갔다.

3.13 토

정보처리 기능사 필기시험.

경미 면회 와서(민수한테) 껴서 같이 놈.

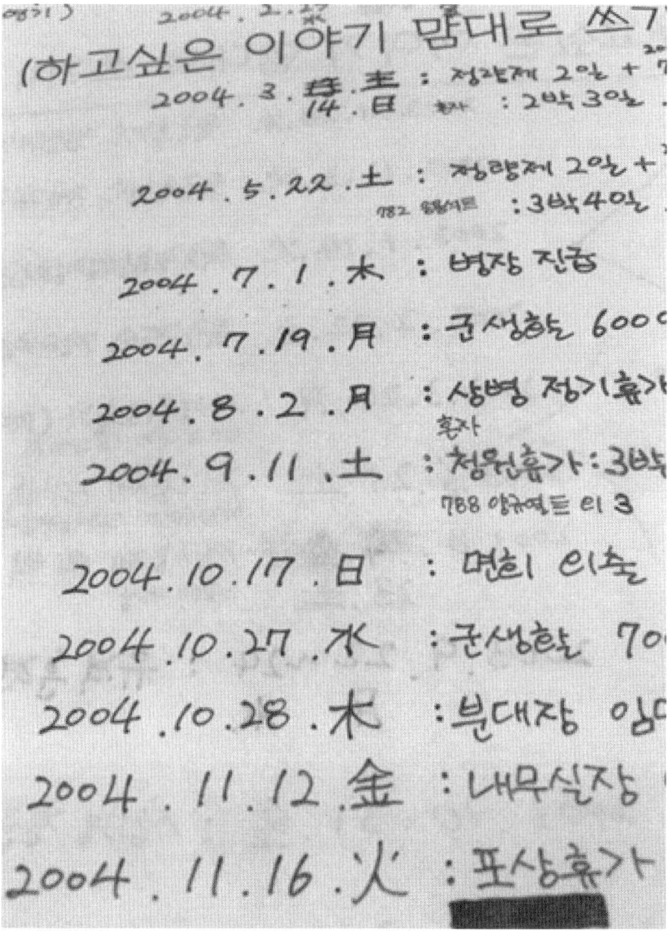
(하고싶은 이야기 맘대로
2004. 3. 14. 日 : 2박 3일
2004. 5. 22. 土 : 3박 4일
2004. 7. 1. 木 : 병장 진급
2004. 7. 19. 月 : 군생활 600
2004. 8. 2. 月 : 상병
혼자
2004. 9. 11. 土 : 청원휴가 : 3박
2004. 10. 17. 日 : 면회 외출
2004. 10. 27. 水 : 군생활 70
2004. 10. 28. 木 : 분대장
2004. 11. 12. 金 : 내무실장
2004. 11. 16. 火 : 포상휴가
[redacted]

3.14 일~3.16 화 / 《상병 첫 외박》[1)]

3.14 일

외박 1일차

3.15 월

외박 2일차

3.16 화

외박 3일차 끝. 부대 복귀.

집 정리하다가 맞춰서 휴가 나온 인권이랑 좀 쉬다가 복귀함.
논 것 같지도 않다. 귀신에 홀린 것 같은, 1박 2일보다 더 짧은 것 같은 설명할 수 없는 느낌.

2박 3일을 나가느니 안 나가는 게 좋다는 것을 깨달음.
최소 3박.

---

1) 사회용 사제 일기장이 따로 있기에 수양록에서는 제외한다.

3.17 수

기록 없음

※사회에서는 이런 사건이 있었다.
- '탄핵 무효·부패 청산을 위한 범국민행동' 결성

3.18 목

야간 5선 복귀하며 고일문 상병의 시비로 시작한 빅 트러블.
완전 미쳐서 욕설이 오고 감. 화해하고 사과했지만 뭔가 미안해 죽겠다.

강원도에서 동기 기식이에게 부대로 전화가 옴. 졸라 반가움.

나: "근데 왜 행정반으로 전화하고 지랄이야."
기식: "너 행보관이랑 친해지라고."

개새키.

3.19 금

기록 없음

※사회에서는 이런 사건이 있었다.
- 타이완에서 천수이벤 총통 암살 미수 사건 발생

3.20 토

기록 없음

※사회에서는 이런 사건이 있었다.
- 타이완 총통 선거에서 천수이벤 총통 재선

● 꿈의 단계(인생대학)

2004. 7. 27. 하.

계급(학년)	내용
이등병 1학년 (복종심)	옷 빨기. 전달받기. 건조대 내리기. 기상 하십시오 외치기. 침상 닦기. 일단 욕먹기. 복장 갖추기. 판때기 닦기.
일병 2학년 (상경하애)	[illegible] 빨기. 인터폰 받기. 중대청소. 전투화 닦기. 옷 만들기 작업 1순위로 나서기. [illegible] 적기. 간이 인원파악. 총기파악. 한자 파악하기. 쌕쌕이 하기. 축구 T 빨기. 뛰어 다니기. ([illegible]) 암구어 수령.
상병 3학년 (책임감)	줄잡기. 다림질 하기. 인원 파악 하기. [illegible]. 모포각 잡기. PX가기. 책 읽기. 애들 갈구기.
[illegible]	정보 보고하기. [illegible] 가기. PC방가기. TV보기. 낮잠자기 노래방가기.

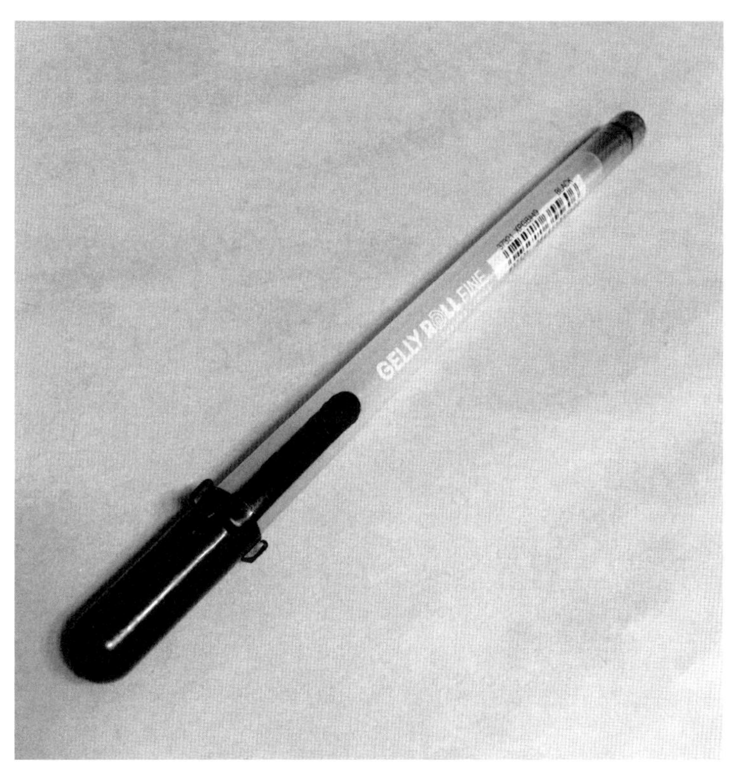
GELLY ROLL FINE

3.21 일

내무실 사진 촬영.
작년 4월에 찍고 참 오랜만이다.

취사 지원이었는데, 본부 애들은 밑에 애들이나 위에 애들이나 싸가지가 정말 없다. 어쩔 수 없이 싸웠다.

별일은 없었지만 쓰고 싶어서 쓰는 중이다.

D-261. 자고 나면 260.
많이 왔다. 입대 전이 이제 어린 시절과 함께 묶여질 정도로...

상병을 달며 모든 게 뜻대로만 될 것 같았는데 역시 중요한 건 마음일까? 군대가 아닌 〈올드보이〉에 나오는 미칠 것 같은 방에 2년 2개월 동안 갇히더라도 '군대 가면 철들어 돌아온다'는 말이 무색하게 지금처럼 여전히 애새끼 같을 수도 있는 것 아닐까? 중요한 건 시간이나 장소가 아니라 마음 아닐까? 음...

생각할 시간이 초소엔 너무나도 많다. 모두들 더 이상은 생각할 게 없다고 하지만 난 늘 많았다. 앞으로도 많을게.

사실은 꽤 지겨워 죽겠다.
모두 마찬가지겠지만 참 지루하다.

군대. 변신을 꾀하기엔 딱 좋은 제도... 지금 내가 하고 있다.
변신하기 위해 많은 생각을 하고 있는데, 피로가 쌓여서일까 변신하려고 할 때면 금방 졸립다. 군번이 도와주질 못하고, 시기도 참 부적절할 때다. 군대도 지금 빠르게 변하고 있다.

사랑하는 우리 누나 생각은 언제나 사라질까.
어머니 말씀대로 죽을 때까지 생각은 나게 될까? 그게 우리가 말하는 추억일까? 적어도 추억보다는 아름답게 내 마음속에 아직 잘 보살핌 받고 있다. 뭐하고 지낼까... 보고 싶은 누나.

1년?
1년 후에 난 뭘 하고 있을까?
적어도 죽진 않았겠지? 적어도 웃곤 살겠지?
확실히 군대는 아니겠지? 시봉... 확실히 여기엔 없겠지...

1999년 11월, 내 인생의 분기점… 누나라는 역으로.
2002년 11월, 내 인생의 전환점… 자유의 몸을 위한 군대로.
2004년 3월 현재... N단 of 공회전.

미흡한. 아직도 허술한 단어 선택과 문장력. 가식적인 착한 척.
거짓말 같은 오늘의 일기.

이제 자야지.
또, 생각하면서...

PM 10:XX, 세 사람의 코 고는 소리.
움찔. 뇌의 반응. 약간 짜증.

※사회에서는 이런 사건이 있었다.
- 광운대에서 한총련 12기 출범식 개최
- 윤2월 시작(4월 18일까지 이어짐)

3.22 월

또 쓰고 싶어서였을까 특이사항을 만들어버렸다.

M60 교육 때문에 중대 팻말이었던 오늘(1-3-5-1-말), 주간 1선 때 갑자기 주체할 수 없는 그리움에 복귀하자마자 누나의 집으로 전화를 걸고 말았다. 하지만 어른답게 싫은 티 안 내시던 누나의 어머니께 할머니가 많이 아프시다는 이야기만 들을 수 있었다.

그리움에서 후회로... 다시 왠지 모를 희망감으로! 하지만 결국 ZERO.

3선 복귀 후엔 작업.
부대 외곽의 쓰러진 나무 톱질. 졸라 빡세노.

또 5선.

자잘한 스트레스 중의 하나인 야간 근무 신고 대표.
혀 안 꼬이고 잘 해냈다. GOOD.

야간 1선은 점호가 늦게 끝나서 22:20에 복귀. 오랜만에 힘들었다.

811기가 내무실 들어왔네.
"이번 주는 말 걸면 안되니 다음 주부터 재밌게 놀자~"[1] 했더니, 졸라 크게 대답하네. 개스키. 똑똑한 새끼. 무서운 새키. 날 보낼려고...

※사회에서는 이런 사건이 있었다.
- '성매매 방지 및 피해자 보호 등에 관한 법률(성매매 특별법)' 제정
- 팔레스타인 무장단체 하마스의 지도자 야신, 이스라엘의 미사일 공격에 피살

1) 병장 이외에는 신병에게 말을 걸 수 없다.

3.23 화

0323.
옥경이[1)]를 생각나게 하는 숫자.

이에 연관되어 생각난 재고 번호. 1109. 또 생각난 누나.
또 생각난 누나. 또 생각하는 나. 또 생각만 했던 2-4-말 영창 근무.

내일은 100일 휴가 1주년이다.
작년에도 야간 5선 고가 3초소였는데, 오늘 밤도 야간 5선 고가 3이다(변함 없이 조원). 그것 참 신기한 일이로구만...

슬슬 내복 탈피를 할 때가 오는 것이 느껴지는구나.
군생활 마지막 내복이리라...

오늘부터 최명진 상병과 구보 5바퀴 및 충정관에서의 상체 다지기가 시작됐다. 하지만 그 후의 냉수마찰은 정말 끔찍하기 짝이 없어.

※사회에서는 이런 사건이 있었다.
- 한나라당, 박근혜 의원을 새 대표로 선출
- MBC 드라마 <대장금> 종영

---

1) 고2 때 사귄 신입생 소녀. 입학 직후 꼬셔서 3월 23일에 1일이 되었다.

3.24 수

싸이홈피라...
우연히 듣고, 알 만한 사람들을 붙잡아 그게 뭐냐고 물어봤으나 아는 사람이 없노.
박용운 병장의 말로는 현재 사회에서 대단히 선풍적인 인기를 끌고 있다는데... 제일 잘 아는 사람의 정보가 선풍적인 인기를 끌고 있다 정도라니...

인기. 홈피. 홈피라 함은 홈페이지... 싸이코+홈피인가?
문득 뇌리에 스쳐가는 그때 그 순간!!!

그래 정기휴가 때…
헤어진 누나에게 전화가 왔을 때…

놀라서 받았는데, 순간 기대했는데, 용건은 홈피 만드는데 쓴다며 사진을 돌려달라고 한 그때. 그럼 그때 그것이 이것이었던가..?

근데 그게 뭐.
어쨌다고 그러느냐. 어쩌라고.

옘병 그냥 거슬린다고...[1)]

---

1) 자신과 대화를 나누고 있다. 군생활이 많이 힘들었던 모양.

3.25 목

세미나 발표라는 중책을 맡았다.
심적 부담 이빠이.

3.26 금

누나 꿈.
말 그대로 초 퇴폐한 꿈.
이런 식으론 정말 버틸 수가 없게 되어버리는데...

활동화 A급을 받고 흡족한 꼴이라니. 더군다나 275mm.. 크크크크.
기다려라 AIR MAX여...

3.27 토
기록 없음

※사회에서는 이런 사건이 있었다.
- 영국 셜록 홈즈 협회장 리처드 그린, 의문의 죽음

3.28 일
기록 없음

3.29 월

성공리에 마친 SEMINA[1].
대단한 호응을 얻었다.

나 좀 하네?

3.30 화

언어영역부터 살짝 건드리며 공부를 시작했다.

※사회에서는 이런 사건이 있었다.
- 서울중앙지법, 좌파 사회학자 송두율 교수의 북한 찬양 사실 인정 징역 7년 선고
- 교혁위, '대학입학제도 개혁 특별위원회' 발족 발표
- 다음 카페 '박사모' 개설

---

1) 철자를 몰랐다. seminar가 맞다.

3.31 수

드디어 내일부터 부대는 거꾸로 돌아갈 것이다. 모두 다 개인 PLAY.
나만 개고생하고 끝난다니[1] 조금 억울하지만 할 수 없지. 그래.

드디어 내일부터 나도 3교대 근무[2]를 들어간다.
통제실... 계호 근무의 메카. 긴장되지만 마음먹은 대로 자신 있게. 다시!!

오랜만에 민경수 병장과 통화했다.
이제 인간관계의 줄다리기에 깨달은 바가 있다고 본다.
사회생활에서도 잘 적용시킬 수 있을 것 같다는 생각을 한다.

내일부터 6호봉.
그 길다는 상병 생활도 후반기에 치닫고 있구나.
그다지 지루한 고통의 시간은 아니었는데... 내가 긍정적인 거 맞지?

지난 1월 계호 근무 포상 내가 받았다.
더 잘 하라는 뜻으로 받아야겠지. 솔직히 졸라 기분 좋다.

핫하하. D-251

※사회에서는 이런 사건이 있었다.
- 통일호 열차, 49년 만에 운행 완전 종료

---

1) 일·이등병과 상·병장들의 내무실이 나눠졌다. 이제 좀 편해지려 했는데... 재수 없는 내 군번은 다시 막내 생활로 돌아갔다. 이후 다시 원상복구되기는 했다.
2) 조빱 기간병들의 권위와 과시의 3교대 근무. 총 3종인데 당직대, 위병소, 통제실이다. A번 → C번 → B번 순으로 돌아가며 개인 시간을 많이 보장받는다.
*A번 08~12시, 22~04시 / C번 12~18시, 04~08시 / B번 18~22시

2004년 4월

그런 게 힘든 게 아냐

4.1 목

통제실 첫 B번을 사고 없이 무사히 마쳤다. 매우 다행이다.
내일 A번도 긴장해야지.

수일 만에 구보를 했다. 3교대 나가면서 힘들겠지만 몸 관리도 해야지.

3월부터 어인 별목 작업인지 스트레스받는 일부분이다.
그러나 오전 작업은 이제 3교대로 좀 쨀 수 있을 것이다. 후후훗.

*그리고 서태지의 ROBOT 가사가 몇 줄 쓰여 있다.

※사회에서는 이런 사건이 있었다.
- 경부고속철도(KTX) 1단계 구간 개통
- 한국·칠레 자유무역협정(한·칠레 FTA) 발효
- EBS, 인터넷 수능 강의 서비스 'EBSi' 개설

4.2 금
기록 없음

※사회에서는 이런 사건이 있었다.
- 김호준 감독의 영화 <어린 신부> 개봉

4.3 토

상큼한 첫 A번 취침 기상.
허리가 아플 정도로 잘 잤다.

※사회에서는 이런 사건이 있었다.
- 일본 TV도쿄에서 <개구리 중사 케로로> 애니판 첫 방영

4.4 일
기록 없음

4.5 월

체육복 입고 내무실 내츄랄 사진 촬영.

4.6 화

기록 없음

※사회에서는 이런 사건이 있었다.
- SBS에서 국산 애니메이션 <범퍼킹 재퍼> 첫 방영

4.7 수

현재까지 1/4분기 안부편지 11통 보내기 완료.
세영, 인권, 윤정, 상준, 기식, 지만, 정수, 승훈, 기봉, 정훈, 지연

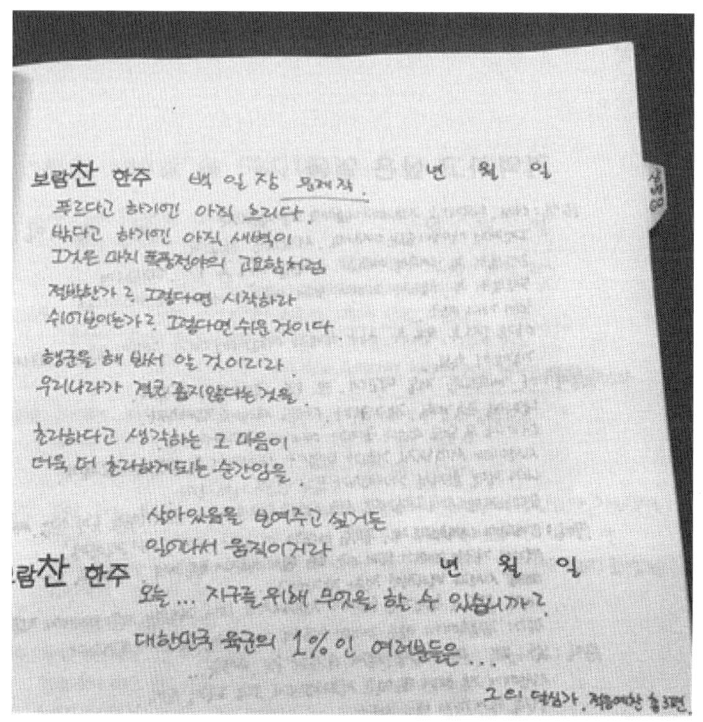

4.8 목

ing... 통제실 야간 A번.
23:35 째깍째깍... 여중생처럼 왜 이러지.

어느 정도 근무에 자신감이 붙은 시점.
통제실에서 일기를 쓰는 쾌거를.

대통령 선거가 훈련소 때였는데, 뭐가 어쩌구 해서 투표를 못 했었던 것 같은데... 아무튼 그 이후, 다시 투표를 할 기회가 왔다. 요번 17대 국회의원 선거(15일)의 부재자 투표(10일) 용지가 온 것이다.

음... 선거권이 있다는 기분이 이런 것이었나?
투표용지에 장난치고 싶은 이 기분.
그런데 신분증이 없어서 또 못 할지도 모르겠다.
몰라. 그리고 선거 따위엔 관심도 없다. 그냥 니가 반장 해라.

구보도 잘 하고 있고, 웨이트도 열심히 하고 있고, 공부는 좀 안하고 있고...
3교대 나오면 공부 좀 할 줄 알았는데 그게 또 아니었네. 졸라리 신경 쓸 게 많아서(사실 그다지지만) 인간이란 게 잠을 택하거든... 합리화 머신.
그래도 일단은 패턴을 살려서 잘 해봐야지.
근데 마인드컨트롤이 안돼. 이러면 안돼~ 아둔 토리다스.

그래. 난 지금 언어영역 문제집도 옆에 갖고 있는데 이럴 필요가 없지.
없지 그래. 잘 하고 있어. 그래. 자기 최면. 합리화.
마이 라이프 포 아이어.

사실. 마음이 풀어지진 않았다.
사람을 냅두는 시간이 없는 게 문제지.

근무 외 시간은 내 시간이 더 없으니 근무 때만큼만이라도 공부를 하도록 하자꾸나. 라고 하지만 근무 서면서 뭔 공부가 되노. 3분에 한 번씩 전화가 오는데. 악~ 통신보안~ 그냥 여보세요? 해보고 싶어!!!

아, 수능... 지겹다. 이제.
쓰베쓰베. 한국어로 매끈매끈.

5월에서 6월로 이어지는 외박의 부푼 꿈을 안고서~
30·31·1. 2박 3일 OK.

2박 3일은 안 좋은데...
근무 스케줄이 안 나와서 어쩔 수 없는 비극의 남자.

두서없는 개소리.
하지만 오랜만에 제 정신 일기.

일단 문제집을 펴고 생각해 병신아.

왜 나는 지금 맘속이 자꾸 계속 정돈 안 된 작은 방처럼 어지럽고 찝찝한가.
이게 제정신인가?

일단 문제집 피라고 병신아. ^^

D-243
우훗~

4.9 금
기록 없음

4.10 토

第17대 국회의원 부재자 투표.
정들었던 B급 전투화 폐반납.

4.11 일
기록 없음

4.12 월
기록 없음

※사회에서는 이런 사건이 있었다.
- 열린우리당 정동영 의원, 노인 폄하 발언으로 선대위원장 및 비례대표 후보직 사퇴

4.13 화
기록 없음

※사회에서는 이런 사건이 있었다.
- 투니버스에서 <만월을 찾아서>가 <달빛 천사>라는 제목으로 더빙 방영

4.14 수
기록 없음

4.15 목

부모님 면회 오셔서 언제나 좋은 말씀.
내무실 전병력과 함께 갈비 귀 먹음.

※사회에서는 이런 사건이 있었다.
- 제17대 국회의원 선거 실시
- 최동훈 감독의 영화 <범죄의 재구성> 개봉

간직하고픈 이야기

2004년 4월 15일 목

간직하고픈 이야기라...
제 17대 국회의원 선거일이었던 오늘은 임시 공휴일.
부모님이 면회를 오셨다. 언제나처럼 많은 고기덩어리를
준비해오셔서 내무실 사람들과 배 터지게 먹고, 술이 없네...
언제나 처럼 좋은 말씀해주시고 가셨다. 어머니는 쑥만 뜯으시고
몇번 더 오시면 전역하겠지?. 한번?. 두번정도...

또 이런 생각이 나타났다. 난 아무래도 학문쪽이 아닌 것 같다는.
뭘 해야되는 것이야. 수학이 예술이기도 하지만 아무 쓰잘데기없는 쓰레기
이기도 하다는 것을 깨우친건 이미 오래 전 일인데...
대학을 이번 정류장인듯 생각하지 말자.
내 길은 왠지 다른 곳에 있을거란 생각이 틀렸단 보장도 없으니까.
일단 열심히는 해 보고, 중요한 건 '과'다. 그리고 경험이다.
그리고 실패를 통한 깨달음이다.

마음약해져서 까먹었나본데, 내 style 은 원래 '자신있게 밀고나감 일단'
이었단걸.

잘 될꺼야. 다 잘 될거 야.

☞ 일찍 일어나는 새가 벌레를 잡는다. -캠 든-

4.16 금

사격.
입사호 10발·전진무의탁 10발 x2회.

1차 7발.
2차 5발.
토탈 12/40... 쪽 팔린다.

인권이가 편지로 서태지 7집 가사 보내준 날.

4.17 토
기록 없음

4.18 일
기록 없음

※사회에서는 이런 사건이 있었다.
- 북한 김정일 국방위원장, 중국 공식 방문

4.19 월

아. 얍삽한 돼지 새끼.
조용히 둘이 해도 될 말을 어시해줄 사람 나타날 때까지 기다렸다가 터뜨리는 기염을 좀 보라지. 동기들이 나타나자마자 쪼르르 고자질하듯 씨부리는 어린이 같은 새끼. 지 밥그릇 뺏어갈까 봐 계이셰키.
아. 또 혈압이...

그나저나 또 평화롭게 무시하고 넘어가질 못했네.
수양이 부족해 아직...

그래도. 그나마. 요새 좀 큰 것 같다.
아버지의 교육 집합 덕분에.

면회 때…

“이 짐들 두 분이서 다 옮기셨어요?”
“그래, 왔다 갔다 했지.”
“힘드셨겠어요.”
“그런 게 힘든 게 아냐.”

‘그런 게 힘든 게 아냐’
‘그런 게 힘든 게 아냐’
‘그런 게 힘든 게 아냐’

내 귓전에 맴도는 말이다.
맞다. 진짜 힘든 건 그런 게 아니다.

더욱 조용히 지내야겠다는 생각을 요즘 자주 한다.
사람들이 친한 것 같기는 해도 은근히 계급이라는 칼을 갈고 있는 것이 보인다. 그런데 그게 찔러도 곧 녹아 없어지는 얼음 칼이다. 아픈데, 찌른 새끼는 증거도 없이 깔끔한... 나이스한 무기. 그런 것에 나지막이 습해져 가는 나도 한심하고 짜증난다. 내 style을 사랑하는데, 그들처럼 변해가는 내 모습이...

그래도 아직 난 Reset 할 만큼 변하진 않았다.
오늘처럼 좆같은 날마다 추억이 다시 날 만져줄 것이고, 사랑하는 가족이 있고, 이제 '그런 게 힘든 게 아님'을 알기 때문에...

그들과 똑같이 행동할 필요가 없다.

그래 씨발, 멋없는 건 좀 하지 마.
조빱들이나 그렇게 하는 거야. 치사해지지 마.

※사회에서는 이런 사건이 있었다.
- 북·중 정상회담 개최

4.20 화
기록 없음

4.21 수

작년 8월부터 약 8개월간 써오던 오랄B 크로스 액션 칫솔[1]을 오늘 같은 것으로 바꿨다. 최명진 상병이 정기휴가 복귀하면서 사다 줬는데, 이걸 또 8개월 사용하면 전역이다.
의미가 있다. 칫솔 따위에도...

아직도 더 커야 되는 걸까.
겉으로의 표출은 제어가 돼도 마음속의 그을음이 '미싱을 해도 벗겨지지 않으면 어쩌나...' 싶을 만큼 진해져가는 것을 느낄 때 넘치는 내 서글픔들은 우야면 좋노...

어제 주간 A번부터 낮 동안 글을 지어봤다. 시간도 잘 가고 좋았다.
이게 시조인지 노래 가사인지 모르겠지만 뭐 그게 중요한 게 아니다. 뭐라도 괜찮다. 글에 내 style이 아름답게 묻어 있어 잘 구워진 도자기와도 같다.

밤새우고 야간 C번 투입.

*지은 글은 현재 이 위치에 적혀 있다.
제목은 〈관통〉이다. 그러나 살인적인 닭살에 편집.

·

〈관통〉의 습작을 태우다가 누가 또 일렀는지 소대장이 뛰어나옴.
졸라 깨짐.

아 나... 뭘 또 그런 걸 가서 또 이르고 그래 븅신들이..ㅠㅠ
형이 보고 싶다. 얘네들 좀 까줘...

---

1) 저녁에 한 번만 사용하는 night only였다.

4.22 목
기록 없음

※사회에서는 이런 사건이 있었다.
- 북한 룡천역 열차 충돌 폭발 사고로 많은 사상자 발생
- 중국 외교부, 홈페이지에서 '고구려' 부분 삭제

4.23 금

의무실.
우수(右手) 중지(中指) 봉와직염.[1] 씨발.

야간 A번 때 누나에게 보낼 편지를 썼다. 보낼지 말지는 현재 미정.

4.24 토

뭣!? 손가락 째를 수도 있다고!? 씨발..ㅠㅠ
메딕 새끼가 겁주고 있어.

주간 C번 때 편지 완성...

A급 전투화 보급 받음.
현재 글씨 쓰기 참으로 불편.

*이 위치에 누나에게 쓴 편지를 옮겨 적어놓았다. 역시 편집.

4.25 일

손에 흙 묻히지 말라 해서 하루 종일 스타. 스타에 미쳤다.

---

1) 벌집 모양으로 번지는 화농성의 염증. 엄청 붓고 아프다.

4.26 월

아... 닝기리.
5月 외박도 짤리고, 천상 조또 원래대로 6月에나 나가게 되었다.
하긴... 원래 6月에 나가기로 했었으니 뭐.
휴가야 안 나가도 그만이지만.

며칠 통제실 땜빵 나온 최명진 상병과 PX에서 누나 얘기를 오래 했는데 어찌나 생각나던지... 싸이홈피, 전화 계획, 일병 정기 때의 사건들...
그냥 얘기하는 것만으로도 마음이 좀 풀렸었다.

운명의 편지도... 발.송.
구아연[1] 어떤 결과가 나타날지.

야간 A번부터 A급 전투화 개시.
새로 받은 전투화가 의외로 애착이 간다. 다행이다.
길들여서 잘 키워야지. 줄도 이쁘게 잡혔고.

쓸데없는 생각과 짓들.
하는 일 없이 딱 쌀만 축내고 있다.
손가락이 낫는 대로 다시 운동을 시작해야겠지. 공부도 하고. 좀.

다시 한심했던 재수생 때로 돌아간 기분이 드는 요즘...
계속 조빱상태.

---

1) 과연

4.27 화

기록 없음

4.28 수

기록 없음

※사회에서는 이런 사건이 있었다.
- 광주 도시철도 1호선, 일부 구간(녹동~상무) 개통
- 중국 원자바오 총리의 '긴축 정책' 발언에 세계 증시 급락(차이나 쇼크)
- CBS <60 Minutes>, 미군의 이라크 포로 학대 사실 공개 파문

4.29 목

손가락 때문에 엉덩이에 주사 맞았다.

오랜만에 경지누나와 통화.
미국 갈 거라는 소식. 왜 가는진 안 알려줌.

야간 A번 때, 한숨 안 자고 고딩 때의 일기를 보며 추억에 잠겼었다.
그리운 시절들... 불과 몇 년 전...

Today is D-222

※사회에서는 이런 사건이 있었다.
- 박태영 전남도지사, 비리 혐의로 검찰 조사 중 한강에서 투신자살

4.30 금

졸라 빡센 C번.
저녁 즈음 김기열의 무개념 건으로 광분.
아, 이제 이런 군대란 말인가...

잠 못 자고 야간 C번(04시~08시).

아직도 부족하다. 말로써 제압할 수 있는 제갈공명 같은 능력이...
적벽 같은 새끼. 맞고 크지 않은 애들의 부작용이 시작되고 있다.

2004년 5월

中二病

5.1 토

7호봉 땐 빨간 장미를... 그냥 떠오른 말.

그나저나 벌써 7호봉이라...
그리곤 5월이다. 군생활에서의 마지막 5월.
세상 어느 거나 다 마지막 아닌 게 있겠냐만 5월은 참 존재감이 크다.
작년 5월은 일병이 된 달이었었지. ....까지 쓰고 잠듦.

※사회에서는 이런 사건이 있었다.
- 서울 광장 개장
- 유럽연합(EU)에 10개국 추가 가입
*라트비아, 리투아니아, 몰타, 슬로바키아, 슬로베니아, 에스토니아, 체코, 키프로스, 폴란드, 헝가리

5.2 일 《D-219》

통제실 마지막 근무를 서고 있다.
7, 8월에 다시 들어오지 않는 한 이게 마지막.

오늘은 하는 일도 없이 참 답답하기만 했었는데, 탈출구로 낮잠을 좀 잤더니 더 답답하기만 했다. 말장난. 대신 기나긴 야간 A번, 말똥말똥 잘 버텨지네.

5월의 냄새가 마냥 답답하다.
관리해야 될 시간. 몸 관리, 성적 관리, 시간 관리, 전역 축전 관리 등등.
모든 게 귀찮아지는 게 딱 시작할 때가 된 기야.

아무리 그래도... 아! 요샌 참 지겹구나.

5.3 월

A번 취침[1]하다가 갑자기 깨움 당하여 표창장 받으러 감.
1박 2일도 챙겼다. 헤헤.

그리고 내 직속 후임. 사랑하는 빽재가 CP병으로. 본부로.. 끌려 떠나갔다.
희비가 함께 찾아왔던 오늘. 잘 가라 빽재.

오늘.
1 인간관계, 2 수능 공부, 3 휴가에 대한 생각을 여러 갈래로 해봤다.
1엔 내가 여러모로 부족하고 잘못된 점이 많다는 생각이 들어 '좀 더 긍정적인 MIND로 다가섬'의 결론을 냈고, 2엔 어이없이 합리화하려고만 하는 나의 쓰레기 같은 편리한 성격만 발악했고, 3 역시 의미 없는 생각만으로 결국 답이 없었다.

작은 것에 너무 큰 의미를 두지 말아 '야' 한다는 게 '정·답'이다.
소사불방대의(小事不放大意)... 방금 지어 본 건데, 캬하하.
몰라 씨발. 대충 그렇단 얘기다.

아~ 씨박...
난 참 하자가 졸라 많은 것 같아. 사내답지 못해.

최후의 수단 = 돌변

1) 새벽 4시에 복귀하여 오전 10시까지 잘 수 있다. 병장의 경우 행보관이 출타중이라는 전제 하에 계속 잘 수 있다. 숨어서 자는 것과는 다른 편안함이 있다.

5.4 화 《D-217》

밥 됐다고[1] 이제 일직도 선다. 새벽 3시 20분...

오늘, 생각을 많이 정리했다. 진로, 휴가 날짜, 뭐 그런 것들...
일직사관 김상배V[2]님과 몇 마디 나눈 것도 도움이 조금 됐다.

〈직업 이동 & 미래 직업 대 전망〉이라는 책을 봤는데, 신기(?)할 정도는 아니지만 마침 광고 디렉터와 MD에 대한 글이 있어서 자세히 읽고, 참고사항을 몇 자 옮겨 적어놓았다. 그래도 아직 확실한 답은 없다.

그저 언제나처럼 언제까지나 추억은 먹으면서, 즐겁게, 나 하고 싶은 대로 열심히, 그리고 바쁘게 살고 싶다.

최선을 다해서 사랑하고, 건강하고, 후회 없고, 웃기만 해.
나나 누나나.

괜찮은 단어가 머릿속에서 꿈틀거린다.
아, 근데 밖으로 나오진 않는다.

아아.. 안타깝게 단어 하나를 뇌세포에게 먹혀버렸다.

5.5 수
기록 없음

---

1) 세월이 흘렀다고. 고참의 대열에 들어섰다고 정도로 해석하면 된다.
2) 하사

5.6 목

대전 외근. 51일 만에 드라이브.

5.7 금
기록 없음

5.8 토

어버이날. 안부 전화.
외박 계획을 위한 약속 잡음.

5.9 일 《D-212》

이민수V님과 일직이라 참 좋아라.
이번 일직도 참 여러 가지 일을 했다. 스크랩과 MEMO, 등등등.

호석이가 연결해준 아가씨랑 드디어 첫 통화를 했다.
상당히 화목한 집안에서 풍족하게 자란 밝은 느낌의 아가씨.

어떤 식의 인맥이 될까.
인간관계의 미묘함을 인식하면서부터 기대와 흥분이 동시에 접어든다.
어른이 되면 대인관계의 기술을 정말 필요에 의해 사용하는지에 대한 기대감도 적잖타. 어서 나에게 사용해보아라.

뭐, 아무려면 어떻겠는가. 내 style은 절대적이고 영원하다.

5.10 월

기록 없음

※사회에서는 이런 사건이 있었다.

- 미국 금리 인상설 등의 영향으로 국내 종합주가지수 48P 폭락(790.68로 마감)

*환율도 12원이 뛰어서 1,183.10원으로 마감

- 투니버스에서 <아따맘마> 애니판과 <명탐정 코난> 2기 더빙 방영

5.11 화

외근.

칸보이. 땡보.

외박 때 말년휴가 나올 778기와 만나기로.

채준호王과 "운수대통하셨습니다." 건으로 트러블. 잘 풂.

병장 되더니 돌변한 나쁜 케이스.

※사회에서는 이런 사건이 있었다.

- 구상 시인 별세

5.12 수

기능 교육 참석으로 수요 정신교육 째고, 오전부터 PX로 짱박힘.
휴가 계획 짜다가 이민수V와 놀다 옴.

진급 시험.
김상배V 덕분에 우수한 성적. 가라[1] 채점.

※사회에서는 이런 사건이 있었다.
- 공정거래위원회, 신문 시장 불공정 행위에 직권조사 실시
*공짜 신문과 경품으로 독자 확보한 신문사 지국 3개에 처음으로 과징금 부과
- 미국 텍사스 중질유, 14년 만에 배럴당 40달러 돌파

5.13 목

훈련과 맞교대로 오랜만에 빡셈. 뒷무릎이 땡길 정도.

5.14 금

누나한테 보낸 편지가 반송됐다. 왓다뻑!!!!!
*이사 가서 반송된 것임은 후에 알았다.

※사회에서는 이런 사건이 있었다.
- 헌법재판소, 노무현 대통령 탄핵 소추안 기각

5.15 토 ~ 5.16 일
기록 없음

---

1) 카라(から, 空): 가짜를 속되게 이르는 말.

5.17 월 《D-204》

요새 왜 이리 벅찬가.
사람을 보는 것도, 생각하는 것도, 기다리는 것도.
가만있으면 대부분 해결되는 것인데...

위 아가씨랑 약속도 취소했다.
기회비용을 가치 있는 것에 두었기 때문.
조기 진급을 하기 위한 시험도 다 끝났다. 떨어질 듯.

이제 외박 나가면 즐겁게 웃을 일만 남았네.
무조건 즐거워야 한다.

넓은 생각과 깊은 마음을 갖기 위해 언제부터 노력했던가.
적어도 5년은 훨씬 넘었다. 노력을 하긴 한 걸까.
모르겠다. 역시 침묵이 금이다.

누군가를 모델로 따라 해보는 건 어떨까.
그것도 해봤다. 결국 내 style이 다시 나를 감싼다.
즉, 내 style을 보정해주어야 하는 것이다. 아니면 내 style에 침묵을 추가시키던가.

납납하다. 하지만 납은 있다.
安하고 싶다. 安했으면 좋겠다. 힘들다.

※사회에서는 이런 사건이 있었다.
- 한·미 양국, 주한미군 1개 여단(약 4천 명) 이라크 파견 합의

5.18 화 ~ 5.19 수

기록 없음

5.20 목

[평안의 집] 봉사 활동 왕고.

5.21 금 《D-200》

드디어 내일 아침이면 나간다.
싸이홈피가 대체 뭔지 이제야 알아보겠구나.
요번 휴가[1]도 짐이 참 많다. 쓰레기 같은 편집증. 그냥 사랑해버릴까?

지난 60여 일. 그나마 제일 열심히 산 날들 같다.
바쁘게 정신없이 지나갔다. 역시 꿈같이 지나가 버렸고...

이번 휴가는 또 만남의 자리가 많다.
인맥에 무게를 둔 계획적인 휴가.

오늘로써 200일 남았다.
100대 진입 기념 휴가. 의미 부여...
선택과 긴장됨의 연속일 것이다. 지나가다 누나 한번 볼 수 있을까나.

야간 B번으로 에너지 충전 good.
컨디션 양호.

더욱 커서 돌아오자. 늘 그랬듯이...
모두들 다 빨리 보고 싶구나.

출발.

※사회에서는 이런 사건이 있었다.
- 서울남부지법, 양심적 병역거부자 3명에 무죄 선고
- 스티븐 시걸이 출연하는 김두영 감독의 영화 <클레멘타인> 개봉

1) 6월로 밀렸던 외박을 다시 5월로 되돌리기 위해 많은 노력을 했을 것이다.

5.22 토

상병 두 번째 외박(3박 4일).

5.22 토~5.25 화 / 《외박 기간》[1)]

※외박 기간 동안 사회에서는 이런 사건이 있었다.

5.22 토
- 평양에서 일본 고이즈미 총리와 김정일 국방위원장 회담

5.23 일
- 영화 〈올드보이〉, 제57회 프랑스 칸 국제영화제 심사위원대상 수상

5.24 월
- 평택에서 영아 납치와 영아의 모친이 살해되는 사건 발생
- 국회방송 개국

5.25 화
- 탄핵 소추 기간 동안 대통령직을 맡았던 고건 총리 사임

1) 사회용 사제 일기장이 따로 있기에 수양록에서는 제외한다.

5.26 수 《D-195》

날은 밝았다.
휴가 복귀해서 적당히 일직이 꽂혀주니 생각 정리할 시간도 많고 해서 좋았다.

민간인용 일기도 다 썼고, 복잡했던 일들도 실제로 뭐 된 건 없지만 다 풀어진 느낌이고, 사실 내 마음먹기 나름이고.

금일(27)부터 상병고참 인수인계를 받는다 하고, 군생활도 100대에 진입했고... 여기서 흔히 말하는 편해짐의 시기가 왔다고 해야 할까. 아닌지도 모르지만 난 어쨌든 막바지의 느낌을 받고 있다.

헬스, 노래 연습, 무술 연마, 공부.
이것이 이제부터 내가 할 일. 일단. 하핫하.

졸라 졸리다.

눈에 보이는 것만 믿어도 등에 칼이 꽂히는 세상.[1)]

※사회에서는 이런 사건이 있었다.
- 북한 금강산 초대소에서 제1차 남북 장성급 군사회담 개최

1) 무슨 드라마에서 성지루 배우가 했던 대사.

5.27 목

상병고참 인수인계 시작.

5.28 금

[평안의 집] 봉사활동.
할아버지 5名 목욕 어시.

※사회에서는 이런 사건이 있었다.
- 연합뉴스, 'KTX 이동방송 사업 출범식' 개최
- 이라크의 임시정부 총리로 이야드 알라위 선출

5.29 토
기록 없음

※사회에서는 이런 사건이 있었다.
- 대한민국 제16대 국회 임기 종료

5.30 일
기록 없음

※사회에서는 이런 사건이 있었다.
- 대한민국 제17대 국회 임기 시작

5.31 월 《D-190》

뭐 그리 대단한 일이라고는 할 수 없지만 내일부터 드디어 기나긴 상병의 마지막 8호봉이다. 이제 와서 보면 일병보다 더 잘 간 것 같다. 30일만 있으면 병장이고, 그땐 또 전역을 죽어라 기다리겠지?

연이은 절도 사건으로 중대 분위기가 좆같은 요즘, 내가 열심히 하고 있는 일. 복근 운동, 시계 스크랩, 노래방, 등 등등 등등등.

내일부터 새로운 마음으로 다시, 이번엔 정말 진지하고 성실하게 공부를 시작하기 위해 일단 머리를 짧게 잘랐다. 12mm. 태어나서 가장 짧게 자른 머리다.

그리고 목욕재계하려고 목욕.
정말 좆나게 열심히 하자!!

6개월 남은 군생활.
빨리 갈 거라는 것을 누구보다 잘 알고 있다.
또 후회하지 않게 현명한 시간을 보내야겠다. 말처럼 쉬운 건 아니지만 이젠 좀 달라져야 될 때가 아닌가! 자칫하다간 입대 전과 똑같은 삶을 살게 될 수도 있는 것이니까.

조금 더 경각하자.

※사회에서는 이런 사건이 있었다.
- 이라크 알 자르카위 무장단체에 무역회사 직원 김선일 씨 피랍

2004년 6월

상병고참 · 아직 병장이지 못한 자 ≒ 병장(진)

6.1 화

상병고참 첫 전달[1)]을 걸 일이 바로 생김.
애석하게도 작업 집합 전달.

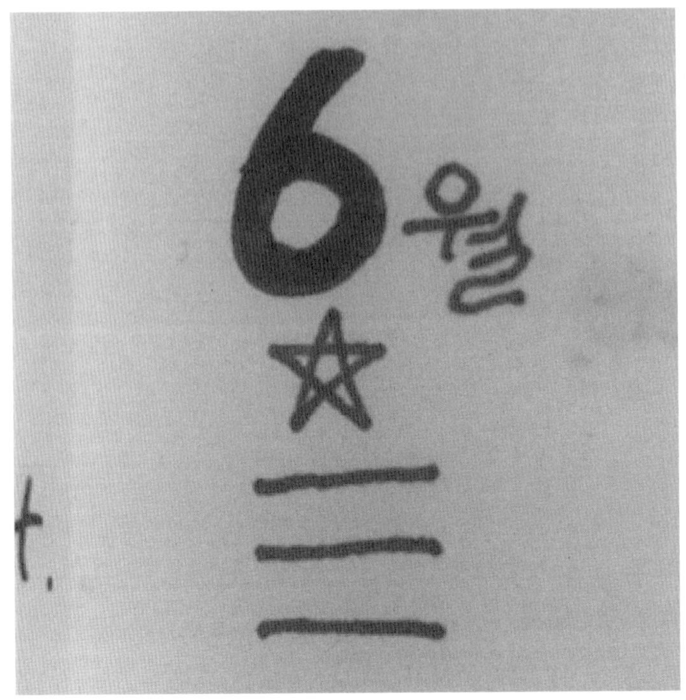

1) 상병고참(말호봉)부터 '전달'이라는 스킬이 생긴다. 상병고참이 '전달'을 외치면 각 내무실의 막내들이 버선발로 뛰어나가 전달 사항을 듣고, 각자의 내무실에 전파하는 시스템이다. 달려 나오는 속도에 따라 각 내무실의 군기 확립의 척도를 가늠할 수 있는 부분이기도 하다. 전달을 걸었는데도 나오는 이가 아무도 없는 내무실이 있다면 둘 중 하나다. 아무도 없거나 병장들만 있는 경우. 업무 또는 행사, 작업 등 그때그때 필요한 사항들을 소·중대장 및 행보관을 대신하여 알리는 것이 대부분인데 가끔 시범 케이스 구타의 목적으로 전달을 거는 악인도 있다. 이때 걸리면 평소보다 2~3배는 더 맞는다고 보면 된다.

6.2 수

778기 전역 전야제[1] 자리에서 모포말이 판결.
이것은 아주 잘했고, 저것은 좀 그랬고, 그것은 대체 왜 그랬을까?
네 이노옴~ 니 죄를 니가 알렸다~ 모포와 경봉을 대령하라!
786기는 778기의 심복이었기에 내내 변론을 하였으나 내 말발을 따라갈 수가 없다는 말을 하며 변호를 포기하였다. 언어영역을 열심히 했더니 어휘력 발전.

동갑인 고참들이 제대를 시작하는구나...

1) 음료와 과자 등을 깔아놓고 내무실에 둘러앉아 그동안 고마웠던, 섭섭했던, 빡셌던 이야기 등을 나누며 오해를 풀거나 추억을 곱씹는 시간이다. 이제 갈 사람들이기 때문에 이름을 부르거나 형이라 부르며 허심탄회하게 할 말을 다 한다. 얼마나 많은 후임들이 참석하는지에 따라 어떤 인성의 사람이었는지도 알 수 있다. 이 순간을 위해 몇 달 전부터 이미지 관리를 하는 병장도 있는데, 웬만하면 전야제는 다 열어준다. 모포말이도 이 시간에 하는데, 무조건이 아닌 친밀한 경우에나 '재미로' 하는 것이다. 드문 경우지만 그 무엇 하나 없이 전역하는 사례도 있다. 쓰레기의 최후는 무관심 속의 전역이다.

6.3 목

복무 증명서 제출. 잘 풀리겠지.

생월자 다과회.

※사회에서는 이런 사건이 있었다.
- 곽재용 감독의 영화 <내 여자친구를 소개합니다> 개봉

6.4 금
기록 없음

※사회에서는 이런 사건이 있었다.
- 이준원 파주시장, 뇌물수수 혐의로 검찰 조사 중 한강에서 투신 자살

6.5 토
기록 없음

※사회에서는 이런 사건이 있었다.
- 남성 솔로 가수 이승기 데뷔
- 미국의 제40대 대통령 로널드 레이건 별세

6.6 일
기록 없음

※사회에서는 이런 사건이 있었다.
- 경찰, 썩은 무 등으로 만든 만두소를 납품한 으뜸식품 적발(2004 만두 파동)

6.7 월

기록 없음

6.8 화 《D-182》

요즘 배우고 싶은 것들.
절권도, 합기도, 검도, 피아노. 다 예체능이군.

현재 D-182.
공부? 좆도 안 했음.
몸도? 별로.
특별히 하는 일? 없음.
그렇다. 게다가 어제부터 시작된 5대기. 사람 피를 말린다.
공부할 시간? 솔직히 좆도 없다.
운동? 그나마 할만하다.

오늘은 산불까지 났다. 졸라 신속히 출동해서 조기 진압했다.
무릎이 너무 아프다. 케토톱을 붙여야겠어.

군생활 열흘씩 열여덟 번... 얼마 안 남았네 진짜.

6월. 군생활 위기의 달이다.
이 난관을 어서 극복하여야만 첫 번째 길이 열리리라.
요새 인기 드라마 〈불새〉나 보면서 엎드려 있는 지금. 지금의 나는 예나 지금이나 추진력 미흡하기는 여전하구나. 이게 내 인생일까. 두드려라. 열릴 것이다. 빨리 어떠한 여건 속에서도 공부를 할 수 있는 MIND를 갖추고, 무술을 생활화하자. 하체 찢고, 하체 근육도 상체와 함께 키우고.

느끼지 않았는가? 군생활 동안 남는 건 솔직히 하나라는 것을...
그것은 몸. 역시 남자에게 남는 건 불알 두 쪽뿐이었던가...

D-182 취침.

6.9 수

진급 시험.
체력 측정.
아오 빡세.
벌써 덥노.

※사회에서는 이런 사건이 있었다.
- 일본 후생노동성, 한국산 만두와 야채 찐빵 수입 금지

6.10 목

진급 시험.
필기 시험.
대충 봤음.
병장의 길이 험난하다.

훈련병 때부터 써온 비눗갑이 부주의로 인해 분실됐다.
어제 체력 측정 후, 목욕하고 안 챙긴 듯싶다.

사소한 것이지만 정들었던 것이 없어지는 건 싫다.

※사회에서는 이런 사건이 있었다.
- 영국 노동당, 이라크전 참전과 관련해 잉글랜드 웨일스 지방선거 참패

6.11 금

우리 교육소대만의 전투준비태세. 왜 그러는 거야 진짜..?
5대기 복장에 군장까지 해서 산을 넘었다. 목욕도 못하고 찝찝해 뒈진다.

영길이가 100일 휴가 복귀하며 사다 준 생일 선물. 화장품. 땡케!

6.12 토

5내무 781기가 갑자기 나에게 지랄.
지 방탄모 망실한 걸 왜 나에게 화풀이하는가.
"한 판 뜨자고 돌려서 말하는 겁니까?"라고 말하는 순간 거인 782기에게
등나무로 납치당해 이런저런 이야기하며 잘 풀었다.

최명진 병장에게도 '잘 참았다. 성장했다.'란 말을 듣고 생각...
진짜? 못 참은 것 같은데...

아무튼 조금은 웰빙하게 변한 내 모습을 발견했다.

※사회에서는 이런 사건이 있었다.
- FC 포르투 스타디움에서 UEFA 유로 2004 개막
*주최국 포르투갈, 개막전에서 약체 그리스에 패배

6.13 일
기록 없음

※사회에서는 이런 사건이 있었다.
- 서울에서 제1차 세계경제포럼 아시아 원탁회의 개최
*시민사회단체 등 8,500여 명, '신자유주의 반대'를 외치며 행사장까지 가두행진

6.14 월

오랜만에 중대청소를 해봤다.
그저 애들 한번 도와주러 나가봤는데, 예전과는 정말 틀리게 대충대충 해 놓은 흔적들을 보고 지난 시간들이 떠올랐다. 옛날이여...

혼낼 것이 아니라 앞으로 자주 도와주며 보여주고 가르쳐줘야지. 생각하고, 그런 의미로 다 함께 세면장 미싱[1]을 했다.

※사회에서는 이런 사건이 있었다.
- 국제경마연맹, 한국을 Part III 경마국으로 승인

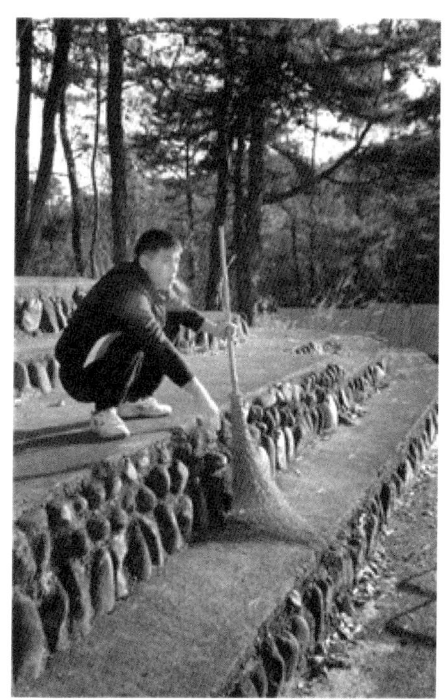

1) 나쁜 놈이었네...

6.15 화 《D-175》

요번 주는 금방 갈 것이다.
내일 야간근무 취침과 전투체육, 다음 날 외진 근무, 다음 날 사격, 그럼 주말...

어쩌다 또 괜찮은 날 일직이 꽂혔다.
덕분에 흥미로운 책도 읽었다. 〈월급만으로는 살 수 없다〉

빌려 간 5만 원 달라고 하니 삐져버린 강민호 병장이 외박 복귀하면서 관절염 파스를 사다 줬다. 어머, 웬일이니 감동. 돈이나 갚지.
요새 양쪽 무릎 다 졸라 아프다.

그러고 보니 꿈의 병장이 보름 남았구나. 빠르다 빨라.
조금씩 조금씩 갈라지고 있는 근육을 보며 운동하는 게 요새 작은 낙이다. 나에게도 王자가 있었어. 크헬헬. 구보도 열심히 해야 되는데 무릎이 말썽.

전문대학을 갈까 보다. 방송대학도 재밌겠던데.
즐거운 것만 하고 살래.

현재 시간부로(16일 새벽 4시) D-174일.
24주 6일=4,179시간=250,788분=15,047,100초가량의 군생활이 남았다.

- 크크크 재밌는 놀이.

졸려 죽겠다.
비몽사몽 환각 상태에서 명문장이 나오길 기대했는데.

열심히. 언제나 열심히.
군생활 동안 뭣 좀 건져 가자.

영원히 살 것처럼 꿈을 꾸고, 내일 죽을 것처럼 오늘을 살자.[1] okay?

※사회에서는 이런 사건이 있었다.
- 서울에서 '6.15 공동선언 4주년 기념 남북 공동 학술회담' 개최
*북측 대표단, 반미 민족공조 및 국보법 철폐와 '주적론' 삭제 등 주장
- 한국 정교회, 대주교구로 승격

1) 제임스딘이 한 말이라고 오! 멋진데? 하며 옮겨 적어둠.

6.16 수

기록 없음

※사회에서는 이런 사건이 있었다.
- 미국 9.11 테러 조사위, '이라크·알카에다 협력 증거 없다' 밝힘
- KBS2에서 <검정 고무신> 3기 첫 방영

6.17 목

외진 계호 갔다 옴.

강민호 병장과 트러블이 좀 있었음.

※사회에서는 이런 사건이 있었다.
- 공정거래위, 연예인·소속사 간 불평등 계약 시정령
- 남북 합작 병원 1호, '평양 어깨동무 어린이 병원' 개원

6.18 금

사격을 반납하고, 작업 계호 뚝을 읻다.

사격보다는 근무지.

※사회에서는 이런 사건이 있었다.
- 미국 드림웍스의 애니메이션 <슈렉 2> 한국 개봉

6.19 토

생일.
군생활 두 번째 생일. 최명진 병장과 PX.
병장 진급 미리 기념 겸 생일선물로 샴푸를 사준 최명진王.
같이 진급하는 엄정호三가 탄피 없는 탄알을 선물로 줬다. 구웃~
근데 어디서 났노? 영창 갈라고.

깡보 새끼는 짱박았던 팝콘이 선물이라고.
크크.. 신병이나 줘버림.

노래방에 DANCE 음악을 연짱 틀어 놓고, 헬스장 분위기에서 웨이트[1]를 즐겁게 이빠이 했다.

1) 충정관(체력단련실) 구석에 노래방이 있는 구조였다.

6.20 일

늦게 내려갔는데 만두가 왜 이리 많이 남았노~[1] 나이스~ 했더니, 남은 게 아니라 많이 들어온 거라는 피돌이. 최근 쓰레기를 넣어서 만든 만두 때문에 밖이 좀 시끄럽다는 정보. 뉴스를 요즘 못 봐서 몰랐는데. 그랬어?

씨발 잠깐 아뿔싸...
"그럼 이거 못 먹는 거 갖다 놓은 거 아냐?" 했더니 거기까지는 모르겠다는.

그러고 보니... 조류독감 때도 치킨이 일주일에 두 번이나 나왔었지.
양도 많이 주고 좋았는데... 만두도 그런 느낌인 건가?

아, 진짜 한국 개새끼들.
개작두로 목을 다 베어버려야 정신 차리지.

아무튼.
쓰레기가 들어있어서 그런지 전보다 훨씬 맛있었다.
우리는 아랑곳 않고 맛있게 먹었다.

※사회에서는 이런 사건이 있었다.
- 소티리오스 트람바스 주교, 한국 정교회 초대 대주교로 착좌

1) 만두는 인기가 많았기에 언제나 품절 아이템이었다.

6.21 월 《D-169》

첫 외박을 나갔던 작년 오늘의 난, 지금의 내가 어떤 모습이길 원했을까.
그래도 아직 늦지 않았다는 것을 실감할 정도로 여전히 군생활은 많이 남아 있다.

이번 주 5대기 시작.
태풍 디앤무가 비켜가는 덕에 시원한 가운데 위병소 상황별 시범식 교육을 했다. 하루를 대충 잘 빼겼다는 이야기다.

그리고 〈소년 H〉를 재미있게 읽고 있다.

병장이 열흘 앞으로 다가왔다. 하지만 별 느낌도 흥미도 없다.
머릿속 80% 정도가 쓸데없는 생각들인데 구름처럼 뭉게뭉게 거린다.
비생산적인 생각들만 가득. 요새 꽤 자주 그렇다. 석고 뇌 같다. 사이다가 흐르는..

오늘 일석점호 때, 중대 몸짱 선발 대회와 장기자랑을 했다.
재미있게 보고 있는데, 문득 앞에 나간 사람들이 멋져 보였다.
'참 즐겁게들 산다..' 생각하다가 문득 그게 멋진 것이다. 웃으며 살기 위한 기술이라도 되는 것처럼 갖은 재롱을 떨어 보였다. 그게 슬프기도, 멋있기도 한 나였다.
그런 건 배워서 내 것으로 만들어야지 참 좋겠어.

병장 달면 다 손 떼야지.
애들 교육도. 갈굼도.. 많이 힘들 것 같다. 나 때문에.
졸라 빠져 보여도 내 할 일만 묵묵히 해야지. 많이, 정말 많이 했으니 그만둘 때도 된 거다. 원래 안 그랬는데 '쩔 수 없이' 하다 보니까 이제 아주 몸에 배었다.

상병고참을 마지막으로 예전의 천사 모습으로 돌아가리라.

진급. 전역. 그날이 다가온다.
그날이~ 오면!![1]

※사회에서는 이런 사건이 있었다.
- 이라크 무장단체, 가나무역 김선일 씨 납치 비디오를 공개하며 한국군 철수 요구

1) 수업시간에 심훈 선생의 <그날이 오면> 낭독을 테이프로 들려준 적이 있는데, 국군도수체조~ 와 리듬이 비슷하다. 구호처럼 외치며 힘을 냈다.

6.22 화

매미 울음소리가 어느덧 울려 퍼진다.

그래 오늘 갑자기!
여름이 찾아온 것이야.

※사회에서는 이런 사건이 있었다.
- 납치당한 김선일 씨, 이라크 무장단체에 의해 사망
- 탈북난민보호운동본부, 중국 공안에 체포·구금된 탈북자가 840명이라 밝힘
- 넥슨, <마비노기> 정식 서비스 개시

6.23 수

779기 전역 전야제.

※사회에서는 이런 사건이 있었다.
- 여야 의원 50명, '이라크 추가 파병 및 재검토 결의안' 국회 제출
- 한국수자원공사, 국내 공기업 최초로 '임금피크제' 실시
- 중국 베이징에서 제3차 6자 회담 개최
- NHN, '네이버 웹툰' 서비스 개시
- 경남도립미술관 개관

6.24 목

기록 없음

※사회에서는 이런 사건이 있었다.
- 노무현 대통령, 김선일 씨 피살 사건에 외통부 대응 적절했는지 감사원 조사 요청
- 외통부 직원, AP 통신의 김선일 씨 피랍 관련 문의 전화 묵살 파문
- 국회, 이해찬 총리 인사청문회 개최
- 항공연대, 이라크 파병에 반대하며 관련 병력 및 화물 수송 거부
- 대법원, 카드 빚 문제로 부친 및 조모를 살해한 범인에게 사형 판결
- 천주교 의정부교구 설정

6.25 금

초 가라 전투준비태세 훈련.
관물대의 모든 문제집을 독서실(8내무실) 책상으로 옮김.

상병고참 인수인계.

※사회에서는 이런 사건이 있었다.
- 노무현 대통령, 김선일 씨 사건 처리 과정 감사 대상에 NSC 사무처 등 추가
- 한미은행 노조, 주식상장 폐지 등을 주장하며 무기한 총파업 돌입
- 대구의 노래방에서 여주인 살인 사건 발생

6.26 토
기록 없음

※사회에서는 이런 사건이 있었다.
- 김선일 씨의 시신 인천국제공항 도착
- 제3차 6자 회담, 한반도 비핵화 1단계 조치 구체화 등 8개항 의장 성명 채택

6.27 일

진급을 앞두고 경계 세력들한테 태클을 당했던 요즘, 드디어 마음의 평정을 찾으며 최천일 병장(779기)이 주고 간 전투복에 등 5줄, 팔 독수리 부리(개발) 3줄, 가슴 3줄, 앞주머니 밑줄까지 해서 총 20줄을 잡았다.

막내 주영이가 소개팅을 주선. 내일 전화 예정.
내 상병 시절의 마지막 휴일은 이렇게 지나갔다.

※사회에서는 이런 사건이 있었다.
- 법무부, 교도소 내 화장실 개선 등 '교정 시설 내 환경개선 방안' 발표
- 포항 스틸러스, K리그 전기 리그에서 9년 만에 우승

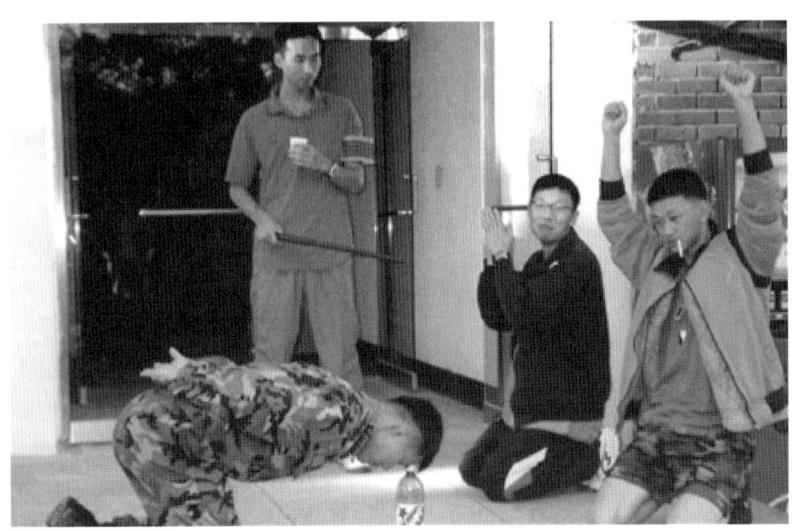

6.28 월

주영이 교육차 다리미실 데려가서 줄잡는 법 알려줌.
A급 전투복 앞 포켓 밑줄, B급 전투복 팔 독수리 부리 3줄과 앞 포켓 밑줄.

병장 계급장 받음.

2중대 불나서 5대기 출동 등 바빴던 오늘.
병장 D-3

※사회에서는 이런 사건이 있었다.
- 전교조, 고 김선일 추모 기간 선포 및 반전 수업 실시
- 이라크 연합국 임시 행정처, 이라크 임시정부에 주권 이양
- 리비아, 미국과 재수교

6.29 화

내무실에서 사슴벌레 싸움 붙이는 애새끼들을 보고 일병고참 민수를 대표로 심하게 갈궜다.
죽은 사슴벌레는 불쌍했고, 우는 민수에게는 미안했다.
그래도 생명 경시 군바리 새끼들은 조져야지.

아버지께 보낼 효도 서신 작성.

상병 간담회. 내 의견을 마음껏 펼침.
"일·이등병들이 아무것도 모른 채 진급하고 있다. 약간은 갈굴 필요가 있다."
등등등.

오바로크 내렸다.
낮에 중대장한테 남의 전투복 입은 거 걸려서 짜증도 났고... 일단 하나만 내렸다. 그 걸린 것이 오늘 나로 하여금 스트레스를 받게 해, 애들에게 화풀이를 한 것인지도 모르겠다.

오늘은 참 최악의 날이었구나.

※사회에서는 이런 사건이 있었다.
- 국회, 이해찬 총리 임명 동의안 가결
- 서울시의회, '수도 이전 반대 범시민 궐기대회' 개최
- 민주노총 노조, 주 5일 근무제 실시 및 이라크 파병 반대 등 요구 총파업

Special
상병일기

상등병 계급장을 떼며

2004년 6월 30일 수

드디어 멀고, 길었던 상병의 여정을 뒤로하고 병장의 문턱에 서 있다
날짜 변경선을 1시간여 남기고, 일기를 쓰며 대기中인 상태.
불침번한테 10분전에 깨워달랬는데, 아마 그때까지 안 자고 있을듯...
정확히 243일 동안이었구나. 옷 줄라 다리고, 줄 줄라 잡고, 인원파악 줄라
캬~. 어쩌다보니 어쨌든, 결국엔 여기까지 왔구나.
지난 일병정기 복귀 후, 1월부터 공부를 시작한다고 했건만 반년동안 한 자도
아무튼 내일부터, 힘든 시절 그렇게 바라던 (지금은 그다지...) 병장인 것이다.

습벌레 건으로 꿍해있던 민수와 남자답게 풀었다.
인 절대 심는다고 삽질했다. 그리고 마지막 신고집합 인원파악. 점호

6.30 수 《D-160》

드디어 멀고 길었던 상병의 여정을 뒤로하고 병장의 문턱에 서있다.

날짜 변경선을 1시간여 남기고 일기를 쓰며 대기 중인 상태.
불침번한테 10분 전에 깨워달랬는데, 아마 그때까지 안 자고 있을 듯...

정확히 243일 동안이었구나.
옷 졸라 다리고, 줄 졸라 잡고, 인원 파악 졸라 하고...
캬~ 어쩌다 보니 어쨌든 결국엔 여기까지 왔구나.

지난 일병정기 복귀 후, 1월부터 공부를 시작한다고 했건만 반년 동안 한 자도 안 하다니!!
아무튼 내일부터, 힘든 시절 그렇게 바라던(지금은 그다지...) 병장인 것이다.

사슴벌레 건으로 꽁해있던 민수와 남자답게 풀었다.
오후엔 건조다이 심는다고 삽질을 했다.
그리고 마지막 신고집합 인원 파악, 점호 인원 파악을 함으로써 상병 마지막 날의 모든 임무를 끝마쳤다.

상병과 5분대기조에서 내일부턴 병장과 마지막 영창 근무 2달로 바뀐다.
군번이 꼬여서 병장인데도 조원을 나가야 하지만 마지막이라는 점에서 불만 없이 해야지.

6월도 빨리 간 것 같다. 언제나 그랬지만.
확실히 내무생활이 편해지는 만큼 이제 모든 시간을 날 위한 시간으로만 쓸 것이다. 애들 교육도 그만하고, 맞교대여도 1~3선 복귀 후엔 공부, 4~말선 복귀 후엔 운동.

대인관계도 적당히만 유지하고, 편하게, 아주 편하게, 느긋하게, 중후하며 온순하게, 그리고 열심히... 덧붙여 열심히. 멋있게.

이제 남은 신고는 전역 신고뿐.

훈련소에서 행군할 때부터 계획했던 전역 후의 파라다이스를 위해 이제는 정말 움직여야 할 때가 온 것이다. 방해될 건 없으니까 걱정 말고 시작하자.

전역은 아니지만 병장이 되기까지 정말 고생했고, 수고 많았다.
대한민국 육군 헌병, 5대 장성 병장으로의 진급을 진심으로 축하, 자축합니다.

BOSS #790
FIGHTING!!!
D-160

※사회에서는 이런 사건이 있었다.
- 노무현 대통령, 통일·보건·문광 3개 부처 개각 단행
- 이해찬, 국무총리 취임
- 개성공단 시범 단지 준공
- 마이크로소프트, 윈도우 NT 4.0과 인터넷 익스플로러3의 모든 지원 중단
- 미국 마블의 영화 <스파이더맨 2> 개봉

병장 실록

2004년 7월 ~ 2004년 12월

2004년 7월 1일(木)

병장 진급

7.1 목

09:00경, 진급 신고를 했다. 합법적인 병장이 된 것이다.
근데 이등병에서 일병 될 때나 상병 달 때만큼 뛸 듯이 기쁜 그런 것은 없었다.

오늘 근무는 영창 2-4-말.
병장인데 여전히 맞교대.

진급 신고 후, 2선 갔다 와서 밥 먹고, 요새 한창 푹 빠진 네모네모 로직에 열중해 있다가 4선. 복귀 후, 체육 집합 늦게 했다고 연병장 10바퀴. 졸라 힘들어도 오랜만의 운동이라 땀나고 좋았다. 목욕하고, 말선을 나가야 하는데 밥을 못 먹었네. 내무실에서 라면 한 사발 먹고, 근무 갔다 와서 좀 쉬다가 엎드려 네모네모 로직 하다가 점호.

이렇게 병장 1일차가 지나갔다.

〈오늘 무리하게 많이 시도한 병장 놀이 목록〉

1, 내무실에서 라면 먹기
2, 전투화 신고 침상 누비기
3, 복도에서 근무복장 해체하기
4, 공중전화에서 한 대 빨기(담배)
5, 디 내무실 출입 시 경례 안 하기
6, 본청 밖에서 병 상호 간 경례 안 하기
7, 근무 투입·복귀 간 내무실에 경례 안 하기
8, 점호 전 누워서 TV 보기
9, 통합 점호 때 자기

이 정도였다.
해보니 뭐 그냥... 즐거울 때 많이 해보고 공부나 열심히 해야지.

친구 및 지인들에게 전화를 걸었다. 축보를 알리러.
조금만 기다려라.

졸려 죽겠다. 야간 5선 어떻게 나가.
아침에 좀 자둬야겠다.

그래.
어쩌나 어쩌다 병장이 되었다.
스스로 편하게 컨디션 조절 잘 해서 운동, 공부 다 효율적으로 잘 되게 해보자. 비록 빡세질 군생활이지만 어쩌겠냐. 우리 인생이 다 적응하는 것임을...

아! 멋지게 지금까지 왔다.
조금만 더. paradise를 위해... 본격적인 GO.

D-159

※내가 병장이 되던 날, 사회에서는 많은 사건이 있었다.

일반 공무원들이 한 달에 2번 토요일에 쉴 수 있게 되었고,
비전향 장기수 박융서, 손윤규, 최석기가 의문사로 인정되었고,
서울 시내버스의 색깔이 바뀌었고, 버스 전용차로가 개통되었으며,
북·중 두 나라가 신청한 고구려 유적이 세계문화유산으로 등재되었고,
미국에서는 영화배우 말론 브란도가 죽었다.

탄약고 근무때, 잣나무의 침엽이 바람에
눈처럼 떨어지는 절경은 예술이 아닐수가 없었다.

한주

2004년 10월 20일 수

보람찬 한주

2004년 11월 28일 일

입대 2주년인 오늘 아침, 점호와 함께 낙엽을 쓸고
풀 침상했다. 감기와 혓바늘로 고통의 나날들을
보내고 있다.
임정훈 전역 전야제는 1시간에 걸쳐 즐겁게 했다.
염범 전화로 애들 애인들한테 전화하는거 다같이 듣기
졸라 즐거웠음. 야간 근무 2시간 동안 깡보, 배재와
이민수 중사와 전통실에서 놀았다. 끝.
벌써 1년을 지껄인지 또 벌써 1년이 지났다.
참 많고많은 빽빽놈들 빽빽이들이 있었다지...
아름다운, 또는 가슴아픈 우리들의 추억들이여...

D-13

추억 만들기를 해야될때...

2004년 12월 19일(日)

전야(前夜)

12.19 일

몇 시간만 있으면 영원히 이곳과의 생활은 끝이다.

아쉬움이...
아이들과 멋지게 아듀하지 못한 아쉬움에 묻혀서 부대를 떠난다는 아쉬움은 크게 느껴지지 않는다.

나 역시, 전야제를 다과회로 시작했다.
신기하게도 싫은 소리 하나 없는 아쉽고, 축하한다는 말뿐이었다.
참석자(밥 안되는 순)는 재철, 찬구, 명수, 주영, 영길, 효석, 창근, 민수, 다람, 보경, 기열

다람이, 보경이가 나 따위를 위해 눈물을 흘려주었다.
처음에는 나도 한번 울어보자. 여기를 울음바다로 한번 만들어보자. 싶었는데, '엇? 얘네들이 왜 이러나?' 하는 놀람과 긴장 속에 경직되어 감정이 얼어붙어버렸다.

고맙고 미안했다.
...

아직까지 믿기지가 않는다.
나 정말 집에 가도 되나?
...

영길이가 새벽 두 시까지 놀아주었다.
많은 얘기를 나누고, 솔직하고도 느끼한 감정들을 털어놓았었다.
언젠가 다시 꼭 만날 나의 후임들과 웃으며 작별할 수 있어서 행복하다.

너희들을 기다리며 나도 열심히 살고 있으마.
그동안 정말 고마웠고, 즐거웠다.
먼저 간다. 조뺑이 쳐라.

내무실 아이들 모두에게 쓰는 편지 작성을 하고, 마지막 밤을 청하기로 한다.

안녕. 사랑스런 내 전우들이여...
꼭 다시 만나세.

※내가 내일 집에 가도 정말 탈영으로 잡히지 않는가를 의심하고 있을 때 A매치에서는 한국이 독일을 상대로 이기는(3:1) 사건이 있었다.

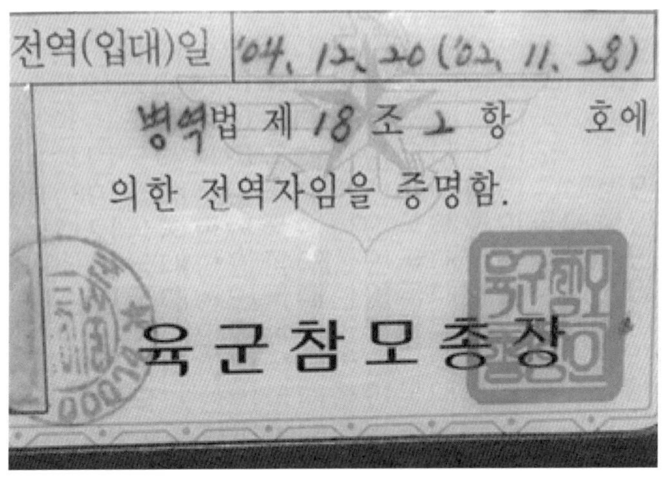

전역(입대)일 '04. 12. 20('02. 11. 28)
병역법 제 18 조 2 항 호에
의한 전역자임을 증명함.
육군참모총장

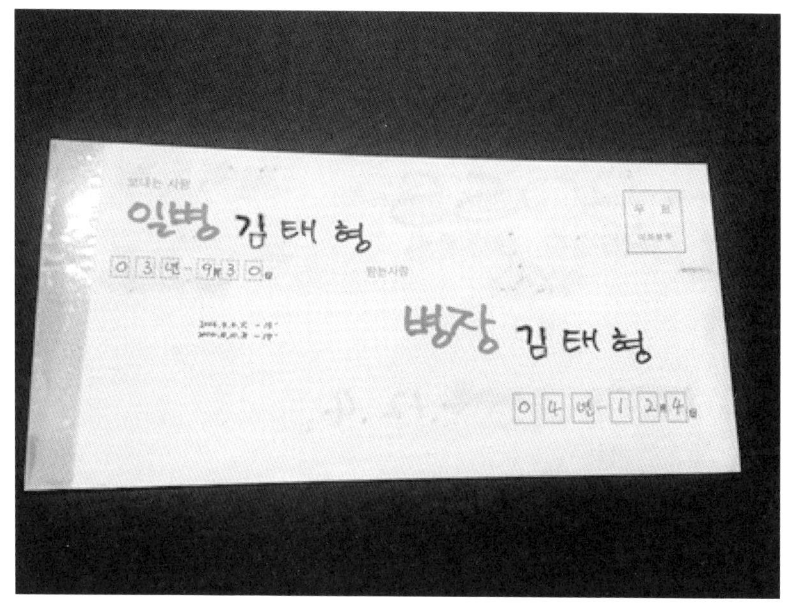
일병 김태형
03년-9월30일
병장 김태형
04년-12월4일

집에 가는 버스

2004년 12월 20일(月)

안 가는 시간을 버티기 위하여 할 수 있는 모든 별 짓을 다했다.
제대하는 날 집에 가는 고속버스 안에서 뜯는 것으로 하고, 봉투의 가장자리를 봉인해 놓았었다.

이때는 애플이라는 브랜드의 존재조차도 몰랐다. 매킨토시라면 주말의 명화 어딘가에서 들어본 적은 있었지만 그게 애플에서 나왔다는 것까지는 몰랐다. 빌 게이츠는 알았지만 스티브 잡스도 몰랐다. 관심이 없으니 알 길도 없었다. 삼성, LG 이외에는 삼보 컴퓨터 정도가 지식의 한계였기에 5년 정도 후 아이폰이라는 것이 한국에 상륙하여 카메라와 MP3 시장을 폐허로 만들 것이라는 상상은 불가능했다.

쓸데없는 말을 이토록 자세하게 하는 이유가 있으니, 당시 나의 계획은 '봉급을 상징적으로 따로 모아서 제대하는 나에게 디카를 선물하자'였다. 물론 그것을 오래 지키지는 못했다. 당연하지. 나 따위가.

그때는 먹어도 먹어도 늘 배가 고팠고, PX에는 맛있는 것이 너무 많았기 때문에 봉급은커녕 사비까지도 PX에 탕진하기 일쑤였다. 지금에 와서 생각해보면 이런 생각이 든다. '전화기에 덤으로 달린 카메라보다도 안 좋은 카메라를 사기 위해 그 어린 것이 먹고 싶은 것을 참아가며 돈을 모았다니...' 이 생각은 그때의 나에게 미안함을 갖게 만든다. "배고프게 해서 너무 미안했다 이 새끼야." 다만 소니의 사이버샷과 아이리버의 MP3가 지구 과학 정점의 산물이라 믿었기에 상징적으로 모은 봉급을 다 투자할 만큼 비싸셔도 그때는 당연했다. "그러니 너무 미안해하지는 마. 괜찮아 인마."

언제인가 문득 생각했다. 나를 기다려주지 않는 과학을 나도 더 이상 좇지 않을 것이라고. 감히 과학 따위가...
나는 지금 정규형이 아이폰 8을 구입하면서 공기계가 된 아이폰 6을 쓰고 있다. 이것조차도 나에게는 너무나 벅찬 미래의 과학이다.
추어탕이나 사 먹으러 가야지.

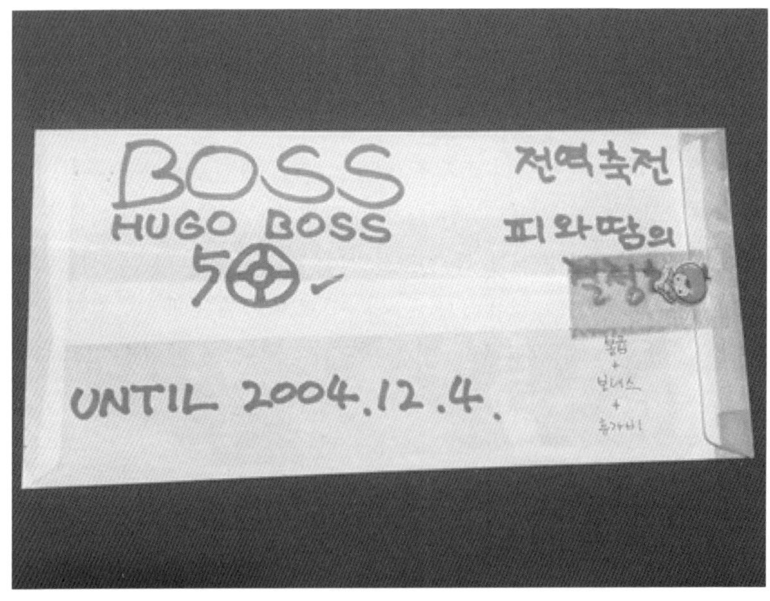

《제대하는 나에게 일병의 내가 보내는 편지》

#인간학교 #자유의 몸 #중2병 = #일병

내가 〈인간학교〉에서의 길고 긴 뺑이를 마치고 사회로 돌아가던 날, 서울역 광장에서는 수입 쌀 협상 중단을 외치는 전국농민대회가 한창이었다. 그리고 서울 메트로 9호선이 설립되었다.

나 따위가 죽은 시간을 보내고 있건 산 시간을 보내고 있건 알 게 뭐냐는 듯 사회는 언제나 힘차게 돌아가고 있었다. 그 죽었었는지 살았었는지 모르겠는 나의 2년은 무엇이었을까. 과정이었을까, 낙오였을까, 휴가였을까.
결국 가장 마음 편한 것으로 하나 골라잡겠지만…….

《제대하는 나에게 일병 영길이가 건넨 편지》

To. 태형이 형

형!! 내가 형이라고 무진장 불러보고 싶었어..

그동안 그 계급 차이에 가려져 형을 형이라고 못 부르고

정말 이등병때부터 형을 의지하고 지금껏 군생활 한

간다니 너무 아쉬워.. 남은 1년 넘짓의 군생활이 막막해

없는 이번 일주일 동안도 내무실 텅나 허전했는데..

겠지.. 그래도 막상 기열이 와도 내무실도 지내보니

편해서.. ㅋㅋ 그래도 내무실 기강은 일병 고참급인 나와

한성이가 바로 잡고 있으니 걱정마~..ㅋㅋ 아무튼 그년이

게 보면 혼자 외로운 싸움을 버텨낸거에 대해서 정

한명 없어 더 힘들었을테고 막내 생활 오래해서

중대 바뀌느라 꽤 박셨더랬지? 그래도 그 모든

고생하셨습니다!
인! 화! 단! 결!
취 침!

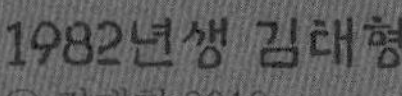

초판 발행 2019년 5월 2일 목요일

지은이 김태형
펴낸이 안태형
책임편집 태음직
구성 서우서
디자인 이목구, 최병관
마케팅 오히대, 백채인

펴낸곳 실록청
출판등록 2016년 7월 29일 제2018-000047호

주소 서울시 강동구 풍성로 65길 49-4 TFR
전자우편 military_use@naver.com
홈페이지 https://blog.naver.com/military_use
전화번호 02-529-7741
팩스 050-7535-1212

ISBN 979-11-966752-8-8 03810

이 책의 국립중앙도서관 출판도서목록(CIP)은 서지정보유통지원시스템(http://seoji.nl.go.kr)과 국가자료종합목록시스템(http://www.nl.go.kr/kolisnet)에서 보실 수 있습니다. (CIP2019016544)